川路聖謨と異国船時代

澁谿いそみ

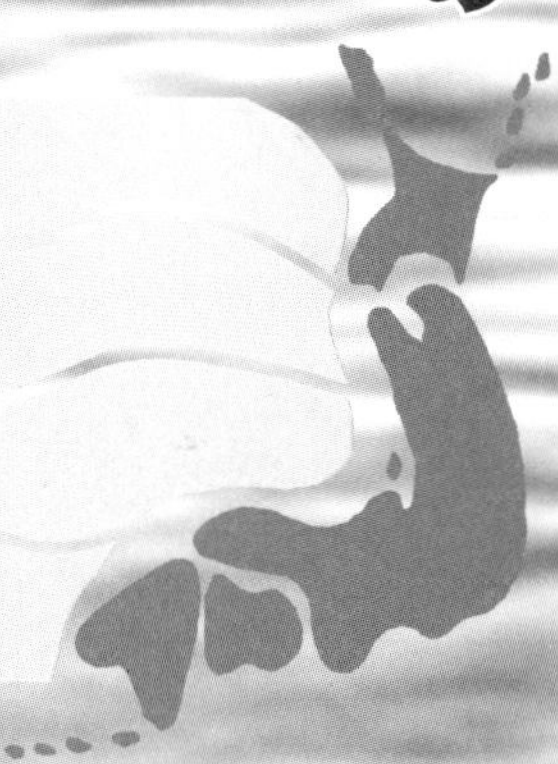

国書刊行会

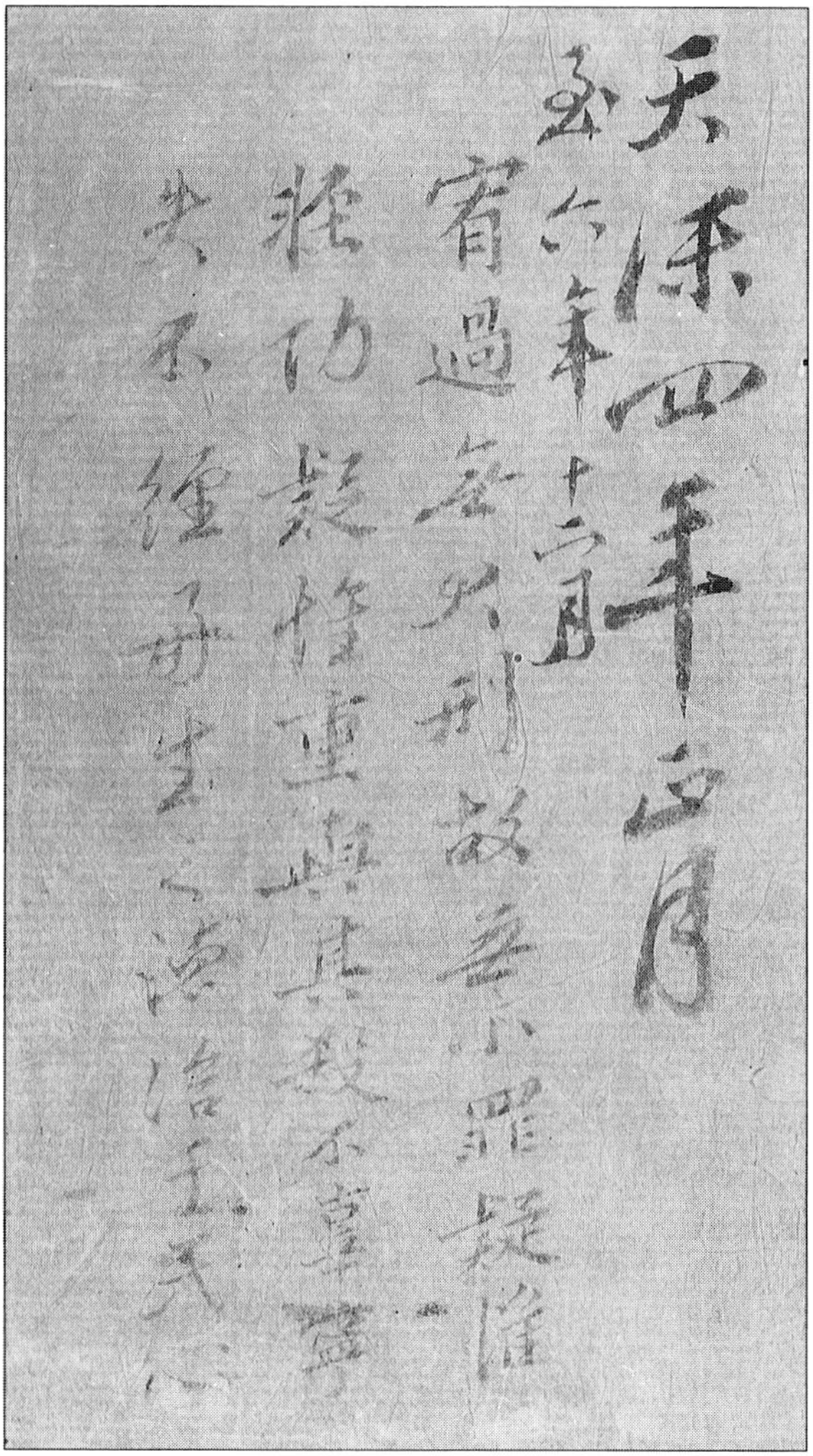

川路聖謨の私記の天保４年正月の部分
（本文309頁参照。宮内庁書陵部所蔵）

目次

川路聖謨と異国船時代

シャマニの異国船

「そのうちには、晴れるだろうと思ったのに……いやはや。」

と清七はぼやいた。

濃い霧は、回りを包んで白い壁のように立ちはだかり、冷たいものが、首筋や袖口をはいのぼる。

「時期が時期だから、仕方がありませんや。ただ気をつけてくださいよ、沢におちないように。」

と善助がいう。

シャマニ川の右岸の崖下道を、二人はそろそろと歩いている。いましがたオコタヌシの夷人(いじん)集落で、乙名(おとな)（部落の長）のイコトイに会ってきた帰りだ。それが思い出され、

「おまけに、爺っさんまでが、いい顔をしないときている。ますますうっとうしいや。」

と愚痴る。

清七はシツナイ場所を中心に、日高のこの辺一帯の夷人との交易を松前藩から請負う万屋(よろずや)専右衛門の手代である。善助はシャマニ場所の会所支配人だ。

イコトイを訪ねたのはほかでもない。今年も昆布の水揚げ期になり、出荷を奮発してもらえるよう事前に約束を取り付けるためだ。

「去年は出来高が少なくて、あてが外れたよ。今年はそんなことのないように、頑張っておくれ。」

と、持参の煙草の包みを手に握らせたが、厚い髭を蓄えて威厳のあるイコトイの、くぼんだ眼窩の

奥のまなこを和ませることはできなかった。

「うん、うん。」

頷きはするが生返事だ。

「どうだね。おれだって、こう、毎年やってきて、爺っさんとはもうすっかりおなじみだ。取引だってきちんとやっている。そろそろ信用してもらってもいいだろう。」

「うん、お前は、悪い人間じゃないようだ。だけど、シャモにはひどいのがいる。」

「それは、もう昔の話。今は、悪どいことなんか、やろうとしたってできないさ。」

「でも、お前たち、ゼニで払ってくれない。クボサマの時は、ゼニが貰えた。」

「そういわれると、おれたちも困ってしまう。あれは、公方様の時だからこそできた。今はまた、松前様の御時世に戻ったんだからな。」

そういってかきくどいたが、イコトイはいい顔をしない。そいつは無理というもんだよ。」

「クボサマの時が一番よかった。」

別れしなにもう一度いった。

「考えてみりゃあ、たしかに爺っさんのいう通りよ。夷人にとっては、御用地の時代が一番よかった。いや、よすぎたんだ。」

先程の話を思いだしながら、清七はつぶやく。善助も、こくりと相槌を打った。

老イコトイにとって、この四、五十年というものはいささか目まぐるし過ぎたというべきだろう。かれの若かった頃の蝦夷地は、豊太閤からお墨付きを得て以来の松前氏の所領としてゆるぎないものに見えた。

当時、日高の山なみがエリモ岬にかけて延びる辺りの一帯はアブラコマ場所と呼ばれ、松前家譜代の重臣蛎崎(かきざき)氏の知行所であった。

田畑というもののない蝦夷地では、知行主は米や酒、古着や日用品を年に一、二度船を仕立てて運び、夷人が集荷した昆布、鮭や鰊、搾り粕、干物と交換し、これを上方の商人に転売して得た利益を年貢代わりとした。時代が下がるにつれて、武家の商法ではなかなかうまくゆかず、いっそ下働きの商人に一切請負わせて運上金をとる方がましということに変化した。

この場所請負人と呼ばれる連中とその手先が、実にしたたかでずる賢いやつばかりなのである。桝目や秤目をごまかすのは朝飯前、水でうすめた酒、かびのはえた米を平然と押し付けて顧みなかった。これにはいくらお人よしの夷人でも、やがては気がついて憤然とする。だがかれらには訴え出る場というものがないのだ。見捨てられて自棄になり、いっそ松前氏の支配をうとましく思うようになった。

イコトイが大人になった天明年間、江戸で北方の開発熱が起り、その下調べに蝦夷の地を訪れた中央の役人が、初めて夷人の悲惨を目のあたりにした。ついで寛政年間には、これまた有史以来初めてオロシャの使節がネモロにきて、わが国の門戸を叩いた。この二つの出来事が、幕府の目をいやおうなしにこの地域に向けさせた。

いろいろ聞いてみると、エトロフの先に住むオロシャ人の中には、アッケシくんだりまでも足をのばすものがあるらしい。

藩はそんなことはうすうす承知でも、雑兵をひっくるめてたった二、三百人という小所帯の悲しさ、とても辺境の取締まりを厳しくするなど思いもよらない。藩主はいまだ年若く、実権を握る先君は桁外れのわがままものときている。

そうこうするうち、和人地に近いアブタに得体の知れぬ異国船が立ち寄り、これに藩は手も足もでない。幕府としても、もはや放ってはおけなかった。

三十年ばかり前の寛政十一年（一七九九）、シャマニを擁する東蝦夷地が、御用地として公儀の直営に移された。イコトイのいうクボサマの時代というのがこれである。

夷人をさんざん苦しめた場所請負人は、お払い箱になった。交易は不慣れながら官自らの手で行われ、不正は一掃された。産物の支払いには銅銭をあてたが、これは斬新な改革だった。夷人は初めて自分の好きなものが買え、かつ蓄えというものができることを知った。

道路が開かれて宿駅の制ができた。場所ごとに隔離され封鎖されてきたイコトイらには、天地がひっくり返ったくらいの変化だった。相場ものである産物の取り扱いはさすがに官の手にあまり、途中で場所請負制が復活して新しい顔触れの商人が採用された。清七の万屋などが登場したのはこの時だ。

この清新な御用地時代も、続いたのはたった二十二年、わけがわからぬうちに幕が下ろされてしまい、蝦夷地は再び松前氏の手に戻された。爾来十年、藩は旧来の悪習を繰り返さないように努めてきてはいる。知行所制は廃止し、場所の運営は藩庁が行うことにした。いかんせん小諸侯の悲しさ、銅銭支払いに応じる資力はなく、交易だけは以前の物々交換に逆戻りせざるをえない状態である。

霧の帳をついて、潮の香りが漂ってくる。河口はほど近い。

二人はその手前の崖の下に沿って本道にでた。これを右に回りこめば、シャマニ宿の往還にさしかかる。両側はぽつりぽつりと、馬小屋や鍛冶屋、草葺きの番屋や出稼ぎ人の宿が散在する。この先をずっとゆけば、箱館に通じる寸法だ。

二人は本道を横切り、エンルム岬に分け入った。晴れてさえいれば、ここからは東と西の両方の浦が一望のもとに見通せる。ことに西浦はソビラ岩を始め海中に奇岩が多く、鼠のうずくまる形の岬とともに日高きっての勝景の地だが、今は霧に隠れて見ることができない。

前方にぼんやりと人影が動いた。

「勤番の旦那だ。」

と善助がいった。

「善助のようだな。今帰りか。」

と影が声をかける。

「へい、さようで。これからですか。」

「うん、そうだ。」

「何しろこの霧ですから、せいぜいお気をつけなすって。」

「ああ、ありがとう。」

と白いものの中に溶け込んでしまう。

「こんな中で、見張りの交代というのも楽じゃあない。」

「くわばらくわばら、一歩踏み外せば海中へお陀仏だ。」

御用地の間は、蝦夷地の主だったところに南部藩と津軽藩から勤番兵が警護に詰め、日高ではシャマニが南部藩の受け持ちだった。松前藩は復帰に当たり、警備を自分らの手でそのまま引き継いだ。だからここには、常時藩兵が在勤して海辺を見張っている。

善助が支配人を勤める会所は東浦寄りにあり、回りを風防の土手で囲っている。傍らに風雪で朽ち果てた廃屋があった。善助はその前で足を停めた。

「知ってますかい。これが旧の会所というやつですよ。」

戸をこじ開けて入った。清七も続いた。明り窓が塞いであるから中は真っ暗だ。すこし慣れると、土間の奥に屏風だの板戸だのが埃を被っているのがわかる。

「御用地になってすぐの頃は、江戸から下られたお旗本やお役人が、みんなここでお泊まりになった。大河内様、遠山様、長坂様、村上様、近藤様、中村様、最上様……」

「お前さん、よく知ってるね。そんな昔のことを。おれなんか、まだガキで南部にいた頃だし、さっぱり知らない。」

「なに、私だって、ここに勤めてからいろいろ聞いたんでね。この建物、運上屋に手を加えただけというんだが、さぞかしむさくるしかったろうと思うよ。皆様方、よくぞ辛抱なすったものだ。それまでにはなかったシャマニという名前も、この方々のおかげで生まれたんですぜ。ほらあそこの山道、あれだってこの方々のお骨折りの賜物なんで。」

東浦から先は、浜沿いに道をとると、山が迫って断崖絶壁をなし、海中は巨岩が多く、古来通行は困難を極めた。

御用地の初めにここを巡検した旗本大河内善兵衛政壽（まさこと）は、危険な海岸通りを避けて山中に道をつけることを考え、配下の中村小市郎意積（おきせき）に開かせたのがシャマニ山道だ。このほか最上徳内はサルル山道、近藤重蔵守重はルベシベ山道を作り、日高から十勝へぬける道筋が貫通した。シャマニはこうして、奥地を結ぶ交通の要めの足場としての地位を固めたのである。

「戸が明いてるぞ。だれかいるのか？」

と表で声がした。

「いけない、田中様だ、いえなに、ちょっと覗いただけのことでして……」

善助は外にでて、勤番の頭田中にぺこりとお辞儀をした。清七は、

「もうお昼になります。会所でお茶でもいかがでしょう。」

と誘った。

善助は田中を会所の囲炉裏の間に案内した。太い柱は屋根まで突き抜け、吹き抜けの天井は高い。行儀よく並んだ部屋は宿泊用にも使われる。広い土間は交易の場だ。

下働きの若者がお茶を運んでくると、清七は昼飯をいいつけた。

「今年は、昆布漁はどうかね。」

と田中が聞くと、

「さあ、どうなりますか。うまくいってくれるといいのですが……」

とあたりさわりのない返事をした。

食事のあと、ひとしきり雑談をして終わりかけた時だ。

戸を蹴破るような勢いで、さっきの見張り当番が駆け込んだ。

「お頭、ここでしたか。大変です。異国船がでた！」

「なに、異国船だと！　ここへもか。」

田中の赤ら顔から、みるみる血が引いた。

天保二年（一八三二）五月十二日の八つ刻頃のことである。


これより二月半ばかり前の二月二十日、シャマニの北六十里のアッケシからさらに十里ばかりいったウラヤコタンで、夕まぐれの沖に黒点がぽつんと一つ浮かんだ。磯でこれを望見した夷人はすぐに駆け出し、深夜になってアッケシの勤番所へ異国船がでたと注進した。

半信半疑の勤番士が、それでも夜明け前に出立してお昼に到着してみると、確かに二千石積ぐらいの三本柱の異国船が一艘、一里半ほど沖に出現している。

一帯はこのところ時化もなく、難船して助けを求めにきた様子はない。何の用事なのかわからないが、それにしてもどっしり構えたところが不気味である。しかも気がついてみれば、地形はすこぶるこちらに不利だ。

そこは山が崩れて水中にせりだした出岬があって、海面から先端にとりつけば上陸は極めて容易ときている。番士はただちに松前にあてて、救援を乞う早打ちを走らせた。異国船は碇を下ろし、こちらの動きをじっと見守る様子である。

翌二十二日には、勤番頭の谷梯（たにはし）小右衛門が、配下二十人、夷人の人足三十人を引き連れて駆けつけた。

始め陣所を出岬の上に置こうとしたが、風に吹きさらされてとてもいたたまれない。やむなく引下がり、窪地にある漁業小屋を指揮所にあてた。暗くなってからは、浜辺伝いに篝火を焚かせた。

二十三日は海陸睨み合いのうちに過ぎた。二十四日も朝から変化のないままに、日が傾こうとした。

と、異国船の艫から艀が一つ下ろされ、出岬とは反対のアッケシ方向に漕ぎだした。

「あっちの浜へ着けるつもりだ!」

谷梯は人数を半分割いて、あとを追いかけさせた。艀は飛ぶように早く、半里先のポロトで浜に着けた時には、こちらはまだ半分もいっていなかった。息はずませて近づくと、艀は身をひるがえして引き返しにかかった。何のことはない、こちらの勢力を二つに引き裂く作戦にうまうまと乗せられてしまったのだ。

艀はまっしぐらに谷梯勢めがけて進み、二丁ほどの距離になって突然発砲した。不意を衝かれたがすぐに態勢を立て直したこちら側は、相手よりも高い地形を生かして反撃にでた。すると艀の中からのっぽが一人立ち上り、かぶりものを取って左右に振った。

「何のしるしだ?」

味方が怪しむと、谷梯は、

「失礼つかまつったということだろう。打つのは止めてやれ。」

といった。艀はゆうゆうと親船に戻った。

暗くなってから大筒の音が一発轟いたが、あとは静かになった。

二十五日になっても異国船は動かず、沈黙したままだ。連日の緊張と寒さに、陸上の疲労の色が濃くなった。

二十六日も、朝のうちは変わりないように見えた。しかしお昼過ぎに事態は急転した。

艀が一度に四つ下され、いっせいにこちらを目がけて漕ぎ出した。

あれよあれよという間もなく、出岬にとりついた異国人の群は崖をよじのぼり、原っぱをつっ切って窪地の真上にでた。

谷梯たちはするすべもなく、うろたえるばかりだ。そこへ鉄砲玉が浴びせられた。大混乱になって崩れ立った。

「止まれ、止まれ。」

と叫ぶ谷梯自身、もみくちゃにされてひきずられた。谷梯の従者利三吉（りさきち）は逃げる途中、岩の間に落ちて気を失った。

勤番勢は算を乱し、ポロトはおろかノコリベツにつくまで逃走を止めなかった。利三吉は敵の手に捕らえられたらしいが、戦意を喪失した味方は、様子を見に引き返そうというものさえ一人もない。

それを見すましたように、異賊は二十七日堂々と海岸に上陸、ウラヤコタンからキイタップにかけて漁業小屋をしらみつぶしに焼き払った。アシャラプというところで、昨日足痛のため逃げ遅れた夷人のイコシャバが筒をむけられて気絶し、船に運ばれて一晩留置された後、ポロトへ送り返されて釈放された。

勤番の第一報が松前の藩庁に到達したのが同じ二十七日だ。藩主志摩守は参覲（さんきん）が明けたばかりで、まだ江戸から帰っていない。評定につぐ評定ののち、加勢としてとりあえず三月一日に物頭松前監物（けんもつ）、目付氏家政之進、家士厚谷又太郎以下七人、徒士寺沢重吉以下五人、足軽十六人を派遣した。それだけでは心もとないというので、家老蛎崎次郎が自ら出陣の意向を固めた。従うもの目付青山壮司、家士新井田小仲太以下十人、徒士良本金三郎以下五人、足軽二十人で、三日に出立した。

同じ日ウラヤコタンでは、賊船のとりこになった利三吉が、ガラス玉、びた銭三枚、竹の実、草の根、それに何やら書き付けふうのものを持たされて、キイタップの浜に送り返された。勤番勢はノコリベツから一歩も踏み出してこないため、利三吉はとぼとぼ歩いて日暮頃ようやく味方の陣に辿りついた。

アッケシ一帯を恐怖に陥れた異国船は、あくる四日、人気の絶えた海岸をあとに帆をあげて見えなくなった。

松前監物の第一陣が到着したのはやっと十九日のことだ。

利三吉がもたらした書き付けはその後江戸に送って解読に付され、賊船はエゲレス船だったことが判明した。文面は薪水を求めたくて立ち寄ったところ、敵対されたのでこらしめたと、一方的に見下したいい方であった。

異国船が松前藩の君臣に与えた衝撃は、甚大なものがある。

藩庁は第一報に接するが早いか、すぐさま江戸の主君にあてて早打ちを送った。三月十三日に藩邸を出立して帰国の途についた志摩守は、夕方到着した春日部の宿でこれを知った。以後賊船退散の知らせが奥州伊達郡桑折の宿に飛び込む二十日までの道中、志摩守はもたらされる続報を逐一幕閣に取り次がせた。万一のことがあれば、頼るものは幕府しかないからである。

この事件では各地の勤番も、きりきり舞いをさせられた。シャマニでは夷人の人足をかり集め、通過する同勢の小荷駄を山道越えさせる仕事に忙殺させられた。田中には、その記憶がまだ昨日のことのように生々しいのだ。

血相を変え、勤番勢は岬の岩頭をさしてよじのぼる。清七は何を思ったか、尻を端折(はしょ)ると、反対の方角に突っ走った。

あれほど濃かった霧は嘘のように晴れ、東浦の彼方に聳えるアポイ岳の稜線がくっきりとあでやかだ。だが今はそれに見とれる暇はない。

清七は息せききってシャマニ宿を駆け抜けた。その外れを右に折れると、高台の奥にこんもりとした木立が山門と堂宇を取り巻いている。

境内には本堂、観音堂、護摩堂と一通り整っている。この地では珍しいことである。それというのも広い蝦夷地で寺といえば、ウスの善光寺、アッケシの国泰寺、それにこのシャマニの等澍院(とうじゅいん)のたった三つしかないからだ。

蝦夷三官寺とよばれるこれらの寺は、もともと御用地時代この地で勤役中に仆れた人々の菩提を弔うために、幕府が特例をもって建てたものである。寺領の百俵十二人扶持は、蝦夷地返還後も引き続き松前藩の手で支給されている。清七らこの地方で働くものに、心のよりどころとしてなくてはならない存在である。

清七は、庫裏の戸をたたき、

「常信さん、異国船がでた！　逃げるなら、いまのうちだよ。」

と叫んだ。

「なに、本当か！　それであんたは？」

「うん、円山に登って、見てみる。」

「私もゆく。」

常信坊は寺男に早口で二言三言いい置くと、お勤めの衣を脱ぎ捨てて、清七の後を追う。二人は草むらを踏み分けて、目の前にある円山の山道を駆け登った。

山頂からは、シャマニの西浦が一望のもとだ。凪ぎでお盆のように静かな海面には、名物の岩がここかしこに点在する。左手に、鼠が背をまるめた形のエンルム岬が蹲る。

その岬のすこし沖に、三本柱を天に突き立てた怪奇な姿の船が、こちらへずんと横腹を向けている。大きさは優に千石船二つ分はあろう。二人は思わずその場に立ちつくした。

「これはまた、どでかいな。いつの間に、こんなところに。」

「恐らく、霧に迷ってのことだろう。だけど、きわどいところだった。もう少し近寄れば、岩礁にひっかかっただろうよ。」

常信坊は冷静だ。

こんな間近で大筒でもぶっ放されたら、どうなるか。シャマニ全体が一たまりもなく壊滅するのは明らかだ。

岬では、人々が蟻のように岩場にとりついている。あの陰には、実は仕掛け花火の筒をでかくしたような木砲が一基備えてある。それ以外は鉄砲が五、六丁挺あるきりだ。とても相手に太刀打ちできるようなものではない。

目のいい常信坊は沖を眺め、

「ほかにも、まだいる。」

といった。

そういえば、岬と異国船を結ぶ延長線上にも、船影がちらつく。

「でも、あれは白帆だ。和船ですぜ。」

「いや、その向こうだ。もう一ついる。」

しばらくの間、二人は無言で沖を凝視した。

「わかった。」

と常信坊は、手を打った。

「あの一番遠いやつも、異国船だよ。和船は、そいつに追われて、この浦に逃げ込みたがってる。だが、そこにこいつが通せんぼしているというわけさ。かわいそうに、和船は挟み打ちをくらってしまった。」

もし異国船の神経が和船に集中するのであれば、この浦の襲撃の危険は薄らいだということになろう。清七はひとまずほっとしたものの、今度は和船のことが気になりだした。

「畜生め、そこのやつ、どいてくれるとよいのに。」

「そうもいかないよ。どうやら異国船は、仲間同士のようだから。」

「そうか。してみると、オロシャだな。」

蝦夷地では昔から、オロシャは用心深く、きまって二艘連れで行動するというふうに伝えられている。

和船はこのところ海上で異国船とすれ違うと、よくいたずらされたり、たかられることが多いという。しかし、目の前で実際にそんなことが起ろうなどとは、今の今まで思いもかけなかったことだ。

息苦しい思いで、清七は岬の方を見た。岩場の人数は息を潜めたまま動かない。浜辺を見ると、ここも何時の間にか三、四十人集まり、固唾を飲む様子だ。

突然、追いかけてきた船が、向きを西に変えた。横向きになったその姿は、紛うかたない三本柱の異国船だ。白帆の方は、反対に東を向いた。両者の間は次第に水が開く。

これを見て、今まで静まり返っていたこちらの異国船も、そろそろと舳先を僚船と同じ西に向けた。そして何一つ手だしできなかった陸上の守備勢をあざ笑うかのように、ゆっくりと目の前から遠ざかる。

「まず、信じられんことだ。」

常信坊は、ふうっと息を吐いた。

「全く、どうしたことだろう。」

と清七も、狐につままれた気持だ。

難を免れた和船が、何事もなかったようにエリモ岬の方角をさしてすべりゆくのを横目にしながら、二人は山坂をおりた。

等澍院に戻ると、本堂からは、木魚の音とともに観音経を高らかに誦する声が聞こえる。

「お二人が飛び出されてからというもの、上人様、ああしてただもう一心に勤行ですじゃ。」

と寺男がいう。

「安心しなさい。異国船はいなくなったよ。」

常信坊がいうと、爺さんに笑顔がもどった。

二人が座敷に通ったところへ、読経を終えた慈沢和尚が戻った。

「何事もなかれかしと、ひたすら観音様にお縋りしていたんじゃが、どうやら聞き届けて頂けたような。して、どうでした?」

と尋ねる。

「はい、何も悪さはせず、立ち去ってくれました。」

「それは、よかった。」

「ですが、上人様。」

と常信坊は、声を強めた。

「今日、じっくり見ましたが、異国船が目の前だというのに、勤番の衆は手も足もでず、検問の船一つ差し出せないのです。これではウラヤコタンのあの体たらくも、さてこそと思われてなりません。

それで気になりますのが、あの御神号でございます。もしこの先、夷賊に奪われるようなことがありますれば、それこそゆゆしいこと。このさい、大事をとって、御返上なされては。」

等澍院には、日光輪王寺宮の染筆になる東照宮のお札がある。第三代の恵統和尚がとくに願い出て拝領したもので、寺宝とされる大切なものだ。常信坊は、もしものことがあると恐れ多いから、返納した方がいいというのだ。

慈沢和尚は江戸の寛永寺の塔頭で修行し、等澍院には第五代住職としてウラヤコタン騒動の真っ只中、三月十八日に着任したばかりだった。

十分覚悟してきたとはいうものの、短い間にこうも異変が続くと、やはり考えこまざるをえない。

「それはそうだ。放ってはおけないな。」

何度も、頷いた。

清七はそれをしおに引き返した。浜辺には立ち去りかねた人々が残り、勤番所の前では、岬から帰った同勢が一服していた。会所に入ると、善助が一人、浮かぬ顔でいる。

「一時は、どうなることかと思ったよ。だがとにかく無事にすんでよかった。」

「それはまあ、そうですけど……」

「どうしたね。何か気になることでも?」

「今しがた、田中様が、喉が渇いたといって、ここでお茶を一杯飲まれてね。その時、これはこのままにしておくものか、とおっしゃるんだ。かなり気色ばんでね。もともと詮索癖のある方ではあるが……」

「でも、そりゃあ、もっともじゃないか。」

と、清七は強く頷いた。

「あの和船、何故ああもあっけなく助かったのか、怪しいというんだろう。だれだって、そう思うよ。」

「わたしはこの場所を離れなかったから、見てはいないが、聞けば、和船は東をさしていたそうだね。」

「うん、そうだ。おれも、はっきりこの目で見た。」

「すると、行き先は、もし江戸への上り船でなければ、ホロイツミ、クスリ、アッケシ、ネモロ、あるいはクナシリかエトロフということになる。この方面に一番よく船をだす店というと……」

「きまっているじゃないか、それは高……おいおい、善助さん、何をいわせる気かね……」

「それ見なさい、あんただって、高田屋っていいかけたじゃないか。」

「こいつは、うっかりしていたなあ。しかし、驚いた。」

と清七は頭を掻いた。

高田屋といえば、万屋の店のある箱館きっての大店で、その名前は蝦夷地中だれ知らぬものはない。場所請負人としてホロイツミ、ネモロ、エトロフを受け持ち、回船業者としては江戸、上方、長崎にまで鳴り響く。商売仇とはいいながら、万屋などとても太刀打ちできない相手だ。

「もし、高田屋の船だとなると、先程の危難を逃れたのも、何やらいわくありげになるなあ。常信さんが、しきりに首をひねったわけだ。」

「ホロイツミは、このすぐ先だからね。ことによると、船が立ち寄ることも考えられる。ぬかりない田中様のことだ、探りをいれに、人を遣わされたかもしれない。」

清七はふんふんと聞く中に、ふと気がついた。

「それはそうと、あんた、どうして、つきあいもない高田屋のことを、そう気にするのだい。」

「べつに、高田屋さんに、恩も恨みもあるわけじゃない。ただ、聞きかじりだが、このシャマニというところは、高田屋と切っても切れない縁があるんだ。」

因縁というのはこうだと、善助は話した。

昔、御用地になったばかりの年の暮れ、従者を引き連れた髭面の大男が、できたばかりのシャマニ山道を下ってきて旧会所に入った。公儀御勘定近藤重蔵と名乗り、

「来年は、大切な御用があって、また奥地へ引き返さねばならぬ。じゃによって、箱館へは戻らず、ここで冬を過ごすことにする。」

と宣言し、部屋々々を一人占めして王侯のように振る舞ったという。

囲炉裏端では上機嫌で酒を飲み、

「今度の御新政の眼目といえば、とりわけエトロフの夷人の撫育だ。しかるに、クナシリとの間の瀬戸は天下の難所、これまで大船はよう島へ渡れなんだ。この魔の難所を、このたびものの見事に渡ってみせたやつがいる。兵庫の船師高田屋嘉兵衛という者だ。この男が来年、エトロフへの初荷をどっさり積んでやってくる。わしと落ち合う場所が、すなわちここだ。」

といった。聞くものはみんな、大法螺吹きのお侍だと陰でくすくす笑った。

年があけて三月、東浦に衣類や食料、柱や竹材や漁網を一杯積んだ五艘の船が現れたので、人々はびっくりした。出迎えた近藤は、嘉兵衛を抱きすくめるようにして喜んだそうだ。

シャマニで最後の手入れをした船団は、近藤らを乗せると、幟や吹き流しで飾り立て、勇壮な舟歌を歌いながら、エトロフへの本航海についたというのだ。

「エトロフへの渡海成功こそ、高田屋が用いられたきっかけだった。そしてそのおめでたい門出が、このシャマニ浦からの船出だったといっては言い過ぎですかね。」

「なるほど、そんなことがあったのか。さすが物識りの善助さんだ。」

「どうも、この先、へんなことにならなけりゃよいが、と気になりましてね。」

と善助は、吸った煙管をぽんとはたいた。

高田屋

打ち寄せる波が、巌頭に散っては水飛沫をあげた。どんより曇った空のもと、かもめは高く低く鉛色の海面を群れ飛ぶ。沖にかけて盛んに白い波頭が立ち、その彼方にはクナジリの山々がくろずんで聳える。

高田屋のネモロ支配人佐平は、さきほどから波打ち際に立ちっぱなしで、入津してきた船から下ろされた艀が近づくのを見守った。

背後から、

「来ましたね。」

と浦役人が声をかけて近寄る。

帆の印から、佐平も浦役人も、この船が毎年やってくる高田屋の用船、栄徳丸だと、先刻ご承知だ。正しくは栄徳新造といい七百五十石積、大坂安堂寺町五丁目の伊丹屋平兵衛の持船で、高田屋とは蝦夷地向けの品々の買い付け委託の約定のある間柄である。今日は六月七日だが、栄徳丸はもうすでに一度、五月二十六日に、このネモロ沖に顔をだしていた。積み荷がメナシ漁場向けだったため、艀で沖の口役所の渡航切手と送り状だけ寄こしておいて、そちらに向かったのだった。

そろそろくる頃だというので、佐平はこのところ連日浜にでていたものだ。

艀が着くと、中から軽やかに若々しい顔が下りたった。船頭の重蔵である。

「おひさしぶりです。今年もまた、やってきました。」

と、白い歯をみせて挨拶した。

浦役人に導かれ、慣れた足取りで船番所に入る。

しばらく前から、入津する船は必ずこの番所で、航海中の不審事、異常事の有無を聞かれること

になっている。異国船の出没がだんだん著しくなったためだ。

顔見知りの番所役人に挨拶した重蔵は、

「これといって変わったことは、ありませんでしたといえば、簡単すぎますかな。どうでしょう、

こんなところで、ご勘弁ねがえませんか。」

心安そうにもちかけた。

すると奥の方から、

「それはいかん。形式通り、書面をだしてもらうんだな。」

と声がかかった。ぎょっとした重蔵は、

「あの方は?」

と小声になった。

「水牧弥四郎様。場所目付でいらっしゃる。去年の秋のご着任だから、あんたは初めてだろうがね。」

という返事だ。

そこへ佐平がきて、水牧に挨拶する間、重蔵は、

この度私ども当お場所春荷物積取として、五月九日箱館表沖がかり、同十日朝同所出帆仕

り、十三日夕方ホロイツミへ着船、米四百俵揚荷役仕り、同十五日朝同所出帆、それより当お場所へ着船仕り候えども、海上において異国船はもちろん、一向怪しき船など見かけ申さず候、これによって印形差上げ奉り候　以上

卯六月七日

栄徳新造沖船頭

重　蔵

ネモロ御詰合中様

と認め、名前の下に判を押した。

そうこうするうちに、艀から五人ばかり上がってきて、浦役人らに挨拶する。

表役の寿蔵(ひさぞう)は讃岐生まれの三十四歳、親司役の利助は周防(すおう)生まれの四十六歳、知工(ちく)は国蔵で大坂生まれの二十五歳だ。表役というのは航行中いつも舳先に陣取り、磁石を手に方向を指示し、親司役は舵をとるのが仕事である。知工というのは帳面付けや買い物など、船の会計方を受け持つ。この三人は船方三役と呼ばれ、船頭の補佐役である。ほかの二人は水主の古株、周防生まれの伊三郎三十五歳と塩飽(しあく)生まれの久米蔵三十二歳だ。

重蔵は周防生まれの三十二歳で、年からいえば若手の部類だが、先代の船頭久八からいっぱしの沖船頭になるように仕込まれ、先輩たちを追い抜いた。頭の回転がよくてそつがないため、雇い主

の高田屋からも重宝がられている男だ。

このほか船にはまだ六人残っていて、合わせて十二人が栄徳丸の乗り組みである。六人は佐平とともに高田屋の宿に向かった。道筋にさしかかるなり、

「これは、凄い！」

と、国蔵が驚きの声を上げた。

風雪に耐えた頑丈な造りの荷物蔵が、目の前にえんえんと並ぶのだ。ネモロ場所はこれが初めてという国蔵に、先輩風を吹かせた伊三郎が、

「この、でかいやつがな、十七棟あるんだ、十七棟も。」

と教えた。

蝦夷地全体で産出高が一番多いのがネモロ場所である。二位はエトロフで、以下はぐんと下がる。この二つを高田屋は独占し、もう一つの有力場所ホロイツミも押さえていて、同業者の追随を許さない。

蔵の列の中ほどに一棟、立派な乳鋲（ちびょう）をうち、太いかんぬきを差渡したのがある。御上御用蔵といい、弓矢の羽根に使われる鷲や鷹の羽毛を始め、貂（てん）、ラッコ、狐の毛皮など、将軍家に献上のいわゆる軽ものと呼ばれる貴重品ばかり収めてある。

前を通りながら、国蔵はふと、

「矢羽根集めは、大変と聞いておりますが……」

と佐平に問いかけた。

「そう、腕の立つ採集人が、だんだんいなくなるのでね。以前、金蔵さんなんてのは、夷人と一緒

に奥地に入り込んで、罠をしかけたそうだが。」

「そんな元気なひとが、いたんですかい。」

「ああ、もとは、あんたらと同じ、船乗りさ。うちの先代の腰巾着でね。先代がオロシャに摑まった時、カムサスカまでお供した人だ。帰ってからは陸に上がり、軽もの取りの世話などしていた。そのうち怪我をして、箱館にもどってしまったがね。」

蔵の列が切れると、会所と勤番の詰所だった。それを過ぎると、

「ああ、あれだ!」

と、口々に歓声が上った。

去年まで一面雑木の原だったところが切り開かれ、長屋棟が三つ四つ建っている。木口の新しさから、出来たてなのは明らかだ。

佐平は、とくとくとしていう。

「どうだい、監物様主従五十八人のご宿泊所が、あれよ。大急ぎで作ったんだが、それでもせかされるのには、参ったな。」

「いや、とても仮普請にはみえないや。ずいぶんとかかったでしょう。さすがは大旦那、太っ腹だねえ。」

栄徳丸が大坂を出航したのは、異国船がウラヤコタンを立ち退いた日と同じ三月四日だ。赤間関から北前船の航路に入り、小浜、柏崎、酒田、能代で高田屋から注文のあった品々を買集めて北上するうちに、アッケシの異変を耳にした。異国人は辺り一面を焼き払い、攻め寄せた松前の軍勢を打ち破って、家老を捕虜にしたといったふうな大袈裟なものだ。

用船としての栄徳丸は、頼まれた仕入れ品を一旦納めた上、さらにネモロやエトロフまでも配送して運賃を稼ぐのが商売である。その通路であるアッケシが異国人の手にかかったというのだから、一同色を失った。

気もそぞろに箱館に入ると、案に相違して店は平然たるものである。むしろ思いがけないことのために、慌ただしくしていた。

代官所を通じて、藩庁から急な申し入れがあったというのだ。

賊船は退去したが、松前監物の軍兵は当分の間、見張りのために滞陣させることにした。ところがアッケシ近辺は最近不漁続きの上、この度のことで民は疲弊し、とても課役を申し付けるどころではない。そこでネモロに移動させることにする。ついては高田屋の手で、宿舎から食事一切の世話をしてくれないかというのである。

ずいぶん虫のいい申し入れだが、大旦那の金兵衛は承知した。このため板や材木、建具の注文から大工職人の手配、食べ物の調達、と一度に仕事が持ち上がったのだった。

「まあ、何だね、うちの店なればこそ、できたことだね。」

と佐平は、松前藩に貸しを作ったといわんばかりの口吻だ。

この間中、重蔵と寿蔵は一行から遅れて、ひそひそ話を交していた。宿に着いてしばらくすると、寿蔵は用事を思い出したといって伊三郎を伴い、船に帰った。

翌る朝、佐平と重蔵が差し向かいで飯を食っているところへ、

「勤番所から、お使いです。」

と若い者が呼びにきた。

「何だい、こんな朝っぱらから。」

と佐平が自分ででると、

「目付の旦那が、船のものと一人残らず会いたいとおっしゃるので。」

との口上だ。

「出頭とは、穏やかでないな。一体どうしたんだ。」

気色ばんで戻り、

「何か、思い当たる節でも?」

と聞く。

重蔵はすーっと血の気がひいたが、

「はて、これは意外、驚きました。」

といった声は普段と変りない。

佐平は重蔵ら四人を引き連れて会所にでる。船からは、寿蔵、伊三郎と残り六人が、足軽に連れられてやってきた。

佐平は板の間の上、船方の十二人は土間に敷いた筵(むしろ)に座らされた。

一同が座につくのを待ちかねたように、正面座敷の襖が開いて、武士が二人進み出た。右に座った、痩せぎすで目つきの鋭い方が、

「拙者は、昨日船番所でお前方を見た、水牧弥四郎と申すものだ。こちらは……」

と、左の小太りの方を指し、

「場所目付松井茂兵衛殿である。」

といった。

しばらくの間、重苦しい沈黙があってから、水牧はきっと、土間の重蔵を見下し、

「昨日差し出した書面について、もう一度念を押す。海上何ら変わったことがなかったというのは、まことか。」

「恐れながら……」

重蔵は顔をそむけ気味に、

「手前、そのつもりでございます。」

といった。

「ほほう、相変わらず、なかったと申すのだな。」

「はい、手前の知る限りにおいては、でございます。」

「ふざけたいい方もあるものだ。一船の船頭ともあろうものが、手前の知る限りなどととぼけるとは。」

と、水牧は声を荒らげた。

「それでは聞くが、日高辺の沖で何かなかったか？　どうじゃ。」

「ははあ、あの辺りでございますか。」

重蔵は慌てず、思案の眼差しをして、

「さよう、当時は、手前熱があって、ずっと艫の部屋に引きこもり中でしたので、何も存じません。」

澄ましていってのけ、

「水主六人も、箱館出航のみぎり、ぶっ続けに立ち働いたものですから、胴の間で休ませておきま

した。上にいたのは、寿蔵、利助、伊三郎、久米蔵、国蔵の五人でございます。」

と問われもしないことまで、付け加えた。この時、重蔵の隣にいる寿蔵が、米つきばったのように
お辞儀して、前ににじりでた。

「どうも、何でございます、いま聞いておりますと、手前ども、そのう、まことに申しわけないことを、いたしましたようで。と申しますのも、今の今まで、船頭にさえ、耳に入れておかなかったことが、あるのでございます。

ええ、このさい、包み隠さずに申し上げます。

あれはたしか、五月十二日のことだったと思います。船は、シャマニ沖におきまして、異国船に出会いましたでございまする。このこと、毛頭間違いございません。」

水牧は、それ見たかという顔をした。

「うん、そうか。では話してみろ。」

「あの日は、朝からひどい霧でして……」

と、寿蔵は語り出した。

陸地がまるきり見えないため、船はひたすら磁石だよりで航行していた。

昼を過ぎた八ツ時頃、霧が晴れて、左舷のはるか彼方に陸の影が見えた。その途端、これと反対側の洋上に三本柱の異国船がいるのに気がついた。間隔はおよそ二十丁ばかり、相手も気づいたとみえ、西向きだった姿勢をこちらに向け変えた。

髪の毛が逆立つ思いで、ただただ恐ろしく、

「逃げるんだ、陸へ逃げるんだぞ!」

と怒鳴り続けた。利助は取舵をきった。

伊三郎は胴の間に駆けおり、お守りの幟を取り出してきて竿に結わえつけた。

あれがシャマニの浦だと思ったら、そこにはまた別の異国船がいて、入り口を塞いでいる。

これでは、進むことも退くこともならない。

「一同、真っ青になりました。」

ただもうみんな夢中で、ひたすら、

「南無、金比羅大権現！」

を大声で唱えた。

追ってくる異国船との間隔は次第に詰まるので、気が気ではない。ところがしばらくすると、相手の舳先が外にそれてゆきだした。やがて向きは大きく西に変り、みるみるこちらとの水が開いた。それに元気をえて、こちらは面舵を切り東に向きを変える。シャマニ浦の異国船は、追いかけようとするでもない。

「やれありがたや、助かった。」

蘇生の思いがして進むうちに無風となり、沖で一晩潮がかりした後、翌日の夕方ホロイツミ場所に立ち寄って一部荷揚げをしたというのである。

「すると、お前方には、お守りがあったというのだな。ほかには何があった？」

「いいえ、べつに……」

「よいか、お前方の様子は、シャマニの浦から丸見えだったのだぞ。」

と水牧は凄んだ。

「あ、思い出しました。」

と寿蔵は、

「追いかけてきた船の帆桁に、一反ぐらいの赤い切れが下がったのを見ました。」

「ほほう、それは何のしるしだ?」

「ええっと、わかりません。」

水牧は話頭を転じた。

「異国船二艘は、どんな様子だったか。」

「両方とも、大きさは二千石積ぐらい、どちらも帆は柱三本のうち二本に三枚ずつ、都合六枚かけておりました。」

「どうだ、重蔵。今の話を聞いたか。」

重蔵は大仰な身振りで、

「全く驚き入りました。手前の具合を気遣ってくれてのことと思いますが、それにしても、そんなことがあったのなら、なぜもっと早く聞かせてはくれなかったのかと、残念でなりません。」

といった。

今まで黙々と聞き入っていた松井が、ここで口を開いた。

「お守りとかいうその幟は、一体何だね。」

「高田屋の旦那から、頂いたものでございます。」

と、ここでも寿蔵が引き取って答える。

「もってきて見せるように。」

足軽に付き添われた伊三郎が、船に引き返して持参したのを、目付二人は畳の上に広げさせた。幟といっても、これは横二尺縦三尺で、それほど大きいものでない。それもそのはず、この小幟は元来船内の用に供されるものではないからだ。直乗り船頭といって荷主をも兼ねるものが、持主であることを示すために、これを竿に取り付け、野積の荷物の背にさしておくのに用いる。

白地の真ん中には、墨の色も鮮やかに、

〈高

の文字が染めだされてある。

「なるほど山高印だ。どうだね、佐平、間違いはないか。」

問われた佐平は、店の印に間違いないことを認めた。

「船が危難を免れたのは、このお守りのせいだということだな。」

と松井はつぶやき、だれにともなく聞こえよがしに、

「松前では、こんな内緒話がある。高田屋の船は、特別なわけがあり、決して異国船にいたずらされることはない、というんだ。」

といってから、

「いろいろ詮索したいことがあっても、お前方はすべて他領の人民、このネモロではそこまでの権限などない。松前へはこちらからお伺いを立てるようにするが、お前方も箱館に帰り着いたらすぐに、代官所に出頭するように。この小幟は、証拠の品として預かるので、さよう心得ろ。」

と締め括った。

昨日まで松前藩に貸しがあるような口をたたいていた佐平だが、意外な成り行きに動転してしまい、

「どうぞ、ひとつ、お手柔らかに……」

とひたすら揉み手をした。


箱館の町を山麓伝いにシリサハへの方角に回りこむと、東にかけて忽然と土地が開けてくる。恵比須町といい、もとは一面の湿地帯だったのを、御用地時代の初期に高田屋が干拓造成して、官に献上した。ご褒美として一部払い下げられた土地に、十年ほど前当主の金兵衛が金にあかせて建てた豪壮な別宅を、町民は自慢して高田屋御殿と呼ぶ。四十間に百間もある広大な地所は、高さ九尺の土手で囲い込み、外からは五棟の母家の棟瓦がちょっぴり見えるだけで、内部はうかがい知るすべもない。

六月二十三日のお昼前、丁稚（でっち）を連れた身なりのいい男が一人、足早にその門をくぐった。

「これは、へえ、大番頭さん。」

と、門番の親爺がぺこぺこお辞儀した。

「若旦那は、見えられたかい？」

「いいや、まだ。」

「そうかい。」

間に合ってよかったと、高田屋の大番頭松兵衛は歩を緩め、丁稚は番屋に留めておいて中に通った。

門の内は、善美をつくした庭で、その先に唐破風の飾りのついた玄関がある。土手寄りには整然と長屋が並び、蔵に積んだ夜具だけでも江戸の大名屋敷にさえひけをとらないといわれる。あまりの金のかけように肝を潰した若い手代の一人が、なぜそうまでする必要があったかと疑問を抱き、松兵衛に聞いたことがある。

「それはだな、その頃のお店のことを知らないから、そういうのだ。」

と、松兵衛はたしなめるようにいった。

「大旦那はな、のるか反るかの気持ちで、これを作られたんだよ。」

店では三代目の嘉市が若旦那、総帥の二代目金兵衛は大旦那と呼ばれる。

創業者の嘉兵衛は、昔オロシャに拉致されていって精根を使い果たし、帰国後はめっきり衰えたため、六つ年下の弟金兵衛を養子にして、経営を譲った。時期を同じくして幕府は御用地の廃止をきめ、松前奉行所を閉鎖して松前家を復帰させた。

御用地の時代だったからこそ、兵庫くんだりから出て来た船頭でも、幕府のお偉方の知遇を得て、一代のうちに巨万の富を築くことができたのである。しかしまたそれだけに、旧松前藩の上下やその陰で甘い汁を吸った出入商人から、強い羨望と嫉視を買ったことは否めない。

松前家の復帰によって、昨日まで興隆を支えてくれた大きな後ろ楯が、にわかに外されてしまった。むろん幕府の出先でも心配してくれるものはいて、最後の松前奉行となった高橋越前守なども、藩の引き継ぎ役を呼び、

「エトロフ、ネモロ、ホロイツミの三場所、わけてもエトロフは、高田屋の一分（いちぶん）の場所であるぞ。よいか。わかったな。」

と念を押してくれた。もし手をつけると、高田屋の面目を潰すことになる、うっかりするなよと釘を指したのである。

場所の権利は何とか保てたものの、これまでお上の御用を勤めるものとして仲間内に幅の利いた、公儀常雇船頭という大きな肩書がふいになった。そこへ嘉兵衛の引退が重なり、元来よそものだった高田屋は孤立感を深めることになった。

江戸の筋から耳寄りな話がもたらされたのは、そんなことで店の内外に沈んだ空気が立ち籠めた折りだった。

復領に伴い、かねて幕府から政務おろそかの叱責を受け江戸屋敷に謹慎していた松前藩の大殿、美作守道広も天下晴れて赦免ということになった。横紙破りで有名な大殿だが、かねがね帰国できる日があったら、自分の留守中に繁栄した箱館の姿をこの目で一ぺん見たいものだと洩らしているという。

すかさず金兵衛は、大殿様ご帰国の節は、ぜひ箱館にご来遊賜りたい、路用とご滞在中の諸費用はすべて引き受けさせて頂きますと、藩に願いでた。狙いは図に当たり、内々老公に申し上げたところご満悦であるとして許可が下り、しばらくして藩御用達、苗字帯刀御免の沙汰があった。

まずもってお成りになる道がご難儀のようではと、金兵衛は松前街道の補修を重ねて申し出て容れられた。箱館滞在中の宿については、兄の嘉兵衛が隠居所にと着手しかけていたのをうんと広げることにした。それがシリサハへ道のこの別宅である。

御老公はおよそ贅沢をし尽くされたお方だ、ただの趣向では面白くないというので、瀬戸内の海岸から千石船で六杯分の白砂を取り寄せた。これをそっくり庭に敷き詰めさせたところ、まるで羽二重のような足裏の感触だと評判になった。築山は、京都から金に糸目をつけずふんだんに買い付けた本桜、つげ桜、松、鞍馬石、灯籠の類いで飾り立てた。

池には、二畳敷きもある亀石という名の巨岩を沈めた。これは不漁の年の景気付けに、延べ千人に日当を払い、シリサハへの海中にあって漁師を悩ませた石を引き揚げさせたものだ。

これだけでも十分に豪華だが、御老公を娯しませるにはまだもの足りない。金兵衛は大工と知恵をしぼった。

地元のものは、ある日、屋敷の前に忽然と組み物付きの豪華な唐門がそそり立ったのを見て驚いた。翌日きてみると、元どおり何もないので狐につままれた。実はこれは老公を迎えるために、釘一本使わず一夜で組み立てられるように作ったお成りの門だった。

大殿美作守は豪放磊落な反面、緻密な頭脳の持ち主でもある。自分のために作られた門が取り外し自由と聞くと、面白がっていろいろと尋ね、細工をほめちぎった。生母が京の公卿の姫君である大殿は、上方ぶりに憧れが強く、金兵衛が作らせた京風の築山の美をも喜んだ。楽しみのためには惜しみなく大金を投じるという点で、二人には共通するものがあった。

滞在中、心をこめた歓待と奉仕に、老公はすっかり満足して褒めちぎってくれたと、お見送りをしたあとで松兵衛は聞かされた。その時の金兵衛のほっとした笑顔は、十年近く経った今も忘れられない。大盤振舞いは無駄ではなかった、これで藩領下でも大手を振って生きてゆけると松兵衛は目の前が明るくなった思いがした。

邸内は大名屋敷さながらに部屋と廊下が入り組むが、勝手知った松兵衛は一人でどんどん足を運ぶ。途中の一間でふと立ち止まると、唐紙を開けてのぞき込んだ。

いつ見ても、すばらしいなと思う。

書院作りの上段の間に続く十畳の間は、真っ赤な毛織りの絨毯が一杯に敷き詰められている。松兵衛の目には、去年の早春の一日この部屋であった情景が蘇った。

それは領主松前志摩守章広公が領内巡視のみぎり、ここを居館として入来された時のことだ。松兵衛は金兵衛に従って、公を上段の間に導いたが、一行の目は自然と次の間に釘付けになり、だれからともなく、

「さてさて、見事なものだ。どっしりと分厚くて、これが噂に聞く南蛮渡来の猩々緋というやつか。わが方の薄っぺらな緋毛氈とは、ものが違うわ。」

と嘆声が上がった。この時、金兵衛は、

「ようく、ご覧くだされ。これ、一枚ものでござります。」

とやり、どよめきが上がった。

公から、

「かくも貴重な伝来もの、むざと畳に敷くとは勿体ないが。」

とあった。金兵衛はにっこり、

「恐れながら、その儀はご心配いりませぬ。総裏打ちがしてござります。」

とひっくり返せば、裏は一面の皮張りだ。しかもこれまた継ぎ目がないようなので、一同舌を巻いた。金兵衛はとくとくと、

「もしお気に召しましたれば、お持ち帰りにもなされませ。いずれ蔵には、もう二、三枚あるはず。何なら、みんなさしあげても、苦しうはござらぬ。」

本人としては、おどけたつもりだったろうが、松兵衛はお供の近臣の目が、この高慢なやつとでもいいたげに険しく光ったのを感じ、慌てて金兵衛の袂を引いたのを覚えている。幸い公は笑って聞き流し、その場は何事もなく済んだ。

老公の時と同様、金兵衛は精根を傾けて主従を歓待した。公は機嫌上々、帰路は松前まで供をせよとの上意だ。金兵衛が固辞したため、代わりに養子の嘉市を連れて帰った。

ほどなく、金兵衛を百石取りの待遇で士籍に取り立てる旨のご沙汰があった。以後はどこにゆくにも、高田金兵衛という武士名で通せるようになったのである。

先代の嘉兵衛は、世のため人のためにはいくらも金をだすが、自分は飾らなかった。だから金兵衛がこの邸のために湯水のごとく費すのにはいい顔をしなかった。しかし、ここ一番という時にどっと注ぎこんだからこそ、高田屋は転換期の危機を乗り越えられたと松兵衛は堅く信じている。

長い廊下を巡り巡って、松兵衛は奥の主人の間に達した。次の間に滑り込んで、

「松兵衛にござります。」

と声をかける。年をくった今でもこちこちになる瞬間である。

「入れ。」

という声に、障子を開けて入ると、数寄屋造りの部屋は、片隅に絹の布団が敷き延べてあり、あるじの金兵衛は夏火鉢によって、明るい庭を眺めているところである。

金兵衛はこの年五十七、隆起した顴骨(かんこつ)とえらの張った顎、何よりも鋭い目の光が先代に似る。やや元気なくみえるのは、まばらな無精髭と青ざめてみえる顔色のせいだ。

一月ほど前、仲間の寄り合いから大町の自宅に戻った金兵衛は、急に胸がどきどきするといって

真っ青になり、その場に蹲った。脈が非常に早い。町医者が駆けつける頃には正常に戻ったが、翌日再び発作が起こった。医者は首を傾げ、とくに悪いところはない、何かよほど心配事でもあるのではといった。

発作はそれからもちょくちょく起き、食欲が衰えぎみなので、静養がてらこの別宅に移ったのだった。

「遅れはしないかと、急いだのですが、どうやら間に合いましたようで……」

「うん、おっつけ、もうくるだろう。」

と、金兵衛は振り向きもせず、庭に目をやったきりだ。

「昨日は、あれから、どうでした、発作の方は?」

「なあーに、大丈夫だったよ、あんなことぐらいで……」

心配するなとでもいいたげだ。

昨日の朝のことだった。店の表の間にいた松兵衛のところへ、代官所の使いが差紙をもってきた。何だろうと、いぶかしみながら封を切ると、それは金兵衛に対する召喚状で、栄徳新造のことにつき尋ねたい儀があるので出頭せよとの文面である。びっくりして若旦那の嘉市ともども、いっさんにここへ駆けつけた。

道々、ひょっとして大旦那の体に障りやすまいかと案じたが、金兵衛自身は意外に平静で、じっくり目を通してから、

「よいか、落ち着くんだ。」

一言、自分に言い聞かせるようにいった。三人は、それから一刻ばかり話し込んだ。その揚句代

官所に対しては、金兵衛が病気のため、代わりに嘉市を差し向けるということにした。二人はその旨の請け書を作って引き返し、代官所に届けさせた。

そんな具合にして今朝ほど出頭した嘉市だが、もうそろそろ戻ってもよい頃である。

「役所が立て混んでいるのかも知れない。」

と、松兵衛は自分に言い聞かせながらも、心はやきもきした。不意に、

「おれは、気がついてみたら、六人もいた兄弟が、今やたった二人だ。」

と金兵衛がいった。

「全く、お淋しくなりました。月日の経つのは、早いもんでござんすね。」

と松兵衛は調子を合わせた。

淡路に生まれた高田屋兄弟は、嘉兵衛を頭に、嘉蔵、善兵衛、金兵衛、嘉四郎、嘉十郎と、男が六人だった。弟たちはみんな嘉兵衛を見習い、海にでて操船の技を磨くと、善兵衛だけが家に残ってあとは北前船に乗り、長兄の蝦夷地雄飛の杖柱となった。事業が場所請負、回船業と手広くなるにつれ、ただの船頭気質だけではもはや取り仕切ってゆけない。そんな中で頭角を現したのが、商才のある金兵衛だった。嘉兵衛の代理を務めることが重なるにつれて後継者としての地歩を固め、兄弟順では上の嘉蔵が潔く身を引いて大坂に引っ込んだ。このことを徳とした金兵衛は、自分に子だねがないところから、一昨年嘉蔵の遺児二人のうち下の嘉市が一人前になったのを養子に貰い、嫁もとらせた。

兄弟の中では嘉四郎が一番早く死に、嘉蔵、善兵衛、嘉兵衛と続いた。残るのは末弟の嘉十郎だが、これまた上方で病がちの日々をおくる身である。

「何しろ、だれも還暦まで生きたやつがいない。先代でさえ、五十九で死んだ。してみるとこのおれも、あと二年がいいところか。」

と、湿っぽくなった。松兵衛はあわてて、

「縁起でもない、何をいうんです、まだまだこれからという時に。」

と手を振った。

ようやく、

「お帰りです。」

と女中の声がして、嘉市が入ってきた。

「ずいぶん、かかりました。」

やれやれといった様子で、どっかり座る。金兵衛はじろり目をくれ、

「どうだった?」

とじれったげにせかす。

「お父っつあんの見込み通りでした。しつこく聞かれるので、往生しました……」

といって、袂から書き付けを取り出した。

「これを見てください。お終いに一筆書いて差し出した、これがその写しです。」

と渡す。金兵衛は、ひったくるようにした。

> ネモロ御場所へ用船にて差下し候大坂栄徳新造船頭重蔵乗りへ、木綿幅二尺丈け三尺これあり候山高印相渡し置き候は何のわけに候や、他の用船手船へも相渡し置き候や、この

船一艘に限り候ことなるや、委細申上げ奉るべきむねお尋ねに御座候えども、右重蔵乗りへ山高印相渡し置き候おぼえも御座なく、なおまたいかようのわけあいにて持ちおり候や私どもも相分り申さず、ならびに他の用船手船どもへ山高印相渡し置き候儀も御座なく候につき、おそれながらこの段、書付をもってお答え申上げ奉り候　以上

高田金兵衛患いにつき代理伜

嘉市

卯六月二十三日

箱館御役所

「これでよい、この通りだ。ご苦労だったな。」

金兵衛は初めて顔色を和らげ、嘉市をねぎらった。松兵衛も続いて目を通し、

「いや、結構結構。」

万事これで片付いたといわんばかりの顔をした。

剣士弥吉

天保二年のこの年、土用を過ぎたばかりの江戸は、軒下の風鈴がたまに音を立てこそすれ、うだる暑さであることに変わりはない。

そんな中で、旗本屋敷の多い小日向のこの一帯ばかりは、まずちょっとした別天地だ。

神田川の清らかな水が、川っぷちのすぐ下をゆったりと流れる。みずすましやあめんぼが水面を戯れ、この川筋だけに放流される紫鯉の背びれが水を切る。土手の道沿いは緑の並木が太い枝を茂らせ、川面を渡る風にそよぎながら爽かな影を落す。

大曲で南に向きを変えた流れは、直進して外堀に合流する。途中に竜慶橋という橋があって、その東詰をどんどんゆけば、百軒長屋の先で御三家の水戸のお館のご門前にたどり着く。そこまで足を伸ばさずに、橋のちょっと先の横丁を左へ折れたところに、数年前撃剣の道場ができた。それからというものは、寒暑を問わず、はつらつとした竹刀の響きは年中絶えることがない。

道場の裏庭はちょうど、さるすべりが満開だ。汗まみれでくたくたの門人が、一人また一人と稽古場をぬけだしてきては、一息入れてうっとりとその赤い花を眺める。明るい大気の中を、光るものがきらり横切った。目ざといやつがそれを見つけ、

「とんぼだ。もう秋だぞ。」

といった。

そんなところへ、表玄関で声がする。

「酒井先生の道場と心得て、参上しました。何とぞ、お手合わせが願いとうござる。」

取次ぎが出て見ると、質素だがこざっぱりした身なりの若者だ。

「ご近所の、水戸の家中のものです。桧山勘衛門（ひやまかんえもん）と申します。」

取次ぎはじろじろ見返した。若僧のくせに、何と無鉄砲なやつだ。うちの先生が何者か、よくよく知ってのことなのかといわんばかりの目つきである。

諸派の中でもひときわ隆盛を誇る直神影流は、藤川弥次郎右衛門近義の孫弥次郎右衛門貞（てい）の時代になっていて、弟子の中では井上伝兵衛正直と、ここの先生の酒井良祐成大（なりひろ）が双璧と称される。大きな声ではいわれぬが、実力だけなら二人とも師より上だという噂だ。さらに本当のところをいうなら、二人の中でも酒井の方が一枚上手らしい。神道無念流の方で神様のようにいわれるあの秋山要助正武でさえ、酒井と勝負して面、小手、胴と立て続けに三本取られ、一本も返せなかったというくらいである。

取次ぎの話を聞いた先生は、

「ていねいに通して、だれかお相手をしなさい。」

というきりである。この道場、訪ねてくるものは、流派をとわず拒まない主義だ。

当番の行司役が声をかけて、稽古場の打ち合いを中止させた。めいめい自分の席に戻って静かになったところで、桧山勘衛門を呼び入れ、

「戸田、貴公やれ。」

と指名して立ち合わせた。戸田は手もなくやられて引き下がった。

お、こいつやるな、という感じで、

「それでは、佐々木さん、一つ。」

と代りをだしたが、これもこっぴどく打ち負かされた。しかし、呼吸の乱れもなく、道場の中央にすっくと立っている。

色白の勘衛門も、今は紅潮して汗びっしょりだ。

行司は先生を振り返り、無言でお伺いを立てた。

先生は上席の溜りに目をやり、

「川路殿。」

と指名した。

突然で面食らったが、川路弥吉、

「は。」

と答えて立ち上がる。年は三十一である。

手早く防具をつけ、中央に進み出た。一礼して身構え、さっと左右に別れる。

弥吉は、毎朝先生からじきじきに技をつけてもらえる高位者の一人だ。ほんの数呼吸で、充実した気迫が全身に満ち満ちた。なかなかな使い手だと感心した相手が、意外に小さく見える。

よしとばかり、迷わずに打ってでた。相手も総身の力を竹刀にこめて反撃する。ひるまず懐に飛び込み、胴を二本連取すると、焦った相手はしゃにむに絡みついてくる。それを左右に身をかわしては受け流して、一瞬の隙に乗じ、のしかかって面を取った。勘衛門は羽目板に吹っ飛んだ。

行司は敗者を別室に連れて行き、茶菓を振るまって丁重に送り出した。

やがて朝稽古を終えた弥吉が退出してくると、塀の外にたたずんでいた影がつと寄った。敗れた勘衛門だ。

「川路様とおっしゃいますか、酒井先生でも屈指の使い手でいらっしゃいましょう。道場は、どちらでございますか。ぜひ、私を入門させてください。」

と、とりすがらんばかりにいう。さっきまでの気負いぶりはどこへやら、あっさり負けを認めた若い瞳がすがすがしい。

「いやいや、あれはね、怪我勝ちというやつさ。始めにぶつかれば、きっと、負けていたんじゃないかな。」

と弥吉。

「それに、わたしは道場持ちなんかじゃない。ただの役人さ。」

「本当ですか？」

勘衛門は、信じられないという顔付きだ。

二人は竜慶橋の袂にでて、土手の道をぶらぶら歩いた。

水戸藩定府の大番士の伜である桧山勘衛門雅賢（まさかた）は二十五才、七年前から歩行士という役についている。藩伝来の一刀流を父から仕込まれ家中で敵うものがなく、ついふらふら慢心して、酒井道場に乗り込んだ。その鼻っぱしらを思いきり弥吉にひっぱたかれ、はっと目が覚めたという。

「ほう、それでは水戸の藩中で……道理で強いわけだ。」

という弥吉にとっても、水戸藩というのはどことなく興味をそそられる存在だ。

御三家の一つとはいうものの、貧乏に苦しみ藩士の生活は慎ましい、だが文武の気風に富み人材も豊富だという噂を聞いている。最近家督を継がれた中納言殿がまた、近来まれにみる名君との世評でもある。

次の橋が近づいて来た。船河原橋といい、神田川はここで外堀と合体する。橋の東詰の角に、粗末な門構えと板塀の屋敷があるのを、弥吉は指さし、

「あれが、わたしの家だ。今日は、これから役所なので、これで失敬する。改めてゆっくり遊びにおいで。」

といって勘衛門と別れた。

稽古着を着替え、家内の見送りを受けるのもそこそこに、家来の木村民蔵と若党の三吉を従えて飛び出す。

「汐留、辰の口、どちらにしますか。」

と木村が聞く。

「今日は辰の口だ。石原町に、用事があるんでね。」

三人の足は牛込御門に向かう。

飯田町を田安門の前にぬけ、堀沿いに大手門を過ぎ、辰の口で道灌堀のほとりにでる。暑いので、供の二人は汗だくだが、稽古で鍛えた体の弥吉はけろりとしたものだ。

堀端の道を伝奏屋敷の塀伝いにしばらくゆくと、白塗りの色映える長屋造りに挟まれて太い二本の柱のそばだつ冠木門が見えてくる。反対の堀端の側は、同心の詰める小屋と厩が交互に並ぶ。弥吉が門にさしかかると、当番の足軽同心がつぎつぎに立ち上って目礼した。欅の巨木の木立の彼方に見え隠れするのは、千鳥屋根で葺いた壮麗な御殿だ。

「辰の口」のただ一言で、知らないものはない天下の評定所がこれである。心に咎めることのない人には、何ということもないが、すねに疵もつやからにとっては、薄気味悪い存在だ。役人になってからの十四年間を、弥吉はずっとここで過ごしてきた。

一口に評定所役人というが、これがなかなかすんなりとは分かりにくい。まず評定所そのものが、ひとつのまとまった機関というよりは、むしろ貸席とでもいった方がてっとり早い。評定所番という軽い役はあっても、評定所奉行とか評定方といった役職はないのである。奉行の代りに、ここにはお目見え以上の資格をもつ留役(とめやく)というものが二十人ばかりと、組頭が一人いる。

御殿の維持管理はとなると、これは御勘定奉行の受け持ちである。ついでにここで働く人間も、御勘定奉行の支配下に入る。留役の正式名称を留役勘定というのはそのせいだ。この下に、支配勘定以下、書物方、改方、それに与力、同心といった下役がいる。

それなら留役とは何ものかといえば、これは御定書百箇条はもとより、裁きの先規先例とその運用を頭にたたき込み、白州で上司と同席して助言し、あるいは手っ取り早く代理で吟味を行う役人のことである。

幕府で刑政を担当するのは、寺社、町、御勘定の、いわゆる三奉行だ。その支配の及ぶ範囲はそれぞれきまっている。町奉行は江戸の御府内一円が支配地だ。御勘定奉行はというと、関八州に関しては公領私領を問わず、また関八州以外でも公領から御府内にかかわることはすべてその権限内に入る。公領というのは徳川領、私領は大名旗本の封地を指す。平たくいえば、徳川氏は自己の直接間接の勢力圏内については、旗本から起用する右の二奉行の手で、一切取り仕切るようにしてあるということだ。

だが、公領内でこそ威力を発揮する両奉行も、関八州以外の天下の大小名の所領には全く手がだせない。この空白を埋めるのが、すなわち寺社奉行というものである。

もともと寺社というのは他の二奉行と違い、公式の席で将軍家に近侍する奏者番の諸侯が兼任するもので、大過なく勤めあげさえすれば、あとは大坂城代、京都所司代を経て、老中、若年寄にまっしぐらという、輝かしい未来を約束された役職だ。大藩の諸侯といえども、寺社奉行には一目置かざるをえない。旗本出の二奉行とは、まるで格式が違うのである。

留役が仕える直接の上司というのは、形の上では右の三奉行ということになるが、町奉行の場合は先祖代々の八丁堀衆がいて大体用が足せる。従って留役の上司はいきおい寺社と勘定方にしぼられる。

川路弥吉は臨時の出役に採用されてわずか六年目で留役になり、十年目には腕利き揃いの留役の中でさえ、たった四人しか選ばれない寺社奉行吟味物調役の地位をものにした。

評定所玄関の式台を上ると、広い板の間は磨き上げられて鏡のようにぴかぴかだ。正面には、白砂の傍らに太い孟宗竹が数本立っただけの簡素な中庭がある。縁側伝いに迂回して、さらに真っすぐいったところが、留役の執務する大部屋である。

ひとまず一番奥の自分の席につく。両隣は空っぽだ。

「今日は、どちらだね？」

と、当番のお坊主衆に尋ねる。

「小田切様は、三田、清水様は、小川町へ参られました。」

調役の同僚小田切庄三郎は、寺社奉行間部下総守の屋敷のある三田、清水次郎助は同じく土屋相模守の屋敷のある小川町にいったという意味だ。数寄屋橋と呉服橋にきまった番所のある町方と違い、寺社方と勘定方はそれぞれ自前で邸内に奉行所を開設しなければならない。奉行の交代の都度奉行所も場所が変ることになり、それが厄介といえば厄介である。

大部屋には、鍵の手に続くもう一つの部屋がある。組頭の部屋だ。のぞくと、組頭の中野又兵衛は不在だが、お目当ての人物はいた。

弥吉が入ってくるのを見て、

「暑いな。」

という。

「やはり、ご老体ですからな。ご同情申し上げます。」

「こいつめ。」

と笑う。

組頭格の久須美六郎左衛門祐明（すけあきら）である。

六十三だから、弥吉とは親子ほども年が違う。本所石原町に住み、毒舌家だが人の面倒見はよい。石原町と呼ばれ、留役部屋の主のような存在だ。

この久須美がやはり寺社の調役で、ほかの三人を取りまとめる立場にいる。弥吉はこのところずっと、上司の奉行脇坂中務（なかつかさ）大輔安董（だゆうやすただ）の芝汐留の役所に行きっぱなしなので、合い間の報告がてら今日立ち寄ったのだった。

「例のごたついていた金貸しの一件、片がつきましたよ。」

「そうかい。すると、あれからもう三口済んだことになるな。いや、ご苦労〱。」

と、久須美はねぎらった。

「全く、お前さんには、かなわないよ。人より遅くでてきても、片付けるのは人より早いときている。」

「いや、これも、中書公から、盛んに尻をたたかれればこそですよ。どんなにお疲れでも、評席をお願いすると、いやな顔一つせずにお立ちになる。こちらも、奮発せざるをえないじゃありませんか。」

「それは、そうだ。公が再任されてこれで二年、滞った口数もぐんと減ったからな。」

とうなずく。中務大輔の唐名から、脇坂は一名中書とも呼ばれる。

久須美は後ろを振り返り、書庫の棚に置いたちっぽけな草花の鉢を指さした。

「あれでも、蘭だよ。えびねといってね。店で買うと、大分ふんだくられる。どうだ、仕事のご褒美に、あれを進呈しようか。」

「どうも、万年青（おもと）とか蘭とかは、性分にあいませんでしてね。」

「汗臭いヤットウなら、いくらでもというんだろう。変ったやつだよ、お前さんは。いっておくが、この安穏なご時世に、もし撃剣で腕でも折ってみろ。それこそ、ただじゃ済まないからな。」

半分真顔でいう。

「それはそうと、蝦夷地のシャマニから、こんな手紙がきた。」

と、脇机にあった書状を手渡した。

「ほう、等澍院からですね。ちょっと、拝見。」

と広げてみる。蝦夷三官寺は、いうまでもなく寺社方の支配である。

「うーん、異国船、ウラヤコタンに続いてシャマニにも出現ですか。どなたでしたっけね、たった今、天下は泰平のようにおっしゃったのは。」

「年寄をいじめるんじゃない。しかし、寺僧らも、よほど震え上がったようだな、東照宮の御神位を返上したいというからには。」

「ここに、ちょっと気になる個所が……」

と、弥吉は指でさした。

「オロシャ船の難を逃れた和船は、箱館の商賈高田屋に関わりある由、松前藩において不審をかけられ、近々のうちにご詮議にあいなるともっぱらの噂に御座候とありますね。この高田屋とは、もしかすると……」

「さすがは、川路だ。」

老久須美は、何度もうなずき、

「かの嘉兵衛の興した店に、間違いあるまいよ。若いお前さんが、そんな名前を知っていたとはね。次郎助や庄三郎のような年配者でさえ、そこは気がつかなかった。」

弥吉は元来内藤という家の跡取り息子だ。

父の吉兵衛歳由は七十俵二人扶持、西の丸のお徒士だったが、もとはといえば浪人ものだ。しがない身分とはいえ、弥吉にとって、吉兵衛はただの父ではなかった。

弥吉が九つの年、吉兵衛は初めて四書の素読を授けた。本は安くはないので、知り合いから借りたのを、吉兵衛自ら手写して与えたという。

素読というのは、大人がまず声をだして読み、子供に繰り返させるのである。意味には一切触れない。教え方はすこぶる厳しかった。

内藤一家は、牛込の中御徒町の組屋敷に住んだが、それ以前四谷にいた頃から、吉兵衛は釣り好きが縁で、川路三左衛門光房（みつふさ）というものと親しくした。川路は九十俵三人扶持の御家人で、留守居番与力をちょっとやったきり、あとは小普請入りしたままの無役ものだ。家は内藤新宿の入り口に当たる四谷六軒町にあった。

この三左衛門が、一家の牛込引っ越し以後も、吉兵衛の非番の日を見計らっては遊びにくる。ある日も、釣竿と魚籠をもってやってきて、吉兵衛を牛込御門前の堀に誘った。二人並んで糸を垂れるうち、

「時にだねえ。」

と表情を改め、

「知っての通り、わたしには子がいない。どうだろう、弥吉坊や、あの子を養子に貰えないもんだろうか。」

「これはまた、ご冗談を。お前様のその若さで、この先子供ができないわけじゃなし。」

吉兵衛は、軽く受け流そうとした。三左衛門は真顔になり、

「もし、先々わたしに子ができても、家は継がせない。川路の家はね、間違いなく弥吉に継いでもらう。わたしはね、あんたが、弥吉を手塩にかけて育てるのを、ずっと見て来た。それに惚れこんだのさ。何なら、親子一緒に貰いたいくらいのものだ。」

「ご無理なことを、おっしゃる。」

と吉兵衛は苦笑した。だがそのうちにだんだん考えこんだ。

弥吉は生まれたのは次男だけれど、長男が三つで死んだので、事実上の嫡子である。下には、八つ違いの松吉が一人いるきりだ。内藤の立場からすれば、これは首を横に振って当り前である。しかし、お徒士という身分は、一代限りのお抱え席で、いつまで子孫に伝えられるものやらわからない。そこへゆくと川路は、小なりといえども先祖代々直参の御家人だ。失敗さえしでかさない限り、家は続く。そこには雲泥の差がある。弥吉のためには、どちらがよいか。そう考えると、あとは早かった。

「承知しました。いかにも、差し上げることに致しましょう。」

と承諾し、三左衛門は、

「ありがとう、ありがとう。」

相好を崩して喜んだ。弥吉十二の年のことである。

世間の方はそうはとらない。

川路ではああいっているが、それは実の子がいないからこそのこと、いざ生まれれば必ずや可愛さにひかれて、心変わりするのは目に見えていると陰口をたたく。

そんな連中があっといった。

養子縁組を小普請支配石川左近将監（さこんしょうげん）に届けでた次の年、三左衛門は突然病気を理由に、跡目は弥吉に仰せつけられたくといって隠居した。これには吉兵衛さえも、びっくりした。

六軒町へ駆けつけ、

「一体また、どうしたんです、藪から棒に……」

「いや、あんたには、無断で、済まなかった。」

三左衛門は詫びた。

「しかし、わたしなんか、もうどんなに頑張ろうと、この先、ご奉公できる見込みはない。それよりも、あんたに頼みがある。どうか、この上とも、弥吉の後見になって、面倒をみてやってほしいのだ。」

こんないきさつから、弥吉は十三そこそこで、急遽元服させられた。内藤家で行われた式には、母方の祖父高橋小太夫誠種（まさたね）がはるばる九州から駆けつけた。前髪は父が剃り落とし、冠は祖父が授けた。諱（いみな）は父の歳由の一字を取って歳福（かずとみ）と、これも祖父が命名した。

式のあと、弥吉は肩衣の晴れ着姿で、母に連れられ近くの稲荷へ参拝に出かけるのを、戸口に立った父が見て言った。

「うまくゆけば、評定所の留役あたりに、なれるかもしれないな。」

世話役の組頭や川路の親類筋に付き添われて、弥吉は支配の石川のもとへ相続のお礼に参上した。恐る恐る見上げた顔は、色が黒くて皺が多いが、目つきはやさしかった。

「いくつになるな。」

と聞かれ、大人どもにいいふくめられた通り、

「十七に、相成ります。」

と答える。みんな澄ましたものである。

この時より六年前、同じ石川の前で、御家人勝（かつ）甚三郎の養子になった旗本男谷（おたに）平蔵の末っ子の小（こ）

吉に至っては、たった七つのくせに、やはり、

「年は、当十七歳。」

とやった。さすがの石川もこみあげる笑いを押さえかね、

「十七にしては、老けてみえる。」

といって、みんなどっと笑ったという。徳川家の臣になるには、すぐにでも軍役が勤まる十七才ぐらいが一人前の年というところからきたことである。

三左衛門夫婦は、元服後も、弥吉には好きなようにさせてくれた。一年ばかり前から、弥吉は友野雄助先生の漢学塾にゆくようになっていて、六軒町よりも通うのに便利な北御徒町にいることの方が多い。

それでも、弥吉の思い通りにならないことが一つあった。小普請ものは、支配頭の覚えをよくするためにも、きまった日にご機嫌伺いに参上する習わしだ。これをすっぽかすわけにはゆかない。だが、これが実は難題だった。外桜田にある石川の屋敷へてくてく歩くだけでも大変なのに、早朝からたくさんの人が詰めかけ、弥吉のような小わっぱは、はじきだされるのが関の山、とても主人の面前にでるどころではないのだ。一度二度すごすご弥吉が帰ったと知った吉兵衛は、同じ敷地内にいる十七番組の組頭市川弁右衛門に相談した。

「それはそうだろう。将監様というのは、なにしろお顔が広い。組子だけでなく、ほかにもどっさりお客があるだろうよ。可哀想だが、弥吉がうろうろするのも、無理はないな。」

と、市川は同情した。

「ちょっと、待てよ。斎藤の爺っさんなら、何か知恵があるかもしれない。今度遊びにきた時に、

聞いてあげよう。」

斎藤嘉兵衛というのは、四年前に引退した市川の先役で、吉兵衛も顔だけなら知っている。下谷御徒町に住み、ちょくちょくこの辺へも顔をだす元気な老人だ。

この人が、運よくひょっこり現れ、

「そうかい、将監様の組かい。それはいいことをしたな。あのお方なら、しっかりお世話して下さるよ。」

といった。

市川は吉兵衛父子を呼びにやった。斎藤は弥吉に、

「どういうご奉公が、したいか。」

と聞いた。

「千軍万馬の中で、一働きがしとうございます。」

斎藤は愉快そうに、

「そんな時代もあったな。」

と笑った。

「将監様のような偉い方には、このわしなど、お近づきはないがね、ほかに少々、心当たりがないこともない。」

そういって弥吉を伴い、駿河台へでかけた。

武家屋敷ばかりの高台の一角に、しんと静まり返ったお邸が一軒ある。取次ぎにでた家来と、斎藤は親しげに口をきいた。

中に通ると、斎藤は、

「ちょっと、ご隠居様に、ご挨拶を……」

といって中座した。

しばらくして戻るのとほとんど同時に、この家の主人が現れた。風采の立派な、しかしどこかまだ若々しい感じの漂う人である。

「御書院番の羽太庄左衛門様だ。ご挨拶しなさい。」

斎藤にいわれ、

「小普請支配石川左近将監組、川路弥吉にござりまする。お見知りおき願います。」

と挨拶した。

書院番といえば小姓番とともに、お役を志す若者にとってこの上ない憧れの地位だ。そんな人に出会えたのだから、弥吉は思わず胸がわくわくした。

斎藤がここへきたわけを話すのを、羽太は微笑しながら聞き終り、

「将監様へのご紹介は、本来なら父がいいのだが、このわたしでも、ことは足りる。たしかに承知致した。」

と引き受けた。

約束の日に、弥吉は羽太と連れ立って外桜田へいった。

羽太は玄関の混雑を尻目にずかずか上がり込み、まるで自分の家の中をゆくようにして、一間にたどり着いた。

「庄左衛門にござります。ちとお願いに上がりました。」

「オオ、珍しい、さあ入られい、入られい。」

という声は石川だ。

羽太は弥吉を抱くようにして入り、けげん顔の石川に、突然推参したわけを話した。

「かくかくの次第で、本人きわめて難渋(なんじゅう)の由にござります。手前のみたところ、利発で骨のある若者とみうけます。どうか、お目をかけてやって頂けますまいか。」

と石川は機嫌よく、

「川路弥吉、うん、覚えておるぞ。三左衛門の養子だったな。」

「取次ぎにいっておく。この次からは、脇の口を通って表座敷に入るようにしなさい。」

といってくれた。

この羽太の取持ちで石川に近づいたということが、その後の弥吉の人生の進路をきめる上で計り知れない影響を及ぼすことになる。

駿河台の羽太邸へは、それからも何回かいった。庄左衛門はいつもにこやかで、茶菓をだしてもてなし、弥吉の師である友野先生の教え方を尋ねたりした。ある時、書院の隣部屋を見せられ、蔵書が天井にまでうずたかく積んであるのにびっくりした。ほとんどが、ご隠居の集めたものだということだった。

この辺りは大身の屋敷が多く、昼でも森閑としたところだが、その中でも羽太の邸はとりわけ静かでひっそりしていた。家来や召使なども、大声をあげることがない。

ご隠居という人は、一度弥吉が一人で絵巻物の本を拝見している部屋へ、ふと通りかかったことがあった。どぎまぎして挨拶する弥吉に、

「どうだね。面白いか。」

と向けた眼差しは暖かだった。川路が石川の組であることは知っていて、

「あのお人のいうことは、よく聞きなさい。とてもためになるから。」

といった。

柔和で親しみやすい人柄の割りには、ご隠居は人前にはめったに顔を出さなかった。そういえば、屋敷全体が、どことなく世間を避ける感じなのである。

秋の日の一日、弥吉は南蔵院のお寺の坂の茶屋で一休みしていた斎藤老人に、

「その後、どうだ。」

と声をかけられて、いろいろ話すうちに、羽太家の静けさが妙に気になることをいった。

「そうか、そこに気がついたか。そなた、やはり並みの子ではないな。」

斎藤は、しばらく考え、

「いずれ、わかることだから、話してしまっていいだろう。そうすれば、将監様と羽太様がなぜご親密な間柄なのかも、わかってくる。そなた、あの丁卯(ていぼう)の騒ぎというものを覚えているかい。」

「はい、覚えています。私は、七つでしたから……」

それは、内藤一家が、四谷からこの北御徒町に引っ越した翌年の文化四年のことだった。むしむしとした暑さに、うだる毎日が続いた六月初旬、江戸の町を閃光のように風聞が貫いた。

オロシャが、蝦夷地を襲ったというのである。南部と津軽の軍勢が、必死に防戦するが、夷狄の方は兵船数百艘をもって、南部佐井と津軽の三厩口(みんまやぐち)を封鎖してしまったと。

人々は愕然とした。それでは御用地は連絡を断たれ、在勤の公儀衆は孤立したも同然ではないか。城中では、お偉方に、松前発向の命が下った。秋田・仙台の両藩には出兵が促された。

戦だ！

槍や刀の注文が鍛冶屋に殺到した。古着屋の軒先から、陣羽織が姿を消した。武器は何によらず、値が跳ね上がった。

いかめしい顔付きの武士が、牛込辺の路上を、そわそわと落ち着かなげに行き交う姿を、弥吉は一再ならず見た。

市中には、みだりに噂話などしないよう、町奉行所から触れがでた。しかし、そんなことを言われれば言われるだけ、人々は余計声を潜めて話に夢中になった。

噂話の中には、箱館奉行が救援をあてにできずに、失望のあまり半狂乱に陥ったとか、甚だしいのは松前家の家老の下国某がオロシャ王に通じ、一家眷属を引き連れてかの国に逃げ、日本を討つ手先になったといった体のものさえある。

どこまでが本当で、どこまでが嘘なのやら、だれもわからない。ただただ重苦しい不安につきまとわれて、その日その日をおくるばかりだ。

あちこちに異変が起った。

六月から七月にかけ、たそがれ時になると、西南の空に彗星が長い尾を引いた。竹橋御門の内にあった古い松が、風もないのに折れ、氷川明神の本殿が、建替の時期でもないのに崩壊した。板橋と巣鴨の間の原を蚊と蝶が乱舞して飛んだ。昔、源氏の旗上げで三浦党が兵を起した時に、同じことがあったという。水戸領では、白い虹がでて、お天道様を貫いたといわれた。

この頃になると、下々のものにも大分事情が伝わってきた。日本は蝦夷地の各地で、オロシャの軍船に襲撃されて略奪に遭い、とくにエトロフでは、戦をして完膚なきまでに惨敗したという。蝦夷地には、公儀衆、南部・津軽勢ら、武士と名のつくものが要所要所に配置されている。それでいてこのざまだ。何というお粗末さだろう。

この危機にあたって、幕閣がやったのは、反撃策にでずに防御を固めただけなので、本物の戦争になるまでには至らなかった。

世間もまた、武士のだらしなさを風刺はしても、この処置に異議を唱えたりはしなかった。だが、心のどこかに、やりきれない鬱屈したものがわだかまったことは否めない。

そんなむしゃくしゃした気分の中で、八月の深川富岡八幡宮の祭礼がやってきた。二年前に霊岸島の商人らが寄進した大鳥居が、評判だったこともあるが、そればかりでなく、やはり神信心にでも縋りたい不安な気持が働いたのだろう。

黒山の人がどっと永代橋におしかけた。重みで橋桁がメリメリ音を立て、悲鳴が上がった。群衆は盲滅法に後ろから押し寄せる。橋はついに、東詰から十五間ばかりが、耐え切れずに落下した。老若男女は雪崩を打って川中に吸い込まれた。

溺れ死んだものは千人とも千五百人ともいわれ、数知れない。佃島でやっと七、八十の遺体を揚げたきり、ほとんどは海に流されてしまった。牛込でも、位牌だけもって嘆き悲しみながら通る白無垢の葬列を、弥吉は幾度となく見て、子供心に世の無常の哀れさを感じたことを覚えている。

だがいくら傷ましかろうと、永代橋の惨事は、人々の眼前で起こったことで、そのこと自体に何の怪しさもない。それに引き換え、北方の変事はどうして起こったのか、どれだけの命が失われたのか、オロシャの攻撃はこれ一回きりなのか、それとも後があるのか、判然としないままだ。それが例えようもなく不気味だった。

こうして丁卯の年の騒ぎというものは、感受性の強かった弥吉の子供心に、ひときわ強く印象づけられた。


「あれは、今思いだしてみても、悪い夢をみたようだった。」

と斎藤は、

「ことに情けなかったのは、エトロフのわが陣営さ。オロシャがちょっと襲撃しただけで、たちまちすたこら逃げたというんだ。天下泰平になって以来、日本人は闘うということを、すっかり忘れたんだね。」

そういって、がぶり茶を飲んだ。

「お偉方は、その辺がわかっていても、おくびにもださない。武士として何たる不甲斐ないことかと、全部の罪を出先の箱館奉行にかぶせ、お役御免の上、逼塞(ひっそく)処分にしてしまった。その罰を蒙った奉行こそ、だれあろうあの羽太のご隠居様よ。」

「……」

驚きのあまり、弥吉は二の句がつげなかった。

「知ってるかね、逼塞というのは、日中外出してはいけないんだ。当時安芸守とおっしゃったご隠居様は、その百五十日の期限が過ぎたあとも、ずっとああして謹慎をお続けだ。実に、おいたわしいというほかはない。

わしがお徒目付だった頃の上司が、ご隠居様さ。それ以来目をかけて頂いたから、お人柄というものはよく分かる。そんなご隠居様を、お偉方の中で一番よく知り尽して、世間の白い目をものともせずに励まされたのが、だれあろう、お前さんの組の御支配の将監様だよ。」

斎藤はそういって、またまた弥吉を驚かせた。

「そもそもあの蝦夷の御用地というものは、十五年前に、御用掛が五人任命されて始まったんだが、中心になったお二人が、将監様と安芸守様だったというわけだ。始めから終りまで任を全うされたのも、このお二方だけさ。

何しろいきなり年に何万両という大金を蝦夷の地に注ぎこもうというのだから、御勘定所は挙げて猛反対だ。ことに将監様は当時御勘定奉行をお勤めだったから、間に立って苦しい思いもされたろう。しかしお二方とも、この御用を何としても成し遂げなくてはと、敢然として立ち向かわれた。そのご苦労の間に、何時しか肝胆相照らす間柄になられたんだね。親類同様の付き合いを、なさるようになったのもそれからだ。どうだ、これでわかっただろう。」

「はい、よくわかりました。ありがとうございました。」

「そうか、よかった、よかった。どうだい、これ一つ、食べてゆかないか。」

と斎藤は、皿の安倍川餅をつまんでさしだした。

食べるうちに、また疑問が頭をもたげる。

「でも、それから、オロシャの方は、どうなったんでしょうか?」

「うん、その後のことは、わしもお役を退いたので、よくわからん。何でも、しばらく前に、オロシャ人で捕えられたのがいて、この節お取り調べ中とか聞くがね。」

斎藤は、口の回りをぬぐうと、がぶり残りのお茶を飲んだ。

弥吉は挨拶をして、家に帰った。道々、斎藤が敗軍の将安芸守のことを、かばう言い方をしたのが心に残った。わかるような気がする反面、大将分としてなぜ一騎ででも敵に駆け向かわれなかったのかと、残念にも思った。

だんだんに寒くなって、空っ風が吹き、宙に枯れ葉が舞い上がる日々になった。

そんな一日、石川邸の面会日には、いつものように大勢の人が詰めかけた。弥吉は最前列にいた。羽太に世話されたお陰で、家人の通る中廊下伝いに座敷へ滑りこめるようになったのだ。

お城から退出したばかりという石川は、いつもの笑顔がひときわ輝いて見えた。

「おのおのも知っての通り、わたしは、オロシャ御用でまかり通る男だ。」

と前置きし、

「かの国との間は、ずっと面白くないこと続きで、頭が痛かった。正直なところ、夜も眠れない思いをしたこともある。ところがこのところ、局面がにわかに展開し、ただ今もお召しがあって登城してみると、松前奉行から万事首尾よく運んだとお届けが入った。実にもう、雲晴れて名月を仰いだような、せいせいした気持だよ。」

そういって愉快そうに、一同を見渡した。座の中から、

「オロシャ人は、捕らえられて松前にいるものがあると聞きましたが……」

と問うものがいる。

「うん、二年前にクナジリにやってきたのを、こちらが機転をきかせて召し捕ったのだ。わが方には、オロシャがなぜ、エトロフその他を襲撃したか、詰問しなければならぬ筋合いがある。それで、

松前に連れてきて、奉行じきじきに、問いただしたというわけだ……」

一座はしんとして、耳を傾ける。

「ところがこのオロシャ人ども、一人だけは正直に知っておることを白状したけれども、ほかのものは知らないと言い張る。こちらとしては、仲間がやったことの不法を認めるなら、特別に放免してやってもいいのだが、否認しつづけではどうにもならない。といって、いつまでもだらだら拘留しているわけにもいかない。折角召し捕っても、こうなると却って荷厄介になりかねず、ご老中方も、正直なところ、少々持て余されていたのだ。」

「そこへ、今年になって、ひょっこりオロシャから船が渡来し、エトロフなどでやった悪事は謝罪するから、預り人を返してくれないかと申しでた。」

「それからは、奉行の服部備後と次席の高橋がよく働いて、とうとうこのほど、オロシャ船がイルコッカ大守の詫び状を持参したのと引き換えに、オロシャ人どもを釈放するまでに漕ぎつけた。これで、われわれも、肩の荷が下りたというわけだよ。」

なるほど、そういうことだったのか。一座には、ほっとした空気が漲った。石川は、それを制するように、咳払いを一つ二つした。

「さて、わしが、この席で、諸公に本当に聞いて貰いたいのは、実はこれからだ。」

ずんと響くような調子なので、人々は改めて座り直した。

「手詰まりだった事柄が、ばたばたと片付いた裏には、実はこれを橋渡しした人物があったのだよ。箱館で、公儀から三人扶持をもらっていた町人がいる。武士じゃない。この男、エトロフ場所御用を勤めていて、昨年仲間を奪回しにきたオロシャ船に捕まり、従者ともどもカムサスカに連れて行かれた。オロシャとしては、仲間と交換するための人質にする積りだったのだ。」
「ところがこの男、銃口を突き付けられてやむなく捕まりはしたものの、それがために卑屈になったり、こびへつらったりすることは一切しない。それどころか、カムサスカへいって片言を覚えると、すぐに談判をやりだした。一体全体、海賊然と蛮行を働いた側が、それを謝りもせずに、人を取返そうなどとは何事だ、返して貰いたければ、まず詫びを入れろとやった。

いわれれば理の当然だから、オロシャも納得し、それで急に今回、穏やかな出方をしてきたというわけだ。

体こそ力づくで連れ去られても、心の自由までは決して奪われない、町人ながら武士も及ばぬこんな人間が、よくぞいてくれたものだと思う。どうだね、諸公も、そう思わないか。」

静かな感動が、一座を包んだ。弥吉も胸が熱くなった。

「この男、名前は高田屋嘉兵衛という。ここで、いささか自慢をさせて貰うとだな、御用地になってすぐ、こいつただものでないと見込み、奔走して公儀の扶持人に取り立てたのが、何を隠そう、このわしと、羽太芸州だったということさ。」

そういって、こちらに向け、にやりいたずらっぽくほほ笑んだ石川の目を、弥吉は大人になった今も忘れることはできない。それとともに高田屋嘉兵衛の名は、尊敬の念をこめてしっかりと心の奥深く刻みつけられた。

山高印の小幟

高田屋嘉市が箱館代官所に出頭した日の五日前、六月十九日のことだ。

箱館に近い臼尻領ケモシトマリで、早朝、漁師の松五郎と直吉というものが、十四、五丁沖合に小舟をだし、はえなわ漁にとりかかった。

そこへ、靄をついて不意に異国船が現れ、手早く縄ばしごを伝い下りたものらの手で、二人は無理やり船にひきずり上げられた。船上には、陣笠や頭巾めいたものをかぶり、赤、黒の厚手の地の筒袖と股引、それに沓を履いた異国人が二十四、五人ばかりいる。

今にも殺されるのではと、二人ともがたがた震えていると、白い筒袖を着た頭分ふうの男がでてきて、松五郎の手を取り、艫の櫓の下にある三畳ほどの部屋に連れ込んだ。

男は笠を取ると、下はザンギリ頭で、松五郎を腰掛けにかけさせ、べつのザンギリ頭を呼び入れて、二尺四方の台の上に食べ物らしいものを並べさせた。それからその中の、大きさ三寸ぐらい、丸い焼き餅ようのものを取り上げ、食ってみろと手まねした。

船内は臭気はなはだしく、食い気が起こらぬので断ると、今度は鯨肉みたいなものを切りわけて口に押し付けた。仕方なしにほおばりはしたが、しょっぱくて油臭く、どうにも咽喉がとおらない。

すると、徳利ようのものから、酒みたいなものを猪口に八分目ほど注ぎ、ザンギリがまず飲み干し、もう一度八分目に注いだやつを、こちらに押し付けた。うっかり飲み込んだら、忽ち腹中は灼けつくようで、七転八倒した。

ザンギリはこの間絶えず話しかけるが、何をいっているのか皆目わからない。頭ががんがんしだした松五郎は、額を叩いてみせた。すると指で梯子段を示され、夢中で艪の上にはい出て直吉と再会した。

それで人心地がついてそこいらを見渡すと、船の両舷は艪の上と下を問わず、四斗入りぐらいの大きさの樽で埋め尽されている。中央にかまどがあって、油じみた大釜が二つのっかっていた。大筒小筒の類いがあったかどうかは、気もそぞろだったために覚えていない。

始めこそもの珍らしげにした異国人だが、見飽きてしまえばもう振り向きもしなかった。二人はそろそろと縄ばしごに辿りつき、小舟に下りたところへ、鰹の開きに大小四つの釣針を刺したものが一本、上から投げ込まれて、船は去った。

はえなわはもはや流失して仕事にならず、浜に戻ったら昼時になっていた。飯代わりに鰹を炙ってみたが、塩がききすぎて口に合わず、海に捨ててしまった。

日頃藩庁からは異国船について、帆影を見ただけでも届けよとのお達しだ。まして捕らえられて船内にまでひきずりこまれた以上は、早々に訴えでるのが当然である。

小心者の松五郎と直吉は、それがわかっていても、ただもう咎められはすまいかとそら恐ろしく、ひた隠しにしようとした。

だが漁夫が異国船に捕まったらしいという評判は、中一日置いた翌日には早くも箱館に伝わり、二人はすぐに突き止められて、代官所に引き出された。

取り調べた藩吏は、松五郎が食べ物らしいものをあてがわれたことに、注目した。異国人と接触し、いささかでも共に生活したものは、疫病に罹ったものと断定して差し支えないのである。

次は、二人が釣針のついた塩鰹をよこされたことについてだ。藩吏は、それが何かものを与えた見返り、つまり交易ではなかったか、また即座に投げ返さなかったのは、内心欲しい気持ちがあったのではないかとしつこく追及した。

藩は釣針を没収の上、今後の取り計らいについて、公儀に伺いを立てた。二十七日には、物頭以下の人数を異国船の再来に備えて箱館に送った。

高田屋嘉市の答書が松前に届いたのは、こうした最中である。しかも異国船の影は、これからがひんぱんになる。

まず東蝦夷地のエトモで、六月二十九日も真夜中を過ぎた頃、勤番所前の浜から三里ばかり沖合に、灯影が捉えられた。暗夜の上に、折柄の北西の風で辺りは靄が立ちこめたため、それ以上はわかりかねた。

翌朝も風だったが、靄は昼頃には晴れた。すると東南の方角に、七、八百石積ぐらいの異国船が現れ、海岸へ十五、六丁の距離に接近して碇を下ろしにかかった。勤番勢は西の出崎に出かけていって、百匁筒と三十匁筒を数発打った。ウラヤコタンとシャマニでは見られなかったことだが、七年前に幕府が発した二念なき異国船打ち払い令に忠実に従うなら、こうなるのである。船は、急いで帆を巻き上げて走り去った。

七月三日には、箱館の六ケ場所で、朝のうち砂原村沖合に、異国船が鷲之木村方面からやってきてエトモ方面に引き返し、昼過ぎには、鹿部境沼尻沖にいるのが見受けられた。四日には、鹿部領のホンベツ沖で、二艘べつべつにいるのが認められた。

それからしばらくは平穏だったが、二十五日の夕方、エトモ崎詰めの遠見番の目に、千石船ほどの大きさの異国船が、東風に乗って白鳥の入江の方角に運ばれるのが映った。通報を受けた勤番勢はすぐ追跡にかかり、日暮までに相手が南々西に移動したのを見届けた。二十六日の夜明けには、船影ははるか箱館六ケ場所の砂原方面に漂う気配である。

その砂原領宗砂森浜の海で、この日の朝、箱館大町の弥兵衛というものが、仲間二、三人と小舟をだし、鰯をとっていた。ふと気がつくと、目の前に、六人ばかり異国人の乗った艀が、あわやのしかからんばかりの勢いで接近するところだ。慌てて向きを変える間もなく、小舟はぶつけられて大破した。

沈みかける舟の中で弥兵衛らが騒ぐのも構わず、相手は盛んに手まねをしかけてくる。一つは山を指さして水を汲む仕草にみえるので、この近所には飲み水はないと手を振った。もう一つの仕草は、盛んにものを切るような格好だ。もしかして刀のことかと思い、この辺はお固めの人数が一杯だという手つきをしたら、興ざめ顔で、弥兵衛らを助けるでもなく引き返した。折角とった鰯は流されてしまい、弥兵衛らはさんざんな目にあってやっとのことで岸にたどり着いた。

二十七日の早朝、異国船はモロラン領のチマイベツ沖に一艘いて、昼頃にはウス場所のイマリマリフ沖にさしかかった。知らせを受けた物頭以下の勤番勢は、海路モロランに渡る手筈を整えた。

この間に、大小二つの艀に分乗した異国人は、ウス場所のオヒルネップの浜に漕ぎつけた。場所の番人左五右衛門というものが、はるかにこれを見つけ、エトモへ注進に駆け出した。

艀からは、異国人がぞろぞろと十五、六人ばかり上陸してくる。エトモへでるためには、その中央を突破するしかない。左五右衛門はあっさり捕まり、波打ち際の艀に連れて行かれた。そこに頭分らしい男がいて、波間に打ち寄せる木切れをさし、取ろうとしたら指が切られる真似をしてみせた。それから肩に手をかけ、沖の親船へ一緒にゆこうというそぶりをした。左五右衛門は、遮二無二振りほどいた。

四十四という年にもめげず、一里もの道のりを走り通し、夷人に伝令舟を漕がせて海上を渡る途中、こちらを指して分乗してくる勤番勢とすれ違い、急を告げた。

岸につけた勤番勢はオヒルネップまでの道のりを急行するわけだが、この間は視界を遮るものがなく、相手からは丸見えである。すこし奥まってすすきが群生するのを見つけた物頭は、同勢をその中に潜ませて進んだ。

ところがあと十二、三丁というところで、草むらはぷっつり切れ、全員の姿は白日のもとにさらけだされてしまう。途端に沖の親船から警告の合図らしい砲声が轟き、砂丘の奥の森の蔭から、驚き慌てた人影がつぎつぎに飛びだした。

「それ！」

というので、鉄砲を打ちかける。親船に対しては、携行した百匁、五十匁、三十匁筒を発射した。向こうもまた打ち返し、大玉一発は味方すれすれに落下して砂塵を巻き上げた。

人影は艀に殺到して飛び乗り、一つまた一つと大童で逃げる。二つとも帰りつくのとほぼ同時に、こちらの百匁玉は二発ほど親船に当たったようにも見え、そのせいか無風の中を艀に曳航させながら、西南西の方角に遠ざかった。

異国人が上陸した跡は、胴回り三尺の立木が二本切り倒されてあり、渚にはお粗末な革の沓が一足取り残されていた。砂中に二尺ばかり埋まった大玉を掘り起してみると、差渡し二寸五分以上、目方三百五十匁の鉄の塊だった。

　こうして両者が砲火を交えた翌日、七月二十八日のことである。

　箱館内澗町戸沢屋孫右衛門所有の四百七十八石積日吉丸が、夕刻、エトモの東ワシベツの沖合を走っていた。船頭第吉ほか乗組九人のこの船は、二十日に箱館を出航、二十二日ユウブツに着いて産物を積取り、二十六日帰路についたものだ。あいにく前後は、深い霧に閉ざされていた。ちらり晴れ間が仄見えたかなという矢先、前方およそ一里、茅部の方角に当って三本柱の船があるのが分った。一同、わっと恐怖に取り憑かれた。

　南風なのですぐさまシラオイに逃げようとしたが、追いすがる異国船は百間ほどに詰めると大筒を三、四発放ち、一発は帆柱に命中した。これではとても逃げ了せないので、全員艀に乗り移り、風上の砂原方面に向けて必死に漕いだ。異国船は艀にも発砲したが、幸い頭上をかすめただけだ。ようやく難を逃れて日が暮れかかり、異国船ももはや視野に入らなくなった。日吉丸はどうなったか気掛かりで、引き返し捜し回った末、どうにか見つけることができた。

　船は哀れにも、水縄は切られ帆は落とされ、碇綱は環の付け根で切断されている。玉の当たった帆柱は、根方を六間ほど残して吹っ飛び、船内はめちゃめちゃに荒らされていた。賊はさんざん略奪してから、船を航行不能に陥らせておいて立ち去ったのである。第吉らは、応急手当でどうにか動かし、四日がかりで八月二日箱館に帰還した時はみんなくたくたで、被害届けの品物の書き出しさえすぐにはできなかったほどだ。

　奪われたものは、米七俵、全員の衣類、髪結い道具一切、食事道具一切、四斗焚きの大鍋一つ、六斗焚きの大釜一つ、三斗入り銅の薬缶一つ、水汲み桶六つ、有り合わせの金二分と銭一貫文だった。

痛かったのは、船頭すずり箱に納めておいた浦賀番所の改め小切手、箱館沖の口番所の船往来証文、仕切書といった重要な書付けの類いを、箱ごと盗られたことだ。海賊はまた、大神宮と金毘羅のお守り札のついた神棚と道具、三寸の高さの石造り地蔵三体を納めた仏壇と仏具を、そっくりさらっていった。

第吉は取り調べの代官所藩吏から、

「異国船は、船印のようなもの、あるいは何か小旗のようなものを、見せなかったか。」

と聞かれて、きょとんとした。

「さあて……暗くはなるし、おまけに玉がとんでくるもんですから、落ち着いて見るひまは、ありませんでした。」

松前の藩庁は、箱館の酒井代官から取り調べ書が送付されると、船方を松前表に移して正式に聴聞することもなく、右から左に江戸へ回してしまった。

松前藩が平素の落ち着きを欠いたことについては、あながち無理からぬところがある。

全くのところ、今年はウラヤコタンを皮切りに、シャマニ、ケモシトマリ、オヒルネップ、ワシベツと、異国船がらみの事件が立て続けだ。ことにオヒルネップでは、初めてまともに相手と砲火を交えさえした。このままではこの先、どんな予想外の展開になるのか見当もつかない。

藩庁はもはや緊張の重圧に耐えられず、八月一日にはとうとう南部と津軽の両藩に、頭を下げて書面を呈するに至った。オヒルネップの交戦を伝えるとともに、今後再び押し寄せて上陸しようとも、一藩内のことゆえ、あくまで自力で対処し、迷惑はかけない積り、しかし万が一の時には御助

勢願いたいというのである

かつて藩は御用地の返還に当り、以後は海陸両面で蝦夷地の防備を万全にすることを誓ったものだった。そんな約束の上からは、いまさら弱音を吐けた義理でないのだが、異国船の武力の恐怖の前には、もはや強がりなどどこかへ吹っ飛んでしまった。

しかも栄徳丸のことが持ち上がるのと前後して、江戸の老中大久保加賀守から、二月にウラヤコタンで一時異国船の擒（とりこ）となった勤番の頭谷梯小右衛門の従者利三吉を、海防担当の御勘定奉行村垣淡路守のもとに差し出すようにと通達があった。藩は早く忘れたい苦い敗北の味を、再び思いだrealせられることになったばかりでなく、利三吉が何かつまらないことでも言い出しはしないかと、余計な気を揉まされる次第である。

利三吉の呼び出しそれ自体は、海の外へ漂流したもの、少しの間でも異国人の間で生活したものが、忌み穢れたものとして江戸の吟味を受ける建前からいって、不思議でも何でもない。ちなみに夷人はこの厳格な取扱いを受けず、したがって同じく異国船の擒となっても、イコシャバには呼び出しがかからなかった。

利三吉は、高田屋嘉市が代官所に出頭したのと同じ日に、足軽に付き添われて松前を出立した。

ケモシトマリの一件は、そんな折りに発生した。松五郎と直吉は異国船の中に引き入れられ、松五郎は少量とはいえ、異人の食いものを口にさせられた。藩では二人の処置について江戸へお伺いを立てた。大久保加賀守からは八月六日付けで、当分の間二人は漁業を差し止め、利三吉の吟味が終わるのを待つようにとの沙汰だった。

南部・津軽両藩に万一の助勢を依頼して、ほっと一息ついた頃、藩の首脳に高田屋から内々の献上物があった。エトロフ場所の請負継続の御礼にとの名目で、家老松前内蔵、蛎崎次郎、蛎崎三七、下国斎宮(しもくにいつき)、新井田金右衛門にそれぞれ金二両二分と縮緬(ちりめん)一疋ずつ、鈴木紀三郎、氏家唯右衛門、近藤某、工藤某、小林某にそれぞれ金二両と上布一疋ずつが届けられた。この中では、松前内蔵が江戸家老としてもっとも勢威があり、鈴木紀三郎は用人として藩主志摩守の枢要な側近であった。

一体、一連の異国船がらみの事件では、それぞれ被害があったか、異国人との接触があったりして、公儀へ届け出をしないわけにはゆかない。そこへゆくと、シャマニ沖の栄徳丸の一件だけは、著しく毛色が違う。ここでは実害といえるものがないからで、藩さえその気ならば、追及を取りやめ握り潰すぐらい何でもないことだ。高田屋が進物攻勢をかけた真意も、まさしくそこにあった。

けれども藩庁にも、既定の方針というものがあるのだ。

嘉市が箱館代官所で山高印の小旗と栄徳丸の関わりを真っ向否認して以後というもの、藩は腰を据えて船の帰着を待ち構えた。船頭重蔵以下を松前において再尋問し、その上でさらに金兵衛本人を取り調べるためである。その強い意志を読みきれなかった高田屋は、中途半端な贈り物をしただけで役には立たなかった。

栄徳丸は八月十三日まで待っても帰ってこないので、藩はいよいよ最終的な決意を固めた。すなわち、船頭重蔵がネモロ上陸時に差し出した虚偽の申告書、松井と水牧の手になる乗組一同の吟味書、箱館代官所に差し出した嘉市の答書の三点を添え、藩として山高印の説明の食い違いをどこまでも糾明したい意向であることを、江戸に申し送った。

下谷三味線堀にある江戸藩邸がこれに口上書を添付し、留守居藤倉官五をもって幕府に提出したのが九月十三日だ。

口上書は、栄徳丸のおかしな行動に始まるこれまでのいきさつについて縷々述べ、乗組一同と高田屋の両方を調べてみたが、

双方申し口相違つかまつり、かつ山高印相用い候には訳柄も御座候趣に相聞け、かたがた不分明に御座候間……船頭重蔵始め水主どもへ再応相尋ね候上、金兵衛儀とくと取り調べ申さず候ては相分り難き儀に御座候ところ……

船の到着が遅れ、あまり先に延びてはいかがかと思われるので、ひとまずお届け申し上げると結んである。文中、金兵衛は士分らしく、屋号ぬきで高田金兵衛と明記されていた。

ところで当の栄徳丸だが、八月十九日になってどうやら箱館に舞い戻った。

上陸した重蔵ら十二人は、早速代官所に連行されて取り調べられた。帰りがなぜ二月近くもかかったかといえば、異国船にはもうこりごりなので、出くわさないように細心の注意を払ったためだという。

調べのあとは、代官所指定の船宿若狭屋宗太郎方へ預けられた。ここで旅支度をさせられ、足軽が引率して出立した。

松前表に着いてからは、奉行新井田周治の本調べを受けた。立ち会いは、鈴木紀三郎、氏家唯右衛門の両用人である。

新井田は山高印の小旗を持ち出し、

「お前方は、これを高田屋から受け取ったというが、高田屋に聞いてみると渡さぬといい、全く食

い違うのはどうしたわけだ。」

と迫った。

十二人の顔には、ありありと当惑の色が浮かび、すぐには声を発するものもない。ややあって、重蔵は面を上げ、

「ネモロでは、たしかに壽蔵が、高田屋さんから渡されたと、申し上げました。ですが、そこにはそのう、少々早合点というものがございまして……実は、手前が初めてその旗を見せられたのは、先代の船頭久八からでした……」

と断って、こんなふうな話をした。

異国船の害が聞かれるようになりだした頃、久八は重蔵を呼んで、

「これさえあれば、異国船は恐れるに足りない。」

といって船櫃（ふなびつ）から一枚の旗を取り出した。

「つまり、こういうわけだ、高田屋のご先代は、大変に豪気な方でな。オロシャに捕われた時だって、いささかも相手を恐れない。それだから、帰国なさる時、今後また自分の店の船に出会うようなことがあっても、決して手出しするなと、釘をさされたというんだな。

いいか、この旗さえ見せれば、海の上で異国船と会っても、慌てることはないのだぞ。」

といって聞かせてくれた。

その後久八は死んで、自分が跡を継ぐうちに、いつとはなしに忘れてしまったところ、今年は大坂から下る道すがら、どこでもウラヤコタンの衝突のことで持ち切りだった。

いい加減怖じけづいて箱館にたどり着いたと思ったら、今度は金兵衛旦那からネモロへいってほ

しいとのお頼みだ。これでみんな青くなった。船を降りたいなどと口走るやつもでる。けれども、ここまできて永年御恩になった高田屋さんの頼みをむげに断るとなると、上方にいる主人に対しても顔向けできない。はたと困った時、久八の話を思い出し、みんなに旗を見せて元気を奮い立たせた次第である。この時の話を、壽蔵は早とちりして、旦那からじかに旗を受け取ったように錯覚したのではあるまいか。

けれども、今も申したように、久八は旦那から頂戴したとは一言もいわなかった。もし、高田屋さんの方で渡さないとおっしゃるなら、それはその通りに違いなかろう。だがそうなると、久八の話はおかしなものになり、手前としては信じられない気もするが、これもまた仕方のないことである。

「久八は、死んだといったな。それは、たしかか。」

「はい、四年前にみまかりましたに相違ございません。」

「上方の主人は、定めしこのこと、知っておろうな。」

「さあ、どうでございましょう。」

横合いから、氏家が、

「重蔵、一度目はネモロの船番所、二度目は会所、三度目はご当地と、お前の申し口は、その都度ころころ変わる。この次にでるところでは、また違った話をするんだろう。」

と皮肉った。

松前の奉行所は、改めて金兵衛に出頭を申し入れた。金兵衛はやはり病気ということで断り、代りに嘉市を出向かせ、差し添えとして松兵衛をつけた。

新井田が、栄徳新造とはどういう付き合いかと尋ねたのに対し、松兵衛は、

「用船を始めましたのは、九年前でございます。船の建造は十一年前、当時先代嘉兵衛はすでに隠居し、金兵衛の代になっておりました。」

暗に、嘉兵衛がこの件と関わりがないといわんばかりの言い方だ。

「用船当時の船頭は？」

「久八でございます。使ってくれと売り込みにきたのが、この男でございました。それが死んで、今の重蔵になりました。」

「重蔵は、旗をその久八に見せられたといっておるぞ。久八にはだれが渡した、嘉兵衛か、金兵衛か。」

「この儀につきましては、先般箱館で嘉市が申し上げた通りでございます。山高印の小幟というものは、用船はおろか、自家船にすら、渡しきりということはありません。」

「久八の話だと、嘉兵衛はオロシャから帰国のみぎり、以後は海上でわが船と出会うとも、仇を致すなと掛け合ったというが、これについてはいかん？」

「さような話は、嘉兵衛の生存中も、一切耳にしたことはございません。」

とにべもない。

高田屋はあくまでもつっぱねるが、藩庁も引き下がるどころか却って硬化した。

調べにあたった新井田や鈴木は、協議において、

「手切れのご吟味は、相成りがたし。」

と主張した。一旦追及を始めたからには、ここで鉾を納めるなどとんでもないというのである。

四

家老に報告して決裁をえたのち、書類は証拠の品の小旗とともに、在府の家老松前内蔵、蛎崎民部あてに送付された。

九月二十七日、藩の江戸留守居藤倉は、右の品々に上申書をつけて、正式に公裁を願い出た。文中、先にお届けした用船が箱館に帰着したので改めて吟味したが、双方の申し口はやはり噛み合わなかったとした上で、

一体山高印小旗の儀は、いつの頃より相用い候や、当年初めて承り候ものにつき、再応相糺し候えども相分りかね、もちろん船中不用の小旗所持仕りおり、最初より偽りの儀ども申立て、かたがた疑わしき儀もこれあり……

と密貿易めいた口吻を漂わせ、しかしながら、

船主ならびに船中のもの一同他領のものどもに御座候あいだ、この上手限りの吟味仕りがたく……これによって一同ご吟味御座候よう仕りたく、この段申上げ候

と結んである。

この時の文面において、金兵衛は高田屋と屋号つきで呼ばれた。士分の資格はいつの間にやら剥奪されたわけである。

そんなこととは知らない高田屋から、十月の初め代官所に対し、病気治療のため、江戸か、こと

によっては上方にまで足を延ばしたいがとの申し入れがあった。

藩庁では、上訴の当の相手である金兵衛の上方ゆきは認められないにしても、江戸にでたいというのまで差し止めるわけにはゆくまいとなった。ただ江戸とはいっても、八丁堀にある江戸店を足場に、あちこち出向かれては困るので、千住近辺にある藩の抱え屋敷に置いて、医者を呼び寄せることにした。

以上の取り計らいをした上で、藩は十一月三日、留守居の藤倉をやって幕府に届けさせた。

幕閣の方でも、松前藩の上訴について、取り上げるか取り上げないか、決断を迫られることになった。もともと公儀は、諸侯から願い出があると、よほどのことがない限り鷹揚に受けてやるのが建前だ。まして松前藩との間柄はこのところすこぶる良く、訴えでた理由についても重々取り上げるに足るとの見込みだ。

十一月二十日、松前藩主に老中の通達がでた。

その方領分用達高田屋金兵衛用船栄徳新造、異国船に出会い候節、疑わしき船印相用い候一件、奉行所吟味の儀申し聞けられ候につき、村垣淡路守へ申渡し候間その意を得べく候

これに伴い、村垣は二十三日に藩留守居遠藤又左衛門を呼んで、召喚状を発した。金兵衛ならびに栄徳丸の十二人の名前を列記し、

右のものども吟味筋これあり候間、金兵衛は代りにてはなり難く、病気に候わば駕籠にてなり

とも、そのほか一同早々に呼出し、江戸着の前々日に申し聞けらるべく候

とした。具合が悪いからといって嘉市を差し出した松前藩の時のやり口は、もはや通用しない。金兵衛の進退はここに極まることになる。

昇進

九月二日というから、高田屋を公儀に訴えでる決意を固めた松前藩が、着々とその手続きを進めていた最中のことである。場所は江戸城の殿中新番所前の溜だ。

「川路弥吉、思し召しにより、その方、留役勘定組頭格を仰せつけられる。いよいよもって、ご奉公、怠りなく勤められい。」

頭上で、りんとした脇坂中務大輔の声が響いた。弥吉は、われとわが耳を疑った。

前日上司の脇坂から、明日巳の刻、のし目麻上下の正装で登城するようにいわれ、何のことだろうといぶかしみながら参上したのだった。

頭を上げてみれば、正面にまごう方なき脇坂のきりりとした白髪の顔、そして左手には、手前から下総古河八万石の土井大炊頭利位、越前鯖江五万石の間部下総守詮勝、常陸土浦九万五千石の土屋相模守彦直の諸侯が居並ぶ。筆頭の播州竜野五万一千余石、脇坂中務大輔とともに、寺社奉行四人が揃っての上のことであるからには、もはや夢ではない。

「ありがたき仕合せに、存じ奉りまする。」

とお請けし、深く平伏して引き下がる。

いかめしい部屋や廊下、詰合いの役人の間を次々に通りぬけ、中ノ口の番所をでて、澄み切った秋の空を仰いだ時に、やっと人心地がついた。

嬉しくないといえば嘘になるが、それよりも驚きの方がさきに立つ。

弥吉らが所属する御勘定所というのは、御勘定十人につき組頭一人と大体の目安が定まっている。評定所の留役勘定は現に二十人足らずだから、今いる組頭の中野、組頭格の久須美の二人だけでことは足りているわけだ。

それにまた組頭というものは、相当年功を積んだものでないとやれないと考えられている。中野の五十過ぎ、久須美の六十過ぎがいい例である。三十一の弥吉など、まだまだ若僧の部類に入るといってよい。

それなのにどうしてこんな破格の抜擢になったのか。思い当たるふしといえばたった一つ、いつだったか、仕事の折に、

「そなたが、本筆でないのは、おかしい。」

といった脇坂の呟きだ。

寺社方の調役四人のうち、新参の弥吉は筆下といって、伺い書ひとつ出すにも、古参の本筆の手を経なければならない。弥吉の能力を高く買う脇坂は、それがまだるっこくてしようがないらしかった。

といって、いくら実力者の脇坂といえども、役人の間で築かれた本筆は師匠、筆下は弟子という厳然とした秩序を破るのは容易なことではない。そこで思い切って、弥吉の格式そのものを引き上げたのではあるまいか。組頭格ともなれば、本筆であって一向差し支えないからだ。いずれにせよ、手腕のある人でないと、できない人事だ。

脇坂の信頼が厚いことは、弥吉にとっては大変ありがたいが、反面困ることもある。

（これでまた、連中のやっかみが、ふえるだろうな。）

どこの世界でもそうだが、評定所でも、上司の覚えがいいのをねたんで、弥吉を目の仇にする奴らがいるのだ。

仕方がない。いやみをいわれたりしても、我慢して相手にしないことだ。

さっぱり気持ちを入れ替えて、だらだら坂を下る。大手門の手前で、供待ちの中から木村と三吉が飛び出してくる。

「いかがでした？」

と、木村の声が弾む。

「うん、思いがけない上首尾でね。」

と話してやる。木村は目を丸くし、

「それは、また、何ともめでたいことで……三吉、ひとっ走り、お家の皆様にお知らせを。」

「合点だ。」

と、うきうきして走りだす。

評定所に入った時には、もうあらかた知れ渡っていて、同心らから口々におめでとうを浴びせられた。

大廊下でも、すれ違う役人から祝辞を受けた。しかし、留役の部屋の入り口で出くわした一人は無言だった。通り過ぎてから、聞こえよがしに、

「ふん、浪人者の、せがれめが……」

ぐさり、胸を抉る一言が投げつけられた。

「おのれ！」

咄嗟に振り向こうとしたが、すぐに、

（待て待て、それでは、こちらの器量がすたる。）

何事もなかったように、そのまま足を運んだ。

組頭の部屋では、中野が居合わせて、

「泉下のおやじ殿も、さぞかし喜んだだろうよ。」

といった。

中野の父は金四郎、号を楽山と称し、牛込で道場を張った柳生新陰流の名手だった。弥吉に初めて剣術を手ほどきしてくれたのが、この先生だ。楽しくて無我夢中でやっていたら、なかなか筋がいいと褒められた。その頃の弥吉は、本気で剣客になることを夢見たものだ。

久須美はにやにやし、

「そうかな。はて、こんなはずではなかったと、首をひねっておられるのでは……」

とまぜ返し、大笑いになった。

中野が所用で部屋をでると、久須美は真顔になり、

「わかっているな。おぬしのことだから、ぬかりはないと思うが、とにかくその異例の昇進を面白く思わぬやつらは、あちこちにいる。そいつらにつけいられぬよう、よくよく気を引き締めることだ。」

ともすれば才気に走るところなしとしない弥吉にとって、心の籠もった忠告だ。

大部屋では、仲良しの都筑金三郎峯重と土屋鉄四郎登里が寄ってきて、

「先輩、でかしましたね。」

「おめでとうござる。」

と祝福してくれた。

退出しようと廊下へでたところへ、さっと飛びついた人影がある。

「何だ、松吉か。」

「はあ、兄上。あまり嬉しくて、つい思わず……」

と知らず知らず笑みがこぼれる。幼名を松吉といった、実弟の井上新右衛門清直だ。

留役部屋の北隣には、もう一つ大きな部屋があって、書物方と改方が忙しく働いている。どちらも留役の下役として、書類作りを手伝うのが仕事だ。新右衛門は、その書物方に勤めている。兄の昇進を知って、矢も楯もたまらず飛び出したのだ。

「喜んでくれて、ありがとうよ。帰ったら、母上にもお伝えしてくれ。そうそう、明日は家だから、勤めの帰りにでも寄らないか。」

といって別れた。

清水御門のお堀の水は澄んで青く、飯田町ではあちこちの屋敷内の柿がだいぶん色づいた。空は色さわやかに、どこまでも晴ればれとしている。

途中まで出迎えた三吉と一緒に船河原橋に戻ると、門の内では家族と家来小者が総出で、帰りを待ち受けている。

その中から、妻女のやすがにこやかに、一同を制して進み出た。

「お帰りなされませ。本日は光栄のご昇進、まことに祝着に存じまする。」

「ありがとう、だが、何もそんなに仰々しく出迎えなくてもいいんだよ。」

「いいえ、なりません。日頃のご奉公を、上様がお認め遊ばしたのですから。挙ってお祝い申しあげてこそ、礼にも適うというものではございませんか。」

淀みなくいっておいて、

「ところで、ご覧遊ばせ。」

と後ろを振り返った。

「御公儀の組頭格ともあろうお方の、これがそのお住まいなんですよ。」

どうお思いでと、思い入れたっぷりないい方だ。

八年前に手に入れたこの家は、地所百六十坪、植木らしいものは樫の木一本という殺風景なものだが、粗末ながら板塀も張りめぐらし、小屋と土蔵を配して、ひとまず武家屋敷の体裁が整ってはいる。

やすがいうのは、そんなものではない。正面にある二階家の母屋のことをいっている。軒は垂れ下がり、板はめくれかけて、下の粗壁がのぞく。甚だみてくれの悪いぼろ家といってよい。

「なるほど、ひどいもんだ。しかし、買った時に比べれば、まだましさ。」

弥吉はあっさりいい捨てて、鍬五郎(くわごろう)、けいの二児の頭を撫で、家に入った。

着替えて湯浴みしてから、改めて家来や召し使いの祝詞を受け、木村に御祝儀としてみんなに酒と肴を振る舞うよう命じた。

祝いの膳で、弥吉は酒を少々飲んだ。もともと酒は嫌いでないし、飲めば滅法強い。評定所に入り立ての頃、六軒町の家で、よく川路の両親のお相手をしたが、一升酒を飲んで平気だった。それが留役になってから、思うところがあって、普段はふっつりと杯を断ってしまった。

「お酌を致しましょうか。」

やすは気さくに立ち上がってやってきて、注いでくれるうちに、再びさっきの話になった。

「このたびのお役柄からも、お歴々とのお付き合いは増えましょう。家屋敷も、それに相応しくなさるのが、当然じゃありませんか。お役料も上がることですし。」

と蒸し返す。

いわれる通り、これまで二十人扶持だった役料は、以後三十人扶持と五割増しになる。年間では五十俵ほどの増収になるから、思い切って普請し直すくらい、やってやれないことはない。

やすの父で御勘定所の小物奉行を勤める市川丈助常春は、留役で弥吉の先輩だった。最初の妻エツと三年目に死に別れた弥吉に、どうだおれの娘をやろうといってくれたのが十年前である。やすはものごとによく気がつく代わりに勝ち気で、幼い時から役人を見慣れて育ち、恐れ入るということを知らない。

その目から見ると、この船河原橋の家などは、もともと古家だったこともあり、始めから気に入るはずはなかった。

家をもった翌年に鍬五郎を生んだのだが、冬になってゆるんだ根太（ねだ）の間からはい上がる冷気には、母子ともに震え上がった。仕方なしに、家来に浅草辺を駆け回って反古紙を買い集めさせ、畳の隙間という隙間に詰めてやっと寒さを凌いだ。またある冬は、押入をあけた途端、ざるに二杯分の雪のかたまりが転がりだしたこともある。

表座敷なども、床の間の壁がぬけ、その穴からやぶこうじの赤い実が顔をだした。みんな目を丸

くしたが、弥吉はのんきに、

「こいつは、風流でいいや。天然自然の生け花だ。」

といって面白がった。

いくら何でもというので、二年前に内部をすこしいじったものの、外回りは相変わらずほったらかしだ。やすがしびれを切らすのも、わからない話ではない。

「だがね。」

と弥吉はいった。

「士の住まいというものは、雨露さえしのげれば、それでよいのだ。ぴかぴかの家に仕上げて、これみよがしな高張り提灯を立てるのなどは、まっぴら御免だね。」

やすに二の句をつげさせぬ、きっぱりした口調だ。

利口なようでもやすは女、見栄を張ることからして、時々の世相に身をゆだね押し流されるに過ぎないのだ。

もう今では見かけられなくなったが、弥吉が生まれた以前の寛政期までは、まだぶっさき羽織に長大小(ながだいしょう)の無骨ものが、冷や飯わらじでのっしのっしと市中を歩いたという。そうした質実剛健ぶりも、今の水野老中の時世になってがらりと変わり、世間の融通をよくするとの名目で、小判は改鋳するわ富籤はやらせるわで、みんな急に金持ちになったように気が大きくなった。

近頃の武家は、衣服も絹づくめなら、刀の拵えも鮫皮や蠟色(ろういろ)としゃれこみ、そのくせ鯉口の切り方も知らず、何かといえば八百善にでかけていって飲み食いする。粋がるやつは、変哲もない万年青(おもと)の鉢植え一つに、十両二十両という大枚をはたいてかえりみない。庶民の下働きの給金など、一年がかりで一両にもならないというのに。

それもこれも恐るべきは世のはやりすたりというやつだ。これに巻き込まれると、だれもかれも頭がからになって、川のめだかの群れよろしく一つ方向に走りだす。そういう世間のうすっぺらさが、弥吉には何とも苦々しく、調子を合わせる気になれないのである。

食事のあとは、ふだんの通り遅くまで調べものをした。そしてぐっすり寝たあとは、いつものように暗いうちに飛び起きた。

庭にでて、重さ一貫五百匁の素こぎ槍を千三百回しごく。かるがると刀が振り回せるよう、腕の力をつけるためだ。

終わると朝飯をかきこんで、酒井道場に駆けつける。ここまではいつもと同じだが、今日はそのあとが違った。

昨日三吉をやって知らせておいた四谷六軒町へ、自分で出向いて報告しにいった。

首を長くしていた養父の三左衛門は、手をとらんばかりに出迎えた。

「よくぞ、その若さで、立派になってくれた。」

とねぎらい、

「この分でゆくと、次は永々お目見えとくる番だな。布衣(ほい)だって夢じゃなくなった。いや実に、この川路家にとっては、かつてなかったことだ。ありがとう、ありがとう。お陰で、このわしも、ご先祖様に大きな顔ができるというもんだ。」

とはしゃいだ。

そこへ、養母とともに、

「兄上様、しばらく。おめでとうございます。」

と、少年が挨拶にでる。

弥吉に家督を譲ったあと、夫婦の間にやっと生まれた一子鉄作である。世間は、それみろ、これできっとおかしなことになるからと固唾を飲んだが、三左衛門にはいささかのためらいもない。吉兵衛への誓いを守り、鉄作はいずれ養子にだすことにきまっている。

しばらくぶりではあるし、ついつい長居をしてしまった。家に帰ると、新右衛門はとっくにやってきて、鍬五郎と遊んでいた。

鍬五郎を奥へやり、二人並んで縁側に腰掛ける。

「六軒町では、さぞお喜びだったでしょう。うちでも、母上が早速、父上のご位牌に報告なされました。」

「うん、そのことだよ、松吉、本当にお聞かせしたかったのは、われわれのお父上だ。分かってくれるね。」

「ええ、よく分かります。」

と新右衛門は、何度もうなずく。

内藤松吉として生まれた新右衛門は、弥吉の八つ下である。ものごころがついた時には、兄はもう川路の人であった。六つの年に、弟の重吉（しげきち）が生まれた。

ちょうどその頃、吉兵衛と同じ西の丸で持弓組与力を勤める井上新右衛門というものが死んで、妻女と女の赤児が取り残された。普通ならそこで井上家は絶えるのだが、哀れに思った回りの人々が、家名の存続に動いた。

吉兵衛のことを伝え聞いた世話役がやってきて、ぜひ松吉を井上の末期養子にしてやってくれないか、早稲田宗参寺脇にある組屋敷は広いので、何なら家中で引っ越して後見人になってもらっていいと泣きついた。

吉兵衛が承知して話はきまり、井上はいまわのきわに松吉を婿養子に迎えたことにして手続きを済ませ、内藤家は一家をあげて早稲田に移り住んだ。弥吉十六の年のことだ。

持弓組与力は譜代席で、お徒士とは格が違う。松吉の将来のためには、その方がよい。弥吉を川路にくれた時と同じ考えが、吉兵衛に働いたのである。

血のつながった親子の愛情を犠牲にしてまで、子供たちの行く末のために図ってやまなかった父は、弥吉がやすと再婚した二十二の年にこの世を去った。母はその後も、引き続き井上で暮らしている。

「松吉、よいかね。父上の後半生は、ただわれわれのためだけにあった。それを思えば、本当に勿体ない気がする。」

吉兵衛の生地というのは、弥吉も新右衛門もまるきり知らない、はるか九州は豊前国宇佐郷だということだ。生家は郷士で、武田の遺臣といわれるものの、正直なところはわからない。

長じて隣国豊後の日田にある、西国郡代の代官所の雇になった。文武の奨励で名高い松平越中守は、まだ幕閣に登場したばかりで、本読みなどは世の中からろくでなしの目でみられていた頃だ。漢学の素養があるのを、学問好きの代官菅谷弥五郎に認められたためということだ。

役所では仕事ぶりが熱心なので、そこを上役の代官所手付高橋小太夫に見込まれて娘をもらった。今にして思えば、この頃が父の人生の中で、一番平穏で幸せな時代だったのではないか。

長男が生まれたが、三つで死んだ。享和元年に次の子が生まれたのが、弥吉だ。

母のいうところだと、この頃から父は、雇のままで朽ちたくない、東上して仕官するのだといいだした。親類中大騒ぎとなり、役所でも慰留してくれたが、志を翻すことはできず、しまいには小太夫も折れたという。

それでは一家ででかけるかとなったが、あいにく母は次の子を懐妊したばかりだ。心はやる父は、大事にするように言い置いて、とりあえず単身で出府した。子供が生まれるまでには、仕官先もきまっているだろうからというのだった。

弥吉が三つの年に、妹が生まれた。父からは便りがあるが、朗報はまだない。赤ん坊がよちよち歩きするようになるのを待ち兼ね、母は赤ん坊をおぶい弥吉の手をひいて、遥かな江戸の夫のもとへ長い旅路についた。弥吉は四つ、生まれ故郷とはこの時決定的に別れてしまい、今となっては、黄金に実る稲田のようなものがおぼろげに頭に浮かぶほかは何の記憶もない。

時に船、時に陸路をとぼとぼと母子三人が辿る姿は、はたからみるとさすらいの旅とも見間違えられたろう。江戸に着いた時の弥吉は、痩せこけて真っ黒、目ばかりぎょろぎょろしていた。

二年ぶりに再会して一家は喜びあったが、頼みの父はまだ口がきまっていなかった。日田に在勤した上司の間を歩いて伝手を求め、周旋を頼むのだが、田舎で思い描いていたのとはわけが違う。時折面上に憔悴の色が漂うのを、弥吉は幼な心に痛ましい思いで見た。

木賃宿では金がかかるので、一家は四谷に安い裏長屋があるのを見つけて引っ越した。倹約のためには、生活費も切り詰めた。身を切る風の吹きすさぶ冬の夕べ、おかずがなくなってしまい、裏の雪を掻いてわずかばかりの菜っ葉を掘り出し、みそ汁にして親子ですすりあったこともある。父にとっては一番苦しい時代だったけれども、その志を買って励ましてくれる人もいないわけではなかった。お目見え以下の御家人の川路なども、その一人だった。

六つの年、父はすこし手蔓もついて、牛込中里町の元同心屋敷に入居することができ、四谷の貧乏暮しとの縁もきれた。

出府以来仕官運動のためにどれほど骨身を削ったか、後年の父はほとんど語ることがなかったが、希望と落胆を繰り返し味わっただろうことは、想像に難くない。西の丸のお徒士の口がかかったのは、中里町に落ち着いてしばらくしてだった。江戸へ出たての頃なら、あっさり断ったに違いないが、五年にわたる窮迫と疲労の蓄積はいかんともし難かった。父は素直に受けることにした。中里町に近い北御徒町の組屋敷をあてがわれて、引っ越した。

一家は九州をでてから初めて、晴れ晴れとした気持ちで青い空を仰いだ。弥吉はもはや田舎ものではなく、すっかり江戸の水になじんでいた。引っ越しの翌年が、オロシャのエトロフ襲撃のあった年だ。遥か北辺の出来事だというのに、世間は恐れて慌てふためき、浮足立った。後年弥吉は、富士川の合戦で平家が水鳥の羽音に驚いて逃げ出した故事を読み、これにそっくりだと思った。

二人っ子だった兄妹は、この翌年、弥吉八つの年に、苦難の長旅をともにした妹が、幸薄い一生を終えて死ぬ。弥吉は一人ぼっちになった。

一年して弟が生まれた。それが松吉だ。それまでのびのびと遊び放題で育てられた弥吉は、この年から父の手で大学、中庸、論語、孟子の四書の素読を受ける身になった。

ふだん小言をいわない父が、机の前では鬼のようだった。弥吉は覚えのいい方だったが、それでも詰まったりすると、容赦なく叱責を浴びせられた。

「兄上のお使いになった本で、わたしも勉強させられました。兄はもっとすらすらできたぞと、何度どやされたか知れません。」

と新右衛門がいう。

「父上のご東上についてだがね……」

弥吉はしんみりと、

「この頃になって、わけがわかるような気がしてきた。

蝦夷地が御用地になったのが、わたしの生まれる二年前さ。二つの時に、奉行所が箱館にできた。これでお役人がどっと下向する。新規お召し抱えというのも、結構あったようだ。そういう噂は、日田の代官所にもきっと入ったに違いない。ふだんから辺鄙な土地で埋もれるつもりのなかった父上の心は、それですっかり動かされたんではないかと……」

「その気持ち、わかります。」

と新右衛門、相槌を打つ。

「妻子がいるにも拘らず、というよりも、妻子のためにこそ、父上はひとかどの武士になる気持を固められた。男らしいご決意だ。

しかし実際に江戸の土を踏んでみると、口はあっても、競争が思った以上に激しい。仕官を求める武家の次男坊三男坊が、市中にはごろごろしてるんだからね。とうとう心ならずも、お徒士という地位で我慢しなければならなくなった。」

「さぞかし、ご無念だったでしょうね。」

「その代り、その満たされなかった夢を、われわれにお託しになった。厳しいご教育、御譜代への養子縁組、みんなそのありがたい親心からでたことだ。それを思えば、胸が熱くなる気持だよ。」

それからも庭が暗くなるまで、二人は思い出話にふけった。

川路の養子になるちょっと前、弥吉は友野雄助先生に入門し、学問の力がぐんとついたけれども、本人の心は十五、六まではどちらかといえば剣術に引かれていた。

それが一変したのは、死ぬ苦しみの疱瘡(ほうそう)を患ったためだ。治りはしたが、顔面はあばただらけとなり、いっそもう一度死にたいくらいに悲観した。

その危機を救ってくれたのが、父の吉兵衛であり小普請支配の石川左近将監であった。日頃天下のお役人たるべきものの心得を説いてやまない石川に感化され、弥吉は官吏への道を歩むことになる。

間宮林蔵

木枯らしが吹く毎に、落葉は乾いた音をたてて地面を転げ回る。天保二年も、あとわずか一月を余すのみだ。

「うん、これは寒い。」

身震いしつつひとりごち、桧山勘衛門は船河原橋の弥吉の家の門を叩いた。

「ご在宅ですかな。」

と三吉に聞くと、

「先客が、ありますよ。」

といいつつ、通してくれた。

部屋の襖をあけてみて、思わずはっとした。

小机を傍らに、火鉢に手をかざしているのは、むろん主の弥吉だ。向かい合って客がいる。

小柄な、胡麻塩の髷はひっつめで、一見どこかのお店のご隠居といった感じだ。ところが、ちらりとこちらに向けた眼光がただものでない。強いていうなら武芸者のそれだ。しかも、身につけているのが、この寒空に、どうやら夏の単衣ものらしいときている。

きちんと膝に置いた手に目をやると、右手の拳は指同士が癒着して、まるで一塊の瘤のように見える。よほど壮絶な体験をもった人のようだ。

またもや風が吹きつけて、縁側の障子が鳴る。だれもが震え上がる時期だというのに、老人は差し出された火桶にすら手を延ばさない。

勘衛門が逡巡するのを見て、老人はにこっとした。その笑顔は思いがけず人なつっこかった。

「表を通りかかり、ご在宅とのことなので、ついお邪魔しました。」

「ちょうどよいところへきた。」

と弥吉は勘衛門に座を勧め、老人に、

「水藩の家士、桧山勘衛門といいます。若いが、なかなかの使い手ですよ。」

「おお、それはそれは……」

と、老人は目を細めた。弥吉は、

「こちらは、公儀御普請役の間宮林蔵先生とおっしゃる。あんたと同じ常陸の出だ。よろしくお見知りおきを願うといいよ。」

と勘衛門に教えた。

常陸という国は広くて、水戸藩三十五万石といえども、その範囲は茨城郡を中心とする一帯に過ぎない。これに反して林蔵が育った筑波郡の片貝川付近は幕府の代官領で、水戸家と主従の関係はないが、それでもお互い同国人意識というものはある。だが勘衛門は、弥吉が林蔵を先生付けで呼んだのにはちょっとひっかかった。御普請役というのはなるほど相当の役柄には違いないが、身分の上ではお目見え以下であって、お目見え以上の留役勘定組頭格とは非常な開きがある。たとえ年では林蔵が上にせよ、先生というほどのことはないのではないか。

弥吉は勘衛門のいぶかしげな表情をみて、

「間宮先生はだね、地図の仕立てが大変巧者でいられる。それにね、人がちょっとやそっとでできないことを、やりとげなすった。」

といい、

「今でも、上の特別な御用をお勤めだ。水戸藩だって、先生とは実はご縁があるのさ。そら、大津浜の異国船一件というのがあったのを、聞いたことはないかね。」

「ないどころではありません。わたしはまだ若輩でしたが、わが藩にとって、あれは一大事件でしたから。」

大津浜一件というのはこうである。

八年前の文政七年（一八二四）五月二十八日の朝、水戸の付家老で二万五千石を給せられる中山備前守の所領、常州多賀郡大津浜の沖に異国船が二艘出現し、艀を下ろして上陸地点を物色した。在番の湊役作山官治は手綱（たづな）の陣屋に急を告げる一方、手当り次第人足をかき集めた。そうする間にも艀は渚に取り着き、砂浜を踏んで異国人が上陸する。その数十二人、鉄砲四丁のほか、銛ようのもの十数本を携えたのを、こちらは三、四十人で遠巻きにして取り囲んだ。

作山は大きく手を振って、帰れ帰れというしぐさをした。しかし通ぜず、相手がじりじり押すのと反対に、こちらはだんだん後じさりするが、その間に人垣が増えて勢いを盛り返した。そのまま包囲する形で村の空き土蔵に連れ込み、足軽十人、人足五十人を見張りにつけた。

手綱の陣屋から駆けつけた郡奉行の寺門忠太夫が、土蔵の中を見て目をむき、

「まずいことをしてくれたな。なぜ、上げてしまった。」

と小言をいった。沖を気にしてちらちら見やるが、親船はまだ何も気づかぬ様子。もし仲間が捕われたと知って攻めてこられると、中山家の貧弱な手勢ではとても持ちこたえられない。ただちに二十里離れた水戸へ、救援を求める早打ちを送った。

本藩にその報がもたらされて火急登城が触れられたのは二十九日の未明、ただちに物頭庄勘衛門、目付近藤儀太夫ら第一陣二百人が組まれ、夜半までに進発した。北河原甚五衛門を物頭とする第二陣二百人も、支度にとりかかった。

第一陣は三十日に、中山領との境、多賀郡伊師町に到着した。手綱からの迎えがいて、一刻も早く現地入りを願いたいと泣きつかれ、庄は水戸へ報告を送った上で、兵を大津浜に進めた。

軍勢の派遣までは迅速だったが、さてそれ以上のこととなると、藩の首脳陣もどうしていいかわからない。急使が主君のいる江戸表に差し立てられた。

深夜小石川の館の門が叩かれ、ただならぬ雰囲気が長屋の勘衛門父子らにも伝わった。ここでも上層部は策が打てず、翌六月一日留守居久貝太郎兵衛を幕府に出頭させて指揮を仰いだ。

大津浜では中山家の手勢百人ばかりのところへ、本藩の第一、第二陣が合体し、檄をうけて馳せ参じた郷士連中を合わせ、七、八百人になった。一方小名の代官所からの通報で、大津と境を接する仁井田村には、棚倉城主井上河内守が三百人、小名浜近辺には平城主安藤対馬守が六百人を出兵し、湯長屋領主内藤播磨守、泉領主本多越中守、白河城主阿部飛騨守も、それぞれ手兵を繰り出すに至った。

仲間が帰らないのに不安を覚えた沖の船は、二十九日頃から安否を気遣うように折々砲声を轟かせた。六月一日と二日は砲声が二、三十発にも増え、浜手を固める同勢に緊張の色がにじんだ。

本藩の一番手に随行した藩校彰考館の学者会沢常蔵（あいざわつねぞう）は、六月三日に初めて土蔵に収容された異国人どもと対面した。

十二人の中には、親船の船頭が二人いるのがわかってきている。儒者だが西洋のことの勉学も怠らない会沢は、ロシア文字でロシイスカヤと書いて見せた。すると船頭の一人は首を振り、違う文字を書いてみせて、エゲレスといった。見ればオランダ文字と変わるところがない。

村の若者の勇三郎というものが、いくらか手真似で言葉を取り次げるので、これに沖にいる仲間の船の数を問わせたところ、今の船頭が両手の指を三回開き、最後に片手で五本立てた。三十五艘いるというのだ。何しにきているのかと聞くと、手をばたつかせてフーッと息を吹く真似をした。その格好から、鯨を取りに渡来したものと受け取られる。

世間でも、異国人はそのためにくると信じるものが多い。しかし会沢は、それに満足しない。彼の理解するところでは、西洋とは覇権をめぐって、夜も日も戦の絶えない擾乱の地にほかならない。エゲレスもオロシャもその一員であるからには、鯨捕りとは表向き、心底では虎視眈々とわが領土を窺うと見るのだ。

どうすれば心中を吐かせられるか。彼はまじまじと船頭の目を凝視した。相手は目をそらし、うつむいて銛の図などを描きだした。

江戸ではじりじりする水戸藩を尻目に、二日の日はお城からの返答がなかった。たまりかねて三日に再び久貝を登城させ、早くお指図を頂かないと、いつ何時衝突が起こるやもしれませぬと催促した。

幕府としても、訴えが親藩の水戸家であるからには、この間決して手を拱いていたわけではない。

ただここでも論議が紛糾して、まとまらないのだ。

オロシャのエトロフ侵寇以来、幕府は漂流船のほかは異国船の海岸接近を許さず、かつどんな理由があろうとも、上陸はさせない方針でいる。三年前の文政五年（一八二二）、浦賀沖にエゲレスの捕鯨船が現れ、江戸に押しかけようとして大騒ぎになったことがあるが、薪水食糧を与えたのみで、地面は一歩も踏ませなかった。といって、押して陸に上った場合の対抗手段などは、はっきりしたものがあったわけではない。

今回の大津浜では、上陸を許したこと自体すでに重大な失態であり、強硬派は異国人を厳に咎めるよう主張する。慎重派はそんなことをしたら、沖の親船がどんな報復にでるやら分からないと気を遣う。ではどうするかとなると、慎重派内も意見はまちまちなのである。

こういう局面で、必ず諮問に預かるのが三奉行である。その一員に御勘定奉行の遠山左衛門尉景晋がいた。

御用地時代に石川や羽太の推挙を受けたのがきっかけで、長い間の不遇時代から一躍表舞台に登場した遠山は、以来オロシャとの交渉の節目節目に起用され、朝鮮使の対馬渡来では応接役を勤め、石川以後では異国対策でもっとも場数を踏んだ存在になっていた。

緊迫した状況下で遠山は、あれこれ不毛の議論をするよりも、役人の中から一人現地に出張させ、その場で即決させるにしくはないと進言した。支配下の御勘定所に、信濃代官を勤める古山善吉政礼というものがいる。七十俵五人扶持の小身だが、いざという時には役に立つと日頃から目星をつけてある。この古山に、オランダ通詞をつけてやってはどうか。

幕議はこれを容れるとともに、六月四日、天文方の通詞足立左内と吉雄忠次郎を、古山の手について常陸に急行するよう命じた。遠山はまた古山の補佐として、御用地時代ソウヤに在勤した御普請役元締格河久保忠八郎と、支配下の間宮林蔵をこれに付けた。

古山代官の一行は、十日のお昼前大津浜に着き、葵の御紋入りの幕を打ちめぐらした宿舎の寺院に入った。昼食を認め終った古山は、休む間もなく動いて、庭前に十二人を引き出させた。中に一人オランダ語のわかるものがいたため、調べはそれほど手間取らなかった。

一同はエゲレス人で、船頭はキプリン三十三歳とケンプ三十四歳、ほかはすべて水主である。ロンドンを一年前に出帆したが、この沖にきて敗血症を患うものが現れ、果物、野菜、羊、鶏らを求めたく上陸したとキプリンは申し立てた。

「エゲレス船は、三年前にも浦賀にきて、その時、今後はきてならぬと厳しく申し渡したはずだ。」

と質すと、それは全く聞いていない、病人のために薬用の品々が欲しかっただけのことだと答えた。

「しからば、なぜ、鉄砲や銛など、物騒なものを携えたのか?」

キプリンはすらすらと、品物の代金にあてるつもりだったといった。

「沖には仲間の船がおびただしくいるという。近年わが近海では、年々異国船の数が増えるようだが、何しにやってくるのか。」

キプリンは、

「日本の沖に鯨が多く、これを獲るために参ります。」

といった。

古山の傍らに侍座した林蔵が、問いを発した。

「鯨を獲って、何にする?」

「油を絞りとるだけです。ほかは、要らないので、捨てます。」

「その油は?」

「商家が、いい値で買ってくれます。」

この答に、林蔵は大きくうなずいた。

古山は、話頭を転じ、

「途中海を見ながらきたが、親船はわれわれの視界からは、皆目見当たらぬ。これでは、たとえご放免になったとしても、無事に帰り着けるのかね。」

と尋ねた。エゲレス人らはむきになり、

「お任せくだされ。それはもう、何としても帰ってみせます。」

と答えた。

古山は座を立ち、別室で河久保、林蔵と協議した。

「品物の代金にあてるつもりで、鉄砲をもって参ったなどとは、眉唾ものだ。鯨なども、広い海洋にはあちこちにいよう。なぜわが沖にばかり集まるのか。質そうと思えばいくらでも質せるが、このさいは深く立ち入るまい。」

河久保もまた、一気の決断がよいでしょうという。

そこで諭告文を作成し、足立に翻訳せしめた。それから庭先に立ち戻り、不安げな表情の異国人を前に下役に読み上げさせた。

> この度その方ども、わが国近海へ船を寄せるのみならず、不法に上陸いたし候儀、わが国

> の禁を犯し、容易ならざることなれども、その方どもこの儀一切弁え知らず、ただ病人ありて、これがために果実野菜の類を得たきゆえの由にこれあるゆえ、この度はさし許し、かつ乞いに任せ、薬用の品々、われらの差略をもってさし遣わし候間、早々帰帆いたすべし、これ以後右様の始末これあるにおいては許しがたし、この度帰国の節、鯨漁のものども、またその外々へもきっと相伝うべし
>
> 六月
>
> わが国の法にて、常々来らざる外国の船、いずれの所にても着岸を許さざることなれば、速かに帰帆いたすべきなり

息をのんでいた異国人らは、吉雄のオランダ語を聞くと、躍り上がって喜んだ。古山が配下に買い集めさせた品々は、りんご三百五十個入り一籠、びわ一升入り一籠、大根一把五十本で十把、さつま芋三十二本入り一籠、鶏十羽、酒五升入り一樽だ。交易は禁止だから、古山が身銭を切って与え、代金は請求しない。

十一日は雨に明けた。沖合は暗いが、異国人らは明けるのを待ちかねて土蔵を立ち出で、持参品は鉄砲を含めすべて返してもらい、土産の品々を積んだ艀に乗って漕ぎ去った。もし親船に行き会えなければ引き返す約束だが、日暮になっても戻らず、棚倉藩兵は十二日、水戸藩兵は十三日に至って囲みを解いた。

古山代官は近辺の海岸に足を延ばして警備の具合を調べ、十七日に現地を引き払った。林蔵は鯨

船の渡来の実情をもっと探ることを申し出、浜伝いを隠密の旅にでた。十日余にわたって常磐の一帯を震撼させた難問を、古山は着いたその日のうちに、あっさりと解決してみせた。そつなく異国人を引き取らせた功を賞し、幕閣は金二枚と時服を与えた。足立、吉雄、河久保の三人も褒美をもらった。さらにこの一年半後、古山は百俵を加増されて、峯姫様用人に昇進する。

水戸藩についても、迅速に軍勢を差し出した労がねぎらわれ、賞詞が送られた。君公は無邪気に武門の面目と喜び、出陣した家士にもれなく感状を配った。

しかしこの時林蔵が大津浜から海岸通りを歩いてみてわかったのは、沖に多数の異国船が集まることぐらい、水戸の漁師の間では公然の秘密だったということだ。

浜から五十里ぐらい漕ぐと横磯という潮境があり、そこを越えれば異国船はいくらでもお目にかかれる。会瀬浜の忠五郎という肝っ玉の太いやつが、試しにその中の一艘に近づいたところ、縄梯子をおろしてくれた。頭分の部屋に入れられて酒食を振る舞われ、世界図をみせて国を示されたが、始めはわからず、何度かゆくうちにエゲレスと名が聞き取れるようになった。

頭分の部屋は、弓、鉄砲らの武器が立て掛けてあって、ゆけばいつも読書しており、忠五郎に動植物の絵入りの本を見せては、日本語を聞きとって書き込んだ。一度鰹を釣ってみせたところ、手真似で大毒魚だといい、日本人はなぜ鯨をとらぬ、こんな儲かるものはない、教えてやるから獲れといって、一日に八頭も獲るところを見せてくれた。

心安くなった忠五郎は、おいおい漁師仲間を連れてゆくと、同様に親切にしてくれ、帰りにはめいめいに、銀銭一枚と、わけのわからぬ大きな刷り物を一枚くれた。そうこうするうちに煙草入れ、煙管（きせる）、ちり紙、印半纏（しるしばんてん）、衣類が珍しがられて、向うの小物と引き換えに所望され、やがては半紙、美濃紙、木綿、絹、反物に至るまでもっていって交換するようになった。

やがて領内で見慣れぬ異国の品物が出回るという噂が立ち、忠五郎らは捕らえられて物品は没収、漁業は当分差し止めの罰をくらった。しょげ返った漁師の中には、異国人はやさしく親切で、鯨しか取らず、われわれの商売の邪魔をすることもないのに、お上はなぜお厭いになるのかとこぼすものがいたという。

林蔵と水藩の関わりは、これだけにとどまらない。

常総の隠密行から帰任した年の暮れ、林蔵の深川の住居を、小石川の館からかねて面識のある立原甚太郎が、折り入ったお願いの筋で訪問した。前日上司の鵜殿平七が君公に召され、こういうことを聞かされた。

殿中で、薩摩の領分中の小島を、外夷が奪い取ったという噂がある。それが本当なら、異国船がきてから軍兵を差し向ける今回のやり方では間に合わず、常駐の配備も考えなくてはならぬ。その島のこと、内々で調べる方法はないものかとの仰せである。

「鵜殿はわたしに、日頃ご懇意を願っているあなた様に、頼んでみてくれないかと申しますので……」

ひとつよろしくというのである。

薩州は、なかなかうるさくて人を寄せ付けませんのでなと断りながらも、林蔵は数日かけて長崎筋を当ってみた。

たしかに、それに類する出来事はあったという。しかも、大津浜一件のあと二月と経たぬ八月八日の話だ。

鹿児島表から百里ほどの海上に、周回四十里、人家二百軒ばかりの宝島というのがある。その沖に異国船が現れ、艀に乗った男らが上陸した。

島民をつかまえ、飼育中の牛を指さして、欲しいというそぶりをする。やれないと手真似したら、面白くない顔で引き取った。ただごとでは済むまいと直感した島民は、藩の出先役所に集まって協議し、老人婦女子は谷の奥に隠し、男どもも役所をもぬけの殻にしておいて山林に潜んだ。

果たして翌日、異国人らは再上陸して、応対にでた在番の藩横目（よこめ）吉村九助に書付けようのものを示して、身振り手振りした。

牛は農耕用だから吉村は駄目だと首を振り、その代わりにと、里芋や薩摩芋をくれてやった。やりとりの間にエゲレス人であること、鯨を獲りにやってきたことがわかった。こうしてその場はいんぎんに挨拶して引き取ったが、ほどなく艀三ばいを連ねてやってきた時には、打って変わって凶暴な目つきだった。

いきなり三発発砲したのを合図に、沖の親船が大筒を打ち出した。異国人らは畑の中を駆けめぐり、つないであった牛一頭を射殺、二頭をひきずりだして刃物で切り裂き、血みどろの肉塊を艀に運んだ。

指揮役らしい長身の赤い服の男が、大声を上げて走り回るのを、物陰から吉村が狙い撃って倒した。仲間はびっくりして逃げ出し、親船に引き揚げた。

異国船は翌日も朝のうち接近し、村人はまたぞろ山中に避難したが、しかしそれ以上のことはなく、やがて姿を消した。

公儀への届け出はこうだが、これはあくまで表向きのこと、死者はこちら側にもあったようだ。

林蔵は、

「もし、その倒した異国人を、われわれが見たら、あるいは見覚えがあったかも知れませんな。」

と残念な顔をした。

ただ報告をもたらしただけではない。林蔵は奉行遠山の内意を密かに帯びてきていた。鹿島一帯の公領は異国船に対する備えがかねがね手薄だが、もし水戸藩に海岸防御の強い意志がおありなら、預け地として差し上げてもよいというのである。

だが宝島がしょせん奪取されなかったとわかると、藩公の意気込みはすぐにしぼんでしまった。藩の内情も上下しっくりしないものがあるようだと、林蔵は悟らされた。このためこの話は公けにされることなく立ち消えになった。

こうして、オロシャ、エゲレスと、招かれざる客の勝手な振る舞いは度が過ぎるといわざるをえない。ことに宝島での人もなげな蛮行はもはや黙視し難いとして、幕府は年が変った文政八年二月十八日、わが国と通交のない国々の船が海岸に接近するにおいては、有無に及ばず一途に打ち払うべきことを、若年寄植村駿河守の名をもって、沿海の諸藩に通達した。二念なき打払い令と呼ばれるのがこれである。

さてその後の水戸藩だが、内部のぎくしゃくは次第に緊迫した。

藩の上層部は門閥の家柄で占めるが、異国人の上陸に際しては出兵がせい一杯で、あとはなすべを知らず、一切を江戸に任せ切るしかなかった。日頃名分を重んじる水戸学の発祥の地と意気盛んな中下士の目からは、歯がみしたくなるような弱腰だ。先ほどの会沢の師でもある彰考館の総裁の藤田次郎左衛門などは、藩の当たらず触らずの対応が、ことさら外夷の侮りを招き国体を汚したものと見た。彼はたまたま江戸の武芸修行から帰省中だった一子虎之助を呼んで、いやしくも大和おのこの気概があるなら、ただちに多賀の浜辺に駆け向かい、無礼なる外夷どもを一刀の錆びにすべしと厳命した。

身震いした虎之助が唇をかみしめ、さよう仕るでありましょうと支度にとりかかったところへ、異国人退去の知らせが入ってことなきをえた。

学問の上では藤田と主義を異にする郡奉行の小宮山次郎衛門でさえ、今後領内の海岸に渡来するものがあるにおいては、鉄砲をもって打ち払い、万一上陸しようものなら、ただちに討ち留めるようにと意見を具申したくらいだ。

もともと病弱だった君公は衰えが進み、それにつれて上下の意見対立は抜き差しならなくなる。榊原、赤林ら門閥派で固める執政陣は、江戸の老中水野出羽守に貢ぎ物をして取り入り、将軍家の実子で御三卿の一つ清水家の恒之允君を継嗣に迎える動きにでた。たんまりと持参金が拝領できることで、山積した藩の借財を帳消しにしようという思惑である。

ただでさえ無能で腐敗した上層部に不信を抱く下士組は、かねて君公の実弟敬三郎君の英明を慕い、藩祖の血脈の維持を錦の御旗に結束を強めた。江戸表においても、桧山父子らの下士はもちろん、立原や鵜殿といった君側の心ある人々もまた、強く敬三郎を支持した。

藤田次郎左衛門はこの間に世を去るが、文政十二年十月、公の病篤しの報が水戸に伝わると、跡継ぎの虎之助ら熱血の士はじっとしていられず、無断出国を禁じる藩の法令を破ってまでぞくぞくと江戸に走った。

小石川の館では桧山父子らも決起してこれを出迎え、後嗣の推戴をめぐって諸方に陳情を繰り広げた。公が瞑目したあと、遺書に敬三郎を推すとの一言があるのが発見され、動かぬ決め手となった。榊原一派の目論みは潰え、敬三郎君は斉昭と名乗り九代藩主の座についた。

これより先の二月、よわい七十八になった遠山は、御勘定奉行の職を辞した。理由は老齢と一応もっともらしいが、林蔵などは袖の下を使った榊原の一党の水野接近が、潔癖な遠山の目に余り、うんざりして投げ出したものと信じた。


さきほどまで荒れ狂った木枯らしも、いつしか遠のいたらしく、表は静かなようだ。火鉢の中の炭は、燃え尽きて白くなった。弥吉は新しい炭を運び入れさせた。

「それでは、間宮様は、あの時、現地へおでかけだったのですか。これはこれは、どうも御足労をおかけしました。」

と、勘衛門は頭を下げた。

「正直なところ、一連の出来事でお恥かしいところをお見せしたあとも、藩中には今なお上層部に、どうかと思われる人がいないではありません。」

と正直に認め、

「しかしながら、それも、今の君公になってからは、すこしづつ変りつつあります。ことに、われわれ若手には、藤田虎之助という頼もしい指導者ができましたから。川路様、そのうちに藤田氏を連れてきますから、ぜひ一度あってやって下さい。」

と熱をこめた。

「ああ、いいとも。」

と、弥吉はうなずく。勘衛門は二人に、

「本日は、いろいろと教えて頂きました。」

と挨拶して退出する。

主客二人になって、弥吉は、

「それにしても、左衛門尉様のご引退は、返す返すも残念でしたな。」

と、しみじみとした口調になった。

そういえば、親子ほど年も違う弥吉と林蔵の間を取り持ってくれたのも、実はこの遠山だ。林蔵は御勘定所では、偏屈もので通っている。林蔵の噂話を伝え聞いた弥吉は、それでも構わず、遠山に頼み込んで引き合わせて貰った。話をする時は、身分の差をかなぐり捨てて、いつも相手を先生として立てたから、上役を上役と思わない不敵なところのある林蔵も、弥吉には心から打ち解けるようになった。

林蔵が今日ここにきたのは、このほど精勤を賞されたと聞きこんだ弥吉が、お祝いの手紙を送ったことに謝意を表するためだった。

「表彰の件ですがね、築地の御前から、出てこいとのことで、さきほど行って参りましたよ。」

たんたんとして、格別感激したふうでもない。

御勘定所仲間で築地の御前といえば、築地三の橋に住む筆頭奉行村垣淡路守定行のことである。好敵手遠山が引退したあとは、もはやだれはばかるもののない実力者といってよい。

もとはといえば百俵そこそこで隠密御用を勤めるお庭番から立身し、今では千五百石のそうそうたる身分にのし上った。五百石取りの遠山が、五百石のままで退身したのといい対照だ。一言でいえば、要領のよい才子ということにつきる。

林蔵はこの村垣が松前奉行を勤めた時の部下でもあり、同じ隠密の苦労の味を知るものとして村垣の覚えはすこぶるめでたいが、林蔵本人はなつこうとしない。

「林蔵、しばらくであるぞ。お互い、年をとったな。どうだ、元気か。」

と、優しい声をかけられて、

「手前の身体は、不死身でございます。」

とぶっきらぼうに返事したそうである。

年十両の増俸の証書を受け取って引き下ろうとすると、

「お奉行が、ちょっととおっしゃる。箱館の高田屋金兵衛というもの、嘉兵衛の弟だそうだが、その方知っておるかと、尋ねられましてな。」

はて金兵衛めが何かございましたかと反問したら、実は松前藩が訴えてでたとの返事だ。いかようなわけでと尋ねると、それはこれからお調べになることだからいえないと、能吏らしい答えが返った。

重ねて金兵衛の人柄を問われたので、

「兄嘉兵衛ほどの器量はありませぬが、商売熱心なものでございます。」

「商売一途というか。然らば、利のためには何でもするという……」

「そういう人間には、見えませせぬ。」

と答えてきたという。

「変にひっかかる話ですが、川路様、何かお聞き及びでも。」

と林蔵。

「うん、高田屋の用船とかが、蝦夷地のシャマニ沖で、異国船に追われたくせに何故か助かったと、松前藩が不審をかけたことは、又聞きしています。それ以上のことは、知りませんよ。」

「ははん。」

と林蔵は手を打ち、懐から小さな帳面を取り出した。

「これは、わたしの心覚えでしてな。役所で、異国船の届け出を見ると、とにかく写しておくんです。ほら、ここに。」

ぱらぱらとめくり、

「五月中、エトモの東ベシボケの沖に、異国船が二艘でた。それについて、もしかするとこれは、シャマニ沖に現れたものと同じかも知れないと、松前藩の注釈がありますが、このことなんですね。乱暴はとくべつ働かなかった様子ですが……」

といってから、

「それはそれとして、まあ、こちらを見て下さい。ほぼ同じ頃、常磐沖では、派手な乱暴があったんですよ。」

と帳面の後半を指し示す。

最初のは、六月二十五日のお昼近く、場所は常州平潟の沖合である。沖船頭重右衛門ほか十四人が乗り組んだ、奥州石巻の喜三郎所有船が、仙台藩の江戸向け御用荷物を積んで走っていると、霧の間から二百人ほども乗り組んだ異国船が出現した。

いきなり大砲で威嚇して停船させ、武装した九人乗りの艀が漕ぎつけて帆を下げるよう命じ、聞かないでいると、舵を斧で叩き割り、水縄を二房切断した。仕方なしに帆を下げたら、親船から艀がもう二つ押し寄せ、合わせて二十七人が剣を振りかざして暴れた。

米を十五俵差し出したが、賊は満足せず、全員の柳行李(やなぎごうり)をださせて切り裂き、中身の衣類、手道具を奪い、炊事道具に至るまでかっ攫って引き揚げた。航行不能になった船は波間に漂いながら上総の砂子浦に辿りついて、七月二日、上総の奥津天童山下の仙台藩支所へ届けでた。

次も同じ日のほぼ同時刻、やはり濃い霧の中だった。場所は奥州相馬付近の沖と思われる。沖船頭甚蔵らの乗り組んだ水戸領中ノ湊大黒屋平七の船が走っていて、ふとした晴れ間に、一里ほど隔たった彼方を、百人ほど乗った異国船が通るのを見た。

あわてて逃げにかかると、向うは艀を二つ繰り出して追いかける。こちらは弥帆、中帆まで全開で逃げたが、親船から大筒、艀から鉄砲を撃ちかけられて捕まった。

異国人は十八、九人、腰に短筒をさし、抜き身の剣を手にして乗り移り、水縄を叩いてはわめきちらす。やっと帆を下げろという意味とわかって下げた。

このあと甚蔵は船内を案内させられ、糧米五俵と商売ものの大豆を六俵取り上げられた。異国人はこれを艀に積み込んだあと、水主どもの手道具や衣類を奪い、最後は殊勝にも帆掛けを手伝ってくれて引き揚げた。けれども隠した磁石を捜しだして奪われたため、方位が分からなくなって帰りつくのに難渋した。

異国船は黒塗りで、大きさは二千石積みぐらい、異国人はどれも六尺余の大男だった。

以上は甚蔵が、七月六日、大黒屋支配人与左衛門、船宿下田屋の大川作左衛門に付き添われ、浦賀番所にだした届けだ。

三件目は、六月二十六日のことだ。南部産の材木を江戸に運ぶ五艘の船が、相馬の木戸の沖合、俗に山しらずと呼ばれる辺りを船団航行の途中、異国船にでくわした。

船団が列を乱して逃げまどう中、異国船は艀を二つだして、最後尾の軍光丸千百石積みに追いついた。鉄砲、槍、剣を手にした異国人十五人が乗り移り、米十二俵、金子三十両、磁石三つと、夜具ならびに衣類を奪った。

軍光丸は、南部八戸の河内と江戸の三太郎両名の組合船で、沖船頭源十と、水主十人が乗り組んでいたが、磁石を奪われ航行不能となり、二十七日に何とか平潟にたどり着き、船宿興蔵方で磁石を買い整えた。源十は賊に襲われたことは打明けたが、先を急ぐため浦役人には届けず、興蔵から聞いた隣村大津村の才丸金五右衛門が、二十八日に代理で郡方に訴えでた。

四件目が発生したのは、この同じ二十八日のことだ。

水戸領中ノ湊の二十里沖合を、沖船頭与五右衛門と水主十六人が乗り組んだ仙台の門脇卯三郎の持船が、南部大畑の材木を積んで航行していた。この日は快晴だった。昼頃、沖合にぽつんと見えた黒点が、近づくにつれ異国船とわかった。

急いで逃げにかかったが、相手は船足が早く、一里ほどに接近して繰り出した艀二つに追いつかれ、手に鉄砲、腰に剣の異国人およそ二十人に乗り移られた。

かれらは真っ先に水縄を切り、帆を下げた。それから、乗り組み全員の衣類、手道具始め、鍋釜茶碗から炊事道具に至るまでごっそり奪い、掛硯箱（かけすずりばこ）を打ち壊し、引出しの金子六両を強奪して引き揚げた。船に大切な船切手、送り状、磁石の三点だけは、与五右衛門らが必死に守りぬいた。

水縄を切られた船は海上をさすらい、ようやく七月六日に浦賀に着いて番所に届けでたという。

読み終わった弥吉は、憮然として腕を組んだ。

「これはもう、明らかに海賊ですな。出来心なんてものじゃない。」

暗くなって、外はまた木枯らしがひどく吹いた。

林蔵は、

「これにて、おいとま仕ります。」

と、もう少し、風が収まってからの方がよいのではという引き留めにも、

「剣術では、あなた様に敵わないが、夜道を出歩くことにかけては、ひけはとりませぬよ。」

とうそぶき、提灯を一つ借りると、すたすた帰っていった。

弥吉はぽつねんと、燭台の火明りに横顔を照らされながら考える。

この輩は、一体どこからきたのだろう。これだけのために、遠路はるばる海洋を渡ってくるのは馬鹿げている。考えられるとしたら、常磐沖に巣くうという捕鯨船の連中だろう。こいつらの中に荒くれがいる様子は、薩摩の宝島の出来事からも察しがつく。不気味なのは、そういう連中の中に巧みな人心収攬術を心得たものがいるらしいことだ。水戸の漁師はその手に乗せられて、おのが領主を恨めしがった。

「異国人が、この連中に優しいのは、無邪気でたわいないからですよ。思いどおりにならないとなると、態度はがらり一変する。宝島の住民は、肌身でそれを思い知らされたが、水戸の漁師はそこまで頭が回らない。頭分の部屋に、なぜ鉄砲などと物騒なものがあるのか、ちょっと考えれば、わかることとなんですがね。」

と、かねてからの林蔵の嘆きが、こうなってみるとよくわかる。

気になると黙ってはいられない性分の林蔵だから、大津浜事件の二年後には、上司の遠山を通じ

老中大久保加賀守に、次のような趣旨のお伺いを立てた。

東海の沖に異国船が群れるのは、鯨を獲るためであるが、それは何故かといえば非常に金になるからであります。その際彼らの習いとして、平時ですら武器を携行し、行く先々で手荒なことをしでかすことにもなります。だがもしこれが北の海なら、鯨は申すに及ばず、陸地には獣も豊富で、食肉に不自由しないどころか、その皮はもっと高価なのです。ところが、利に慧いはずの彼らが、どうやらこれには気づいていないようです。

異国船への接近はご法度ではあるが、もしお許しがでるならば、不肖漁師に身をやつし、彼らの船に乗り込み、その場所を教えてやりたく存じます。そうすれば、彼らは挙って北に移動し、日本沖での操業は取りやめるようになるでありましょう。

この上申は、あまりに奇抜すぎたせいか、実直な大久保老中の採用するところとならなかった。後日これを聞き伝えた人々は、一様に林蔵の無鉄砲を笑った。しかし弥吉は笑わない。林蔵との交遊で、若かった頃の冒険ぶりをつぶさに知っているからだ。それに比べればこんなことぐらい、林蔵にとって朝飯前の仕事といってよいのである。

露寇

寛政四年（一七九二）というから、ざっと四十年前のことになる。秋たけなわの一日、松前藩から公儀に、オロシャの使節ラックスマンがネモロに渡来し、日本人漂流民を引き渡しがてら江戸に登りたいといっていると届けでた。添付された国書はたどたどしい日本語ながら、はっきり通交を求める趣意である。

わが国は交易相手を朝鮮、唐山（清国）、オランダに限っており、いまさらこと新しく交渉しに江戸にこられるなど迷惑である。幕議はもめにもめた末、国交がない以上、国書と献上物は受け取られず、漂流民については厚く礼を述べて引き取るが、もしどうしても江戸以外では渡さないというなら、その時は受け取らなくてもやむをえないと、方針が固まった。

老中首座の松平越中守は、締めくくりに、

「ただ江戸にくるのは罷りならぬ一本槍では、相手の立場もあることだ、あまりにもそっけなさ過ぎる。せめて、わが国の異国の窓口は長崎であると諭してみてはどうか。日本のお備えが万全でないうちは、短慮に走って、相手につけこむ余地をあたえてはならない。」

と注意を与えた。

評議はきまり、宣諭使という名の上使を松前に下して、その旨を使節に伝達することになったが、いざ人選の段になると、蝦夷地と聞いただけで、日頃豪傑ぶる連中が身震いして逃げ回る。ただ一人、お目付の中で、石川六右衛門というのだけが、自若として動じない。あいつならどうだというので打診すると、あっさりとそれでは参りましょうといった。お請けっぷりが見事なので、お上が感心され、以後将監と名乗るよう仰せつかった。のちに弥吉の組の支配頭になる石川の、これが世に知られるようになったきっかけである。

西の丸からは、やはりお目付の村上大学が選ばれ、両宣諭使は年が明けて江戸を出立、松前の地に渡った。ネモロで越年したラックスマンの方は、船を箱館に回航し、陸路松前に至った。六月二十一日、双方は浜屋敷において会見、三回の会談でオロシャ側は江戸行きを取り下げ、漂流民の幸太夫と磯吉を引き渡した。交渉の席上、日本側は交易の申し入れの矛先をそらす懐柔手段として、長崎への入港を認める信牌というものを交付した。

信牌を発給したとはいえ、それでは長崎でなら、ことが円滑に運ぶだろうというような期待を抱かせず、さらばといって、あまり失望をさせるのもどうかという越中守の趣旨を体して、話し合いの機微を保つのに、両人は心を砕いたという。

こうして表向きの交渉が不調に終わった間も、島々を伝って南下するオロシャ人勢力の蠢動は止まる気配がない。

寛政十年（一七九八）、幕府はお目付渡辺久蔵、使番大河内善兵衛を蝦夷地に派遣した。この二年ばかり、アブタに正体不明の異国船がきて今年もくるかも知れず、それに備えるためでもあった。幕閣は、松平越中守が引退したあと松平伊豆守、戸田采女正の時代だ。この年下向の同勢は百八十人に上り、幕府が北地に向けて派遣したものとしては、これまでで最大の規模だった。

出先からの報告は、このままで脆弱な松前藩にまかせておくと、わが北方の地はどうなるかわからないという深刻なものだった。幕閣の腹はこれできまった。

暮れの押し詰まった十二月二十七日、蝦夷地取締御用掛という役が設置され、書院番頭松平信濃守忠明が頭取に任命された。翌る年の一月十六日には、御勘定奉行に昇進していた六右衛門こと石川左近将監忠房、お目付羽太庄左衛門正養(まさやす)、使番大河内善兵衛政壽(まさこと)、御勘定吟味役三橋藤右衛門成方(なりみち)の四人も御用掛を拝命した。同じ日に、蝦夷地の東半分は松前藩から御用地として公儀の手に移されることが発令された。御用地時代の幕開けである。

この時村上島之丞というものが御普請役雇として召出されたが、その従者がこの年二十歳の青年間宮林蔵だった。村上は旧記や故実、また古物の鑑定に明るく、地図の作成なども手がける器用人で、海防について松平老中に意見を問われたこともある。林蔵は、村上が常陸の子貝川のほとりを旅した時、利発な村の少年に目をつけて弟子にしたものだ。

村上主従は松平信濃守の手に属し、三月二十日に江戸を発った。

奥州街道を下る陸路は、足を鍛えた林蔵にとって何の苦もなかったが、松前への渡航地である津軽の三厩(みんまや)の暗澹たる怒濤の前では、思わず膝が震えた。通い船が龍飛(たっぴ)岬にさしかかると、波しぶきを防ぐために、水主は船べりをぐるりとむしろで囲ってから、いっせいに櫓を揃え、大喚声を上げてうねりの中に突っ込む。船体は狂ったようにのたうち、林蔵は柱にしがみついてげろをはき続けた。

御用地経営の本拠地は箱館に定められ、三橋藤右衛門の組は役所の設営に当たり、大河内善兵衛の組は、前年同様海岸伝いに奥地を目指す。信濃守の手は、主として海上から東蝦夷地全体を検分することになった。

大河内の組の近藤重蔵と村上は、前年も渡辺の同勢に属して奥地を目指した仲間である。明日が出立という日の晩、近藤は村上の旅宿にやってきてふくべの酒を飲み交わした。

「で、エトロフは、今年どうなされる?」

「それだがね……今のところ、行ける見通しがたたない。」

と、剛腹で鳴る近藤が唇をかむ。

「やっぱり、クナジリとの間の、あの瀬戸が難関ですか。」

「さよう。まず行ったものでないと、あすこの物凄さはわかるまいよ。波浪はうねり狂い、大音響を立てて、滝壺にでも吸い込まれる感じだ。蝦夷舟は木の葉同様だから、必死に漕げば渡れるが、重荷を積んだ大船だと、どうにもならない。たちまち渦にひきずりこまれ、一巻の終わりだ。どんな大胆な船頭でも、エトロフロと聞いただけで、あとずさりしよる。」

エトロフの渡りに比べれば、三厩口などものの数ではないらしい。林蔵は、舌をまいて怖じ気をふるった。

信濃守の一行は船に分乗し、海上から東蝦夷地の山々を望見しつつ、アブタ、ウラカワ、アッケシ、ネモロで乗り継ぎ、シレトコから先は松前領の西蝦夷地だから、シャリで船を捨て、山越えしてクシロに出、再び乗船して、八月一日箱館に帰着した。

信濃守は検分を終えて帰府したが、村上は残留して夷地の勤務につきたいと願いでて許された。夷地は自然林は豊富だが、村上の見立てだと箱館周辺は伐採が進み、はげ山同然のところもある。ここへ、本土から杉、桧、こうぞの苗を移して育てたらと、自ら植林をしに林蔵を連れて奥へ入り込んだ。

箱館の新役所は、御勘定(ごかんじょう)から出向した高橋三平重賢(しげかた)が、帰任した三橋のあとをうけて取り仕切っている。エトロフに大船を乗り着けるのは、近藤ならずとも、出先の最大関心事だ。役所付きのものが、市中で耳よりの話をききつけた。

箱館に一番近い本土の湊は南部佐井だが、この間の海は潮が急に変わる個所があって、よほど老練な船頭でないと渡れるものではない。それをよそからきて、たったの一回で渡ったやつがいるという。高橋はすぐその男を呼び出させた。

兵庫の船頭で、四年前から箱館に渡り、去年は大町に交易商いの店もだした。年は三十一、名前を高田屋嘉兵衛という。

近藤から聞かされたエトロフ渡りの難所の模様を語ってやると、

「あそこが、大変なことは、話には聞いております。けれど、全く船をよせつけぬというわけでも、ございませんでしょう。」

と頼もしげな口を利く。喜んだ高橋は、その場でアッケシ向けの官物輸送の注文を与え、現地に着いたら近藤に面会するよう指示した。五月の中旬のことだ。

近藤からは六月中旬、嘉兵衛と対面してこれよりクナジリに同道すると手紙がきた。それっきり三カ月というもの、音信が途絶えていたところへ、突然近藤から、嘉兵衛官船宜温丸七十石積にてエトロフ着岸に成功せりと急飛脚が入った。まさに御用掛が置かれて以来の快挙だ。

日に日に寒さは厳しく、関東の筑波下ろしで鍛えられた林蔵でさえ音をあげるほど、峠を越えてくる風は耳や鼻を引きちぎらんばかりにすさまじい。

初の蝦夷地でいきなり冬を越した年が過ぎて、翌年の五月のこと、公儀役人の案内で一風変わった人間が、箱館にやってきた。

伊能勘解由（かげゆ）忠敬（ただたか）という。年は五十六にもなる。上総の裕福な旧家の主人で、もともと量地の学を好んだが、五十で隠居するとさっさと江戸にでて、高橋作左衛門至時（よしとき）から本格的に天文学を学んだという驚くべき人物である。土地測量では右にでるものがいないといわれ、御用掛役所の依頼で蝦夷地を検分して回るところだった。この伊能が奥地への道すがら、村上を訪ねて立ち寄った。林蔵もその席にはべり、伊能の質問に応答した。これが随行した幕吏の目に止まったらしい。

しばらくして箱館にでた村上は、にこにこ顔で帰った。

「高橋様がな、お前さんに、会ってみたいとおっしゃるんだ。ハイ、その日のためにこそ修行させた男です。どうかお願いしますといってきたよ。」

「でも、それだと、お側を離れることになりかねませんが……」

何をいうかと、村上は一蹴した。

「これ以上、このわしにくっついていても、お前さんの将来のためにはならない。それより、今後は、お前さんのその持ち前の根性で、悔いのない人生を送ってみることだ。」

数日後に林蔵は、村上に連れられて高橋に面会し、八月になって、正式に役所の天文地理方雇に採用された。手当は年十五両とわずかなものだが、それでも侍のはしくれにはなったのである。

九月には、奥地の測量をおえた伊能が箱館に戻り、林蔵は今や役所の人間として再会した。矢も楯もたまらずに、本式の測地の技の教えを乞うと、伊能は快く承諾し、わずかな滞在中の暇を盗んで、羅針儀の理と取り扱い方を伝授した。

年が変った享和元年（一八〇一）の四月、松平信濃守は三厩松前経由で二度目の蝦夷地入りをした。

ついで、御用掛就任後も江戸にあって取りまとめに専念してきた石川左近将監と羽太庄左衛門が、初めてお揃いで箱館を訪れた。夷地の新政の意気込みを示すかのように、要人としては初めて、南部佐井からの難所の渡りを敢行してみせた。

同じ月に、本土の反対側の九州日田では、川路弥吉が内藤吉兵衛の子として、呱々の声をあげている。

五月中旬、箱館沖に新造の官船が姿を現し、浜辺は勇姿を一目見ようという見物で賑わった。林蔵も先輩の役人たちのあとについて見にいった。柔遠丸、瑞穂丸、寧済丸、安焉丸、福祉丸と名付けられた五艘の船が、一つまた一つと湊に入ってくる。船体は赤く塗り籠められ、帆印は白地に赤い丸を一つ染めぬいただけの簡素なものだ。

「あれはみんな、北前船の本場の大坂で作らせたんだが、それを請け負ったのが高田屋だ。注文を受けたのが去年の暮れだから、半年と経たない早業だぜ。世の中にはまア、恐ろしい男もいたもんだ。」

と先輩がいった。栈橋につけた船からは、つぎつぎに人が下りる。あれが嘉兵衛だと指さされた精悍な感じの男を、林蔵は羨望と尊敬の入り混じった眼差しで見た。

官船は赤船と呼ばれ、その柔遠丸に座乗して、信濃守は西蝦夷地に向かう。石川は瑞穂丸で、一昨年信濃守が回ったのと同じ東蝦夷地をシレトコまで航海する。船頭は柔遠丸が嘉兵衛のすぐ下の弟嘉蔵、瑞穂丸は末弟の嘉十郎だ。

そこまではすんなり運んだが、羽太の方の段取りが難航した。折角の機会に、ぜひさいはての島々にお土産をもって渡り、長い間見捨てられた島民を慰問してやりたいというのがご当人のせつなる願いだが、そうなると七百石どまりの赤船では、人や荷が乗り切らない。

ここで嘉兵衛が、店の大型船広栄丸の提供を申し出、ニシベツで海を渡りクナジリにいった。羽太が島内を慰問して回る間、嘉兵衛は支配勘定富山元十郎とお中間目付深山宇平太を、エトロフの一つ向うのウルップ島に運んだ。日本側はそこに住んでいたオロシャ人十七人に退去を促し、小高い丘に「天長地久大日本属島」と記した標柱を立てて引き返した。

このあと嘉兵衛は役所に呼ばれ、新設の公儀常雇船頭の辞令を受けた。三人扶持二十七両を給され、苗字帯刀の身分だ。公儀の御用で蝦夷地を航行する船は、赤船を含めすべてその指揮下に入る。幕府には船手という役柄があり、同心格のものが官船の船頭を勤める習わしだ。この連中が、自分たちの領域を犯すことになるこの任命に烈しく抵抗した。御用掛の三首脳、とくに石川と羽太が中に入り、辛抱強く働きかけて、ようやく日の目を見たのだった。

嘉兵衛は一日の半分を、高台で海を見下ろす役所、半分を大町の自分の店で過ごす毎日になった。林蔵とは、同じ平民上がりのせいですぐ親しくなった。

蝦夷地開創の意気込みで着手された御用地経営は、資金面で石川や羽太が御勘定所と渡り合い、年間五万両を支出させる見通しがついて基礎作りができ、享和二年、御用掛役所は奉行所に発展解消した。初代奉行には、当初からの仕事ぶりが買われた羽太が、安芸守に任官して任命された。相役は、筑前守に任官した御小納戸頭取出身の戸川藤十郎安論(やすとき)である。彼もまた遠山金四郎と同じく、御用地の巡見をして回った一人だった。

奉行所名は始め蝦夷とつけられたが、すぐに箱館と改称された。箱館奉行は芙蓉間詰めで二千石高、役料一千五百俵と長崎奉行に次ぐ俸給であり、席次もそれに応じて高い。豊かでもない財政の中から、幕府は新設の奉行に気前よく弾んだのである。

ただここに、長崎と比べて非常に見劣りするものが一つある。それは警備力の手薄だ。長崎は湊のぐるりだけの狭い土地を、筑前五十二万石、肥前三十五万七千石の両大藩が、一年交代で警固する。それに引き換え、こちらは広大な東蝦夷地全体を、南部藩十万石と津軽藩四万六千石の両藩きりで守れというのだ。両奉行はこの片手落ちを訴えたが、政治の壁は厚かった。

箱館山の中腹にある奉行所は、もとからの御用掛役所に新たな普請の手が加えられ、白壁の塀に囲まれた堂々たるものになった。湊には、これまで松前止まりだった上方からの船が出入りするようになり、町はみるみる賑わいを見せた。


林蔵が役所での生活にもそろそろなじんだ文化元年（一八〇四）九月六日というから、豊後をあとにした四つの弥吉が、妹をおぶった母に手をひかれ、江戸への道をとぼとぼ辿っていた頃のことである。長崎の伊王島沖にオロシャ船が姿を現した。船には十二年前の寛政五年に、遭難してオロシャの地に漂流した仙台の船乗り津太夫ら四人が送り返されてきている。

奉行所の検使が出島のオランダ人カピタン・ドウフとともに乗船したところ、ドウフは使節の金ピカの礼装に圧倒され、その場に立ちすくんだ。

それもそのはず、初代の使節ラックスマンが、中尉の階級の青年に過ぎなかったのにひきかえ、今回のレザノットは巨富を目当てに北方市場の開拓にあたる事業家で、日本派遣にさいし、皇帝侍従の位とアンナ第一等勲章を拝受した大物である。奉行は交代期に当たっていたが、成瀬因幡守は帰任を延ばし、来着したばかりの肥田豊後守と二人がかりで応接にあたった。長崎表の警固は、こ

水主六千人にもなった。の年の当番が肥前藩だ。しかし筑前藩や地元の大村藩なども兵をだし、総勢二万四千九百三十人、

幕閣は松平越中守とその薫陶を受けた松平伊豆守の二人が去り、前回の交渉を体験したものとしては戸田采女正がある(うねめのかみ)のみだった。通報を受けて殿中評議にとりかかる一方、とりあえず長崎に対しては警戒をあまり厳重にせず、穏やかに取り扱うよう下知を発した。

評議に加わったものの中には、御勘定奉行の石川左近将監と、御徒頭からお目付に昇進した遠山金四郎がいる。とりわけ石川は、かつて手ずからラックスマンに信牌を授ける役目を担っただけに、その信牌を持った使節がやってきたことに、振り出した手形が戻ったような感慨を覚えた。レザノット持参の国書の写しを見ると、先般ラックスマンが信牌を与えられたことを深謝し、そのお礼に使節を派遣して江戸に拝礼せしめ、交易の道を開きたいとの意向を表明している。あの当時断ったはずのことを、再び持ち出されて、血の気の多い連中が文句をいいだした。

学者や教養人といった人々が、それに輪をかけて反撥した。

学問所を司る林大学頭、儒者の筆頭柴野彦助の両人は、国書の受け取りも使節の謁見も絶対に行ってはならない、幕府に祖法というものがあるのがわかるまで、二年三年かかろうが、あくまで拒絶すべきだと上書した。俳人一茶のような人でさえ、

門の松おろしや夷(えびす)の魂消(たまげ)べし

という句に敵愾心(てきがいしん)をこめた。

そんな雰囲気のところへ乗り込んだにしては、レザノットの用意は周到さを欠いた。オロシャ文、和文、満州文の三通りで認めた国書は、和文が意味不明、満州文はだれも読めず、勢いオロシャ文を土台にせざるをえない。だが長崎の通詞は、オランダ語しか知らない。船中ただ一人オランダ語を解するランゾフという外科医がいるのを頼るしかなかった。そうなるとやはり重宝がられるのが、出島のオランダ人カピタンらである。彼らはただでさえ東洋貿易の権益を横取りされまいと鵜の目鷹の目なのに、頭からオロシャ使節に無視されて、心中穏やかではなかった。彼らが陰に陽にレザノットの使命の妨害に動いたことは、後日意外なところで暴露される。

林や柴野の主張する議論が大勢を占め、幕議は今回も国書の受け取り拒否の線に傾いた。年も押し詰った十二月二十八日、遠山は呼び出しを受けて城中に出頭、長崎に出張する準備を命じられた。オロシャ使節に宛てた教諭書をもって長崎表に着いたのは、翌年二月二十九日である。

遠山とレザノットは、三月七日立山役所で会見し、肥田豊後守が大広蓋に載せた教諭書を取上げて読み上げた。

通交について、

互市（ごし）（交易）のごときは、その国の有るところをもってわが無きところに換え、おのおのその理あるに似たりといえども、通してこれを論ずれば、海外無価のものを得て、わが国有用の貨を失わん、要するに国計の善なるものにあらず……

と論じ、要求を退けるとともに、使節の拝謁はおろか国書の受け取りすらがえんじなかった。

通詞がランゾフを介して内容を告げると、さすがにレザノットは動じない素振りだが、並んでいたクルウセンステルというカピタンは怒気を含んで顔色が変った。

長崎を離れたオロシャ船は、思いがけず北上して玄海灘を越え、山陰沖から北前船の航路へ乗り入れた。ということは、西蝦夷地から奥蝦夷（カラフト）にかけてのわが地形が、すっかり探られたことになる。長崎から帰府した遠山は、わらじの紐が乾く間もなく、幕府の目の行き届かない西蝦夷地を見分せよとの命を受けた。もう一人が、後年の御勘定奉行でこの当時御勘定吟味役だった村垣左太夫定行である。閏八月、二人は相前後して江戸を出発した。

遠山にとっては二度目の夷地入りだったが、やがてその忠実な部下となる林蔵はこの時箱館にはいない。前年、測量御用をかねてシツナイ場所に転勤していた。

ある日、隣のニイカップで急病人がでた。シャマニに在勤する派遣医師が、呼ばれて蝦夷馬に乗りシツナイを駆け抜けた。そのあまりにも見事な手綱さばきに、

「何だ、ありゃ、医者のくせに、化け物だ……」

みんな口を開けて見送った。

久保田見達（けんたつ）というその医師は、病人を診た帰りに、シツナイで一休みして林蔵と挨拶を交わした。もとは備中辺のさる大名の家臣だったが、武芸に熱中のあまり過ちをしでかし、武士を捨てて町医者になったといった。蝦夷地へは江戸で募集があったのでやってきたそうだ。馬は昔凝って、よく乗ったもんだと笑った。年の暮れにこの見達が、今度は行李を積んだ馬の口輪をとってシツナイを通った。

「エトロフに詰める医者がいないというのでな。だんだん探して、わしにお鉢が回った。」

といった。

見達と別れたのとほとんど入れ違いに、高橋三平から、エトロフで新道を切り開く、島は測量も手付かずだし、この際いってみないかと手紙が届いた。伊能先生から伝授された技が今こそ発揮できる。林蔵は勇み立った。どうぞお願いしますと、立ちどころに返事を認めた。

この冬の箱館の在勤は、戸川播磨守の番であった。新政のもとで東蝦夷地の夷人の暮らしがよくなるのに引き換え、西では藩政が旧態依然と続き、夷人は東の連中を横目で羨みながら暗い毎日を送っている。このままではひがみが昂じて、いつ面白くないことが起らないとも限らない。遠山と村垣の下向を手ぐすね引いて待ち構えた戸川は、二人を迎えて力説した。

手っ取り早いのは、西も東同様、松前藩から取り上げて御用地にしてしまうことである。しかしそうすると、松前家は父祖伝来の領地を完全に失うことになる。島原の乱はおくとして、幕府が諸侯の土地を御用地として召し上げたなどということは、これまで例がない。さきに東蝦夷地のみを上地させた時でさえ、巡見を仰せつかった遠山は、その手記に「未曾有記（みぞうのき）」と題したくらいだ。「いまだかつてあらず」と正直に驚いたのである。

幕閣が苦悩するさ中、筆頭の大垣侯戸田采女正は世を去った。この難しい時期に強いて蛮勇を振える信念の持主といえば、御用地そのものの生みの親である松平伊豆守をおいてほかにない。その伊豆守は歯に衣を着せぬ剛毅さのゆえに将軍家から煙たがられ、箱館奉行所が設置された年に失脚していた。残りの老中から泣きつかれた家斉将軍はやむをえず、三州吉田の所領に帰っていた伊豆守を呼び出し、くどくようにして復帰せしめた。文化三年五月のことである。

この月、シツナイの林蔵にエトロフ転勤の命が下りた。箱館に戻った林蔵が、嘉兵衛に挨拶にゆくと、ちょうど嘉兵衛も、産物の積取りにゆく船にこれから乗るところだった。

便乗させてもらった林蔵は、エリモ岬の外にでて大きなうねりに見舞われると、たまらずにひっくり返って苦しんだが、水主の中に金蔵という親切ものがいて、こまめに世話を焼いてくれた。

「面倒をかけるね、ありがとうよ。」

と礼をいうと、

「大将のお客さんは、おれたちにもお客だからね。」

の答えが返った。
三、四日すると船酔いにも慣れ、船がいよいよクナジリ島を北上する時には、嘉兵衛とともに舳先に立った。
「ここは、三つの潮流が集まってくる。それがエトロフとクナジリの間の狭い口に吸い込まれるという寸法だ。うっかり潮に乗せられたが最後、海底にひきずりこまれてしまう。だがそれさえわかってしまえば、あとは何ということはない。潮に触れないようにして沖へでて、流れがゆるやかになった場所で横断すればいいんだ。」

嘉兵衛のいう通り、船は実際陸地を背にしてどんどん沖へでる。初めてこの走り方をした時、同乗の夷人らは不安がって泣き叫んだそうだが、林蔵ももっともな気がした。大分進んでから面舵を切らせると、船はぴたりエトロフ島のタンネモイに着岸した。

それからは、右舷に絶えず切り立った山々を望みながら走った。やがて船は三方を山で囲まれた内海に滑りこんだ。海岸の奥に水量豊かな川が一本流れ、左岸の岡の上には木口の新しい堂々たる建物の群れが望まれた。わが最北端の守りにつくエトロフの、これがシャナの陣屋だ。辿る道すがらには、嘉兵衛がはるばる四国から勧請してきた金毘羅を始め、日光大権現、稲荷、神明、弁天と、色とりどりの社が祀ってある。

会所の広間で、当島の支配頭である奉行所調役の菊地惣内に着任の挨拶をした。

傍らに、次席が二人侍る。青白くて実直そうなのが、御普請役元締の戸田又太夫で、薄笑いを浮かべた二重あごの初老の男は、お持組の同心からやってきた関谷茂八郎である。二人とも肩書は同じ調役下役だが、席順は若い戸田の方が上だということだ。

退出した林蔵は、会所の隣にある長屋の一軒を訪ねた。

「やあ、きたな。」

と声がして、見達の顔がぬっと出、まあ上がれという。

中には、もう一人、五十がらみの肥った男が、酒杯を手にしている。

「こちらはな、南部藩の大筒指南役、大村治五平殿だ。この春、わしらと前後して渡海された。」

と見達が紹介すると、赤い顔の治五平は、

「これはこれは、間宮殿でござるか。ご苦労ご苦労。のう、われわれは、知行取でこそあらねども、一人前の侍面をする人々よりは、まことのもののふであるぞや。のう、そうでござらぬか。」

と酒臭い息を吹きかけた。

南部藩の陣屋は坂を下った稲荷社の背後にある。津軽藩の陣屋は、シャナ川を挟んだ向うの浜だ。番方の人数は、この両藩を合わせて二百人ということで、東蝦夷地広しといえどもこれほどまとまった人数がいるのは、箱館以外にはこの島しかない。

西南に一里ばかり、アリムイというところへ、林蔵はでかけてみた。ここを起点に、山々の間を縫ってルベツまで新道を切り開くのが、課せられた任務である。シャナには夷人の人夫のほかに、本土から働き方というのが出稼ぎにきている。林蔵は毎日先頭に立って現場に通い、自らもつるはしを振るった。そのかたわら余裕を見ては、もう一つの使命である島の周回の測量に取りかかった。

七月になって、南部田名部の牛滝村出身の船乗りが六人、命からがらウルップ島に近いシベトロにたどり着いてシャナに運ばれてきた。三年前に塩を積んだ船で出航したが、暴風雨に巻き込まれ、辛うじてポロムシリ島に上陸したものの船は大破した。船を捨てて島伝いにカムサスカくんだりまでも放浪したが、始め親切げだった住民は、しばらく前から手のひらを返したように冷たくなった。今度も小舟を作って帰る間に、ラショワ島でひどい迫害を受けた。始め十三人いた仲間が、今はたったこれだけだといった。

もともと蝦夷地もカムサスカも、夷人はすべて同種だ。その中でオロシャに服属したラショワの島夷十三人ばかりが、一年前、武器を携えてシベトロに潜入した。津軽の勤番が捕らえてシャナに送り、菊地の手で調べると、オロシャ人からエトロフの様子を探れとの命を受けたというのだ。報告のために菊地が箱館にでかけた最中の今年三月、捕虜は収容中の牢を破り、会所の船を奪ってまんまと逃走してしまった。なかなかしたたかな連中である。

このころ嘉兵衛は漁場の世話を一通り終え、箱館に帰ることになった。しばらくお別れだというので、林蔵と一夜酒を酌み交わし、田名部の船乗りの受けた迫害について、

「長崎にきたオロシャの使節は、手ぶら同然で去年帰った。島々での扱いが、急に、ぞんざいになったというのと、時期が一致する。この上さらにいやなことが、起こらねばよいが……」

といった。

嘉兵衛が帰るとすぐ、島は一日中濃霧と吹雪に包まれることが多くなった。雪は日に日に烈しく、建物はすっぽりと埋もれてしまい、人々はもぐらが穴を探すようにして出入りした。凍える寒さだから、昼夜の別なく火は焚き続けだ。煙にむせてごほんごほん咳は絶えず、顔は煤で黒くなる。漁場も道普請も一切取りやめ、人々はもくもくと雪氷の下の毎日を耐えた。

箱館では、西蝦夷地の検分を終えた遠山と村垣が、相次いで羽太を訪れて挨拶をした。カラフトへは二人とも足を運べなかったが、ソウヤまではでかけて、警備上や夷人同士の交易の上からも、カラフトを見限るわけにはゆかないことを痛感したといった。そのカラフトで、この節とんでもないことが起っていようとは、お互いに神ならぬ身の知るよしもない。

松前藩のカラフト支配は、西部のトンナイと東部のクシュンコタンに会所を置いたものだが、九月十一日このクシュンコタンの沖に、砲声を轟かせて異国船が出現したのである。年内の交易はすでに終わり、支配人の柴田角兵衛も引き揚げたあとで、越冬日本人は番人四人だけだった。翌朝、三十人ほどの異人が上陸し、番屋の戸口を固めた上で、帯剣した三人が押し入った。首領体のものが懐からラシャ切れを取り出し、

「アキナイ、アキナイ。」

という。異国との商いはご法度だから、だめと手を振ったところ、大声でわめきだした。何のことかわからなかったが、ダイニッポン、ナガサキ、マツマエという片言は聞き取れる。この声とともに仲間が押し入り、富五郎、西蔵（とりぞう）、福松を縛った。源七は逃れて酒小屋の裏の縁の下に隠れたが、鉄砲を打ち込まれてやむなく這いだしたところを、折り重なって捕らえられた。夷人も居合わせたけれど、そちらには目もくれない。

蔵々を破って飯米六百俵のほか、お膳道具、鍋釜、衣類一切を取り出し船に運んだ。そのあと、空になった建物に火をつけて回った。弁天社から御神体を剥ぎ取り、祠は大小の船と一緒に焼き捨て、十七日にクシュンコタンを離れた。

残った夷人らは、山越えしてトンナイの会所に急を報じた。番屋では驚いてシラヌシの乙名に連絡したが、ソウヤとの間の便船はもはや年内は打ち切り、やがて流氷が押し出してきて、万事休した。藩庁に異変を知らせる手立ては、来年までなくなった。

エトロフでもこの頃は、沖から次第に群氷が押し寄せて岸に近づき、やがて海一面が凍りついた。晴れた日に林蔵はおそるおそるその上を歩いて振り返ると、オトイマウシの山の木々は、白刃を逆立てたように鋭く見える。

ひたすら自然の猛威にひれ伏し、穴籠りの熊さながらの日々を送って文化四年の年が明け、三月には、シャナ川の氷が溶けてせせらぎが音を立て、ふきのとうが芽をだした。

この月の四日に、ソウヤでは柴田がシラヌシに第一船をだし、クシュンコタンの変事を聞かされ、びっくりして現地に急行した。あちこち聞いて回ると、異国船はどうやらオロシャに間違いない。ソウヤへ引き返すなり、二十五日付けで藩庁へ早打ちを発した。

そんなことがあったとは、江戸はむろん、箱館でもつゆ知らない。江戸では、前年十月十五日に遠山と村垣が帰任して報告したのを受け、協議を続けてきたが、いよいよ松前家には任せておけないということになった。松平伊豆守が断を下し、三月二十二日に奥蝦夷を含む西蝦夷地を御用地に併合することが発令された。しかも、これまでの借り上げの形から、一挙に東西両方とも永久上地されることにきまった。

領地を完全に失った松前家には、奥州梁川で九千石、その他の飛び地を加えて一万八千石が給されることになった。実質五万石とも十万石ともいわれて富裕を誇った藩としては、甚大な打撃だ。おまけに志摩守の先代美作守は、在任中政治をなおざりにした責めを厳しく問われ、蟄居の罰を蒙った。その矢先のクシュンコタンの変事だから、藩には重ね重ねの衝撃である。

エトロフでは四月五日に、今年の第一船高田屋の観幸丸が、南方のフウレベツに入ったと連絡が入った。産物の積取りだけなので、シャナにまではこないと、船頭嘉十郎からの申し送りだ。十五日には、留守宅の便りなどもどっさり積んだ高田屋の第二船辰悦丸が、初めてシャナの内海に姿をみせた。半年以上外界と隔離されていた人々は、歓呼して出迎えた。船頭は嘉蔵だった。

南部の漂流民六人は、この戻り船に乗せることになっている。引率者はシベトロまで引き取りにいった戸田又太夫だろうと、だれもが信じて疑わなかった。ところが何を思ったか、菊地は急に自分がゆくといいだした。菊地と六人が乗り込んだ辰悦丸は、十九日にシャナを発った。

雪解け頃から新道作りを再開した林蔵は、働き方に仕事の区割りをしてやった上で、自分は東海岸の測量に取りかかった。

怪奇な岩がごろごろ立ちはだかる浜通りを、野宿を重ねつつ計測する。オンネベツ川が近くなった二十七日の朝、でかけようと夜具を畳んでいると、駆けつけたトシモイ番屋の夷人が大声をふりしぼった。

「間宮旦那、大変だ、フ、フウレシャムがでた!」

「なに、フウレシャムだと!」

愕然となる。夷語でフウレシャムは赤い人を意味し、オロシャ人のことをいう。

番人はあえぎあえぎ、西海岸のナイボにオロシャ船が渡来して発砲上陸し、日本人の番人を攫い、略奪放火してから立ち去ったといった。

ナイボといえばシャナへ三十里、ことによるとシャナも危ないのではないか。これは、こうしてはいられない。林蔵は夷人の竿取りにあとを頼むと、図面だけを懐中にして駆けだした。

トシモイ湖を蝦夷舟で渡り、そのあとルベツまでは一面笹原の大海だ。日は西に傾き、いつ何時熊が飛び出さないとも限らない。熊除けの鈴を腰につけて鳴らしながら、必死に走り続けた。ルベツの浜についた時はもう夜だ。番屋の夷人に聞くと、オロシャ船の来襲を伝える早打ち船が通ったのは四日前、それ以後においてシャナが襲われた様子はないという。ひとまずやれやれだが、ともかく急ぐのでと便船をだしてもらい、順風の中を突っ走って夜半にシャナに着いた。船着き場はあかあかと篝火が燃え、一足先に着いたらしい官船から槍や鉄砲をもった人影がどやどや下りるところだ。中にずんぐりした大村治五平の姿がある。

「これはまた、どうしたんです。」

と近寄ると、

「どうしたもこうしたもない。ナイボへ急行を命ぜられて、押し出したはよいが、逆風で、ホロホロから先、どうにも船が進まない。関谷様も、仕方がない引こうとおっしゃって、かくは引き取ったというわけだ。」

オロシャ船がナイボ沖に姿を見せたのは二十二日、翌日上陸して番屋の小頭の五郎次、番人左兵衛、長内、六蔵、木挽の三助を捕らえておいて、略奪放火を繰り返したという。

疲れきった林蔵は、自分の長屋に辿りつくと、ひっくり返ってこんこんと眠りに落ち、翌る二十

八日の朝、会所へ飯をくいにでると、

「これから軍評定があるそうで、呼ばれたよ。貴公もでたらどうだ。」

と、見達に声をかけられた。

広間では菊地のいない上席に、戸田と関谷の二人が並んでいる。ゆうべはろくすっぽ眠らなかったらしく、二人とも目は赤い。横にもう一人、児玉嘉内といって、本所深川火事場見回りの火消し同心から箱館奉行所の調役下役格に転役したのがいる。妻女と娘ともどもこのシャナに移住した在勤者中唯一の家族持ちだ。見達と林蔵は、この三人に向かい合って席を占めた。ほかは若林庄兵衛ら、地役同心らが十二、三人いるきりで、肝腎の南部藩、津軽藩は、なぜか一人もこの場にはいない。

この数日の心労で痛々しいばかりの戸田に代って、関谷が口を切る。

「すでに聞き及びと思うが、ナイボが六日前、オロシャ船に襲われ、番人が五人攫われた。船の行方はそれきり不明だが、ひょっとして明日にでも当地を攻撃してこないとも限らない。そこで、万が一の備えについて、おのおの方の存じよりを、聞かせて貰いたいのだが。」

みんなじいっと黙りこくり、咳ひとつするものもない。あまりに突然な出来事なので、正直なところどうしていいのかわからないのだ。

関谷は不意に、

「昔とったきねづかという。見達先生、貴殿、軍学書を持参ではござらぬか。あれば拝借したいのだが……」

といいだした。見達はあきれ顔で、

「これはまた、今更何を申される。拙者、さような書物とは、とっくにおさらばした身でござる。それに、あったとしても、この手のものは、読んですぐに役に立つというものではござらん。」

「それは残念……」

と鼻白んだが、

「でも、お手前なら、どうされる？」

「知れたこと、海に面した岬の二箇所ぐらいに、大筒を備えつけ、オロシャ船を見かけ次第、ぶっぱなします。」

「その大筒は、一体、だれが打つ？」

「何と！」

これには見達も、一瞬絶句した。

「これはしたり、その方の役は、ご両家が担当されるものと心得るが……」

と至極当然のことをいったが、返事が返らないので、

「打ち手がなければ、拙者が、致しましょう。手伝いの人数さえお貸し下されば。」

関谷は、やれやれという顔をした。

「二百人しかいないこのシャナの人数を、二手に分けるなどとは、人情において忍びない。それよりも、籠城の積りで、両家は陣屋を引き払い、会所に合体されることこそ然るべしと存ずる。」

どうやら両家とは、すでにそれで話がついているらしく思われる。見達は首をひねり、

「合戦をするのに、いきなり籠城とは、聞いたことがござらぬ。それに、小人数なら小人数で、大きく見せかける手もないではなし。」

聞くなり、関谷は居丈高になった。

「何と申される。島中の夷人に触れをだせば、千人ぐらい立ちどころに集まり申す。それを小人数とは、何たる言い草か。」

林蔵は、見達の横腹をそっとつつき、

「怒っちゃいけませんよ。どだい、わかっちゃいないんだから。」

と囁いた。

突然、戸田が悲痛な声を上げた。

「おのおの方、是非とも、是非とも、頼み入る。もしも、異国人が攻めてきたら、いかようにでもして、撃退してくだされ……」

座はこれで、一瞬しいんとした。戸田はもぐもぐと、

「覚悟は、できている。わたし一人のことで済むなら、いつでも腹を切ってみせる。」

といった。

それにしても、島の守りは本来南部津軽両藩の任であるのに、戸田も関谷も、日頃無理をかけている遠慮があってかものが言いにくい。その上、両家の間柄というものがまた、藩の成立をめぐる長年のしこりから、ふだんでもそっぽを向く犬猿の仲なのだ。このシャナにおいても、両藩の重役は、互いに足元をすくわれるのを警戒する余り、進んでこういう場にでてこようとしない。折角の評定も、こんなふうで不得要領の中に終わり、両藩はおのおの陣屋を引き払い、米俵をごっそり運んで会所に越してきた。溢れる人で内部はごった返し、寝る場所がなくて廊下にまで布団を敷き詰める騒ぎだ。

夜、見達は同心の一人と一つ布団にくるまって寝ていて、提灯に顔を照らされた。

「何だ。」

と身を起こすと、林蔵のにこっとした顔があり、

「皆さん、暖かにして、よくも眠れたもんですな。嘆かわしい、嘆かわしい。」

と小声でいう。

「ふん、眠るのも、ご奉公のうちよ。」

と言い返して、背を向けた。気持ちのたかぶりを押さえかねる林蔵は、だれにいわれるともなく、自分で火の用心の見回り役を買ってでたのだった。


翌くる文化四年（一八〇七）四月二十九日、人々はそわそわと早朝から起きだした。五ツ半時になって、ナヨカの見張所から異国船が見えたと通報があり、その場にいたのものは総立ちになった。是非なくめいめい一戦を覚悟した身支度にとりかかる。武家でないものは股引（ももひき）に法被（はっぴ）という身軽ないで立ちで、支給された陣笠をかぶった。

八ツ時になると、船影はまごう方なき三本柱の異国船二艘となって内海に現れ、大きい方は入り口を扼し、小さい方が内懐深く進入した。

戸田は扇子、関谷は種ケ島の鉄砲を携え、会所の玄関前にめぐらした屏風を背に、床几（しょうぎ）にかけた。左右には両人の家来と地役、南部千葉、津軽斎藤の両重役、大村と手下の火業師二人、会所の支配人陽助、両藩兵三十人ばかりが詰める。林蔵は一人離れて立てひざをついた。

やがて停止した船から、艀が四つ下ろされ、水面をぐるぐる回りだした。どうやら上陸地点を見

つくろう様子である。

関谷は、

「異国人ども、何か願いの筋でもあるものと見える。陽助、その方いってやって、用向きを聞いてやるがよい。」

といった。陽助は尻込みをした。関谷は重ねて強く命じ、夷人や地役ら十人ばかりを付き添わせ、

「よいか、くれぐれも、決してこちらから発砲するでないぞ。」

と念を押して送り出した。

白い切れをつけた竿をもった一行の姿は高い草原の中に没した。しばらくして、

「パン、パンパン。」

と音がする。

「ややっ。」

人々はぎょっとした。

林蔵はふらふらと立ち上がり、

「あれは、異国人の挨拶で、筒を払うと申し、初めてあいまみえる時に、ああやるのです。」

とやった。ところへ地役の一人が、息せききって駆け上がってきた。

「支配人が、打たれましたぞ!」

ほどなくがやがや声がして、腰の回りを血に染めた陽助が、夷人らに担がれて戻った。艀に向かって白旗を振ってみせたところ、ものもいわずに発砲されたというのだ。

「しまった!」

林蔵は、顔から火が出た。知ったかぶりの知識の受け売りが、こうも無残な裏目にでようとは……。

同時に、白旗をあっさり無視した相手に対する怒りが、勃然とこみ上げた。

その彼らは、川向うの岸辺に一つまた一つと艀をつけ、するすると上陸を始めた。

だが、ご両人は黙したきりだ。傍らでは大村が、落ち着き払い、

「五人や十人ぐらい、上陸しても、どうということはない」

と嘯く。

相手は台車のついた大筒までも揚陸しだした。そうして川っぷちの粕蔵の脇に据え付けるのを、こちらはみすみす手を拱いて傍観するのみである。

大筒に玉が込められる間、鉄砲をもったものは、代わる代わる援護射撃をする。距離はおよそ二丁足らず、耳元をかすめる音に、ご両人はようやく床几を離れ、一同とともに弁天社の後ろへ退く間もなく、
ズシーン
と地面が震動して今いた場所に土煙が上がった。ここまで明らさまにやられてしまえば、さすがにもう何もいうことはない。やっと応射が始まった。山上の本陣も、これを見習ってパチパチやりだした。

会所では担ぎこまれた陽助を、見達が手早く診ると、股を打ち抜かれているが、どうやら命は取り止めそうだ。居合わせた南部の医師に付き添わせて、裏道伝いに落ち延びさせた。

林蔵は裏山の本陣に駆け上がり、両藩兵やにわか仕立ての鉄砲打ちとともに、眼下のオロシャ兵と対峙した。

粕蔵を楯にした彼らの動きは、きわめて機敏だ。大筒がどかんと鳴ってから、次の発射に取りかかるまでが、舌をまくほど早い。

ドシン、メリメリと音がして、会所の蔵の壁の一つが打砕かれた。玄関の小屋根はとっくに吹っ飛び、破風飾りがちぎれてぶらさがる。

「わが方の、一貫七百匁筒はどうした！」

と、じれったそうな声が上った。こんな時こそが、火業師大村治五平の出番というものではないか。一体、どこにいるのだ。

「おれが、見てくる。」

林蔵は山を駆け下りると、南部陣屋の先の原にいった。何たることか、豊太閤の朝鮮征伐に手柄を立てたという栄光の巨砲は、太い木枠の上に横たわったきり、だれ一人見張るものもない。

会所を通りぬけようとすると、兵糧掛りを頼まれて台所から握り飯を運びだす見達に出くわした。

「大村さん、見ませんか。」

「見たよ、見たとも。」

という顔が歪む。

「さっき、山坂の上り口で、ばったり会ったら、見達さん、いよいよ始まりましたといったきり、こそこそと裏道伝いに山の中へご逃亡さ。おのれ腰抜けめ、武士の風上にもおけぬやつ、よっぽど呼び止めて討ち果そうと思ったくらいだ。」

こんな男を、しばらくの間とはいえ、朋友扱いした自分の愚かさが悔しいと、見達は自嘲した。

炊き出しの役はもう御免だ、敵に一発お見舞いしようと会所に戻り、ようやく片隅にあった百匁筒を見つけて引っ張り出し、坂を引きずって本陣に持ち込んだ。玉ごめしようとしたが、寸法が合わない。合うような玉を南部藩兵に頼んで探して貰ったが、どうにも見つからない。一事が万事、この戦ではこんな調子で、せっかくの百匁筒、二百匁筒が、まるきり役に立たなかった。

いつしか川向こうの粕蔵の曳く影が長くなった。その時、こちらからの一発が、その陰からでた敵の一人をのけ反らせた。すると仲間は打つのを止め、手負いを艀にかつぎ込んで退いた。

入れ替わりに親船ががんがん大筒を打ち出した。粕蔵は真っ先に炎上し、近所の小屋に燃え広がった。はるかな津軽陣屋も、紅蓮の炎に包まれた。

辺りが暗くなりだしてから気がつくと、本陣の人数はいつの間にか、めっきり減ってしまった。

見達は、ご両人を探して会所に入ると、ご両人は奥の一間でぐったりしている。

「どうなされました。で、これからいかが致しましょう。」

と伺いを立てるが、二人ともでるのはため息ばかり、

「いや…それが…何分にも…玉薬がないので…いかんともし難く…」

と語る言葉も途切れがちだ。そこへ、南部重役の千葉や地役同心がぞろぞろと入った。

見達は、みんな一丸となって会所に立籠り、敵が乗り込んだところで打って出るよう提議したが、関谷は例のへらず口を叩きつつ、ひとまずここを立ち退くことを譲らない。

千葉は、玉薬が乏しくなったのを理由に、

「ご下知とあらば、従いまする。」

といい、やがて現れた津軽藩の斎藤も、

「どこまでも、死生をともに仕りたい。」

と相談は一決した。立ち退きには邪魔だからと、斎藤は鎧を脱ぎ捨てた。

本陣にいた兵をかき集めてたった二、三十人ぐらい、ほかはみんな、先程来の攻防の間に、落ち延びてしまっていた。児玉嘉内も、妻子ともどもとっくに姿を消した。

「間宮にも、知らせんければ、一人だけ置き去りになってしまう。」

と、見達が気を揉むところへ、

「だれもいなくなったので、きてみたら、皆様ここですか。」

と林蔵が飛び込んだ。

「なにごとです、この有様は。みんなしょんぼりして。」

と怪訝な眼で見回す。

「ちょっとこい。」

と見達は、隣の一間に連れ込んだ。

「ご両人の仰せでな、玉薬ももはや尽きた、ここはひとまず立ち退こうとおっしゃる。こうなってしまっては、あれこれいっても始まらない。一緒に、逃れようじゃないか。」

「そんな、無茶な!」

林蔵は声を張り上げた。

「かかる重大事を、こちらには一言の相談もなしに退却とは。拙者は、絶対に不承知ですぞ。同意はしなかったという一札を、是非もらわなくちゃあ。」

と憤る。

「何をたわけたことをいう。このどさくさに、だれが一筆認めたりなぞするものか。それとも、もし貴公に、敵を引き受ける謀でもあるのなら、わしも踏みとどまって、ずいぶんと協力しないでもないが……」

これには林蔵もぐっと詰まり、

「無念です。」

といったきり、うなだれた。

いざ逃げる段になると、人間はそぞろ臆病風に取りつかれる。しとしとと雨まで降りだして、ずぶ濡れの衣類は重たく、海岸にでればオロシャ船に見つかるのが関の山だというので、シムイでこそこそと山あいに分け入った。道なき道を笹や茨をかき分け、山登りに取りかかり、途中沢に入って凍えそうな水に漬るうちに、流れは尽きて二股の涸沢になった。

左右いずれの道筋をとるべきかに迷い、あとで互いに知らせ合うことにして二手に別れ、戸田には地役人と津軽勢、関谷には見達や林蔵、働き方がついた。しばらくすると、津軽藩の足軽が、「疲れ果てたので、今夜はここで一泊したい、各々方はどうかお先へ」という戸田の口上を伝えてきた。見達と林蔵は、

「こんな山の中へ、一人で置いてなるものか。ぜひ一緒にご同道願おう。」

といい、足軽について引き返すと、とある空地に一団が静まり返っている。戸田殿はと聞くと、一人があれにといって向こうにある一本の落葉松を指さす。その口調が変なので、林蔵は思わず駆けだしていた。

木の下で戸田は、うつ伏せになっている。はっと抱き起こすと、首の回りは血がぬるぬる、息は完全にこときれている。脇差を地面に立てた上から、覆いかぶさって喉をついたものとわかる。

「覚悟の自害だ。」

馳せつけた面々は、顔を見合わせた。

しばらくの間は、みんな声もなく、仏に手を合わせた。遺骸を葬ろうと地面を掘りかけたが、草地は固くて落人の疲労しきった力では歯が立たなかった。仕方なしに布団を一枚、上に被せた。おかしなもので、主将が死んでからは一同つきものでも落ちたようになり、敵船への警戒も何のその、山を下りて海岸をぞろぞろ押し歩いた。

黄昏にルベツに着き、二日の朝、どうにかフウレベツに入った。

ここで額を集めて協議し、千葉と斎藤は関谷とともに最後まで残留の積もり、林蔵はシャナのその後を探る役を引き受け、見達は御用状の早打ち役とともに、引き揚げ組の引率を押しつけられた。林蔵は、布子アツシをまとって夷人に変装すると、単身シャナに舞い戻り、灰になって原形をとどめない会所跡をほっつき歩いた。奇怪なのは、引火しなかった社や祠が丹念にこぼたれ、御神体が奪い去られていることだ。神仏に対して、よほど含むところのある人間でなければできることでなかった。

見達の方は、敗残の兵をまとめながら苦労して七日にクナシリのアトイヤへ渡海、会所のあるトマリには九日の昼前に到着した。実はこの島も、頭の比企(ひき)市郎右衛門は御用があって不在、関谷と同格の調役下役向井勘助が、一人で留守を預かっているところだ。

問われるままに、見達はロ船襲撃以来この目で見たことを物語った。

「そうか、シャナは撤退、戸田氏は自害というのだな。これでわかった。して、そなたは?」

「関谷様の仰せに従い、一刻も早く、この御用箱を、箱館にお届けしませんければ。つきましては……」

と、引率の一団は足手まといになるだけだから、何とぞ向井様の方で引き受けて頂けないかと申し出た。

「なるほど、幸い今しがた、エトロフにゆく赤船万全丸が通りかかったのを、待てといって押さえてある。これに、みんなを乗せて送ってやってもよい。」

とてきぱきしている。

退出してから聞いたところによると、この向井はエトロフの異変に気づくや否や、南部津軽の両藩兵だけでなしに、夷人の乙名にも檄を飛ばして呼び集め、ともどもに島を死守しようと誓い合ったそうだ。エトロフと比べれば格段の小人数を、向井は多く見せかけるために、幕を二段三段と張りめぐらし、海岸伝いに連日連夜篝火を焚かせた。薪にはことさら太竹を用いた。これは燃えてはじけると、まるで砲声のような音をだす。果してトマリ沖に現れたオロシャの軍船は、用心堅固と見てとってか、攻撃を加えずに立ち去ったという。

会所で手配してもらった船にただ一人乗り込んだ見達は、十日の早朝東蝦夷地のノツケに上陸した。船を乗り継いで深夜アッケシに入り、十一日からは陸路を馬上でひた走り、夜半にシラスカを通過、十二日にトウフィで少し休み、十三日の朝ヒロウに着いた。この辺になると人々からは、怪しみの目で見られだす。ふつう早打ちの使者が通過する頃は、くたくたになり、戸板で運ばれる騒ぎさえ珍しくない。ところが見達は、番屋や会所で粥にしようかといわれれば飯を所望、それも二杯三杯とお代わりし、酒を注がれれば平気で飲む。とても人間業とは思えないのだ。

ルベシベ、サルル、シャマニの三山道を突破してシャマニに下りると、十四日にニイカップで小憩、十五日の早暁サルの会所に飛び込んだ。ここからユウフツまで小舟を出してもらい、夜半にホロベツ着、十六日モロランに出て、アブタ、シフシケと舟に乗った。十七日にオシャマンベから山越内の会所に至り、長駆の疲れから鷲木村の峠にかかって馬上でうとうと、不覚にもちょっぴり道を間違えはしたものの、日暮れて間もなく箱館の奉行所に駆け込んだ。ノツケからの二百里をたった一人、八日間で走り切ったことになる。

御用状は奉行所を驚愕に陥れたが、これより先、羽太奉行には別の試練が降りかかっていた。ソウヤで柴田が発したクシュンコタンの事件を報じる早打ちが、発生後半年ぶりに、松前藩を通じて十日に手元に届いたのである。

つい先頃までならば他領で起ったことで済まされたが、西蝦夷地が御用地に繰り入れられた今日では、箱館奉行として放置しておくわけにゆかない。

とりあえず派兵だが、しかし受持地域が広がったことに伴う増員については、今のところ江戸から何の沙汰もない。地元の箱館詰めは、人数がもともと多くないところへ、エトロフ交代要員を乗せた津軽藩の船が箱館への海上で転覆し、溺死者がでて武器が流失する事故があった。そこを無理に頼んで八十人ほど差し出させ、奉行所から深山宇平太と小川喜太郎をつけて、ひとまずソウヤへ派遣した。箱館の補充は、南部藩に頼みこんで二百五十人ばかり都合してもらった。

さしもの平静な人柄の羽太も、打続く異変の中でいささか度を失ったとしかいいようがない。菊地とその相役の山田鯉兵衛（りへえ）に見達の取り扱いを任せてしまい、うろたえて早とちりした彼らの結論を鵜呑みにした。十八日に羽太の名前でだされた公式の届け書は、二十九日の戦闘において、上陸した敵勢をおよそ七百人と見積もった。多勢に無勢で、やむを得ず引き下がらざるを得なかったという関谷の詭弁を真に受けてしまったのである。

とりあえず南部藩の二百五十人をエトロフの応援に繰り出すことにしたが、そうなると箱館の防衛が絶対的に手薄になる。やむなく奉行の職権によって、秋田二十万六千石、庄内十四万石の両雄藩に緊急の救援方を要請した。

そういうこちらの動揺を見透かしたように、十九日の昼には異国船が一艘箱館の山背沖に出現、一時は陸へ四丁ほども迫り、市中は蜂の巣をつついた騒ぎになった。船はその様子を遠望しつつ、夕方までにエサン岬の方角に去った。

さらに五月二十九日の夕刻、西蝦夷地のソウヤ、シャリ場所向けの仕入れ荷物を積んだ請負商人伊達林右衛門の用船宜幸丸が、リイシリ島の湊に入ったのを追って異国船が二艘闖入、艀を下して鉄砲を打ちかけ、略奪を働いた上火をかけた。同じ湊に居合わせた官船万春丸が目撃して、脅えた水主が一人二人と逃げ出した。万春丸はただの船ではなく、守備強化のため、武器弾薬を積んでカラフトに向う、わが方としては虎の子ともいうべき唯一無二の軍船に外ならなかった。

六月七日になって、ソウヤへ日本人ばかり八人乗った小舟が漂着した。うち四人はクシュンコタンで攫われた富五郎、源七ら、三人はナイボで連れ去られた五人のうちの五郎次と左兵衛を除いたものらであった。リイシリを襲ったオロシャ船は宜幸丸と万春丸を炎上させたあと、抑留してきた彼らを海上で釈放したのだった。その申し立てから、カラフト、エトロフと続いた一連の蛮行は、すべて同一船の仕業に間違いないことが分かった。オロシャの船将ミカライサンタラエチというもののから託されてきた書付は、表が横文字、裏は仮名文字で左のように読める。

近く近所のことに御座候あいだ、下々のものに申しつけ、渡海商いのことこいねがいに遣わし候て……度々長崎へ使者を遣わし候えども、ただ返事もなく返され候ゆえ……それゆえこの度この元の手並み見せ申し候て、きかない時には、北の地取あげ申すべく候……カラフトまたは島々ウルップまで赤人いつでもいかれますによって、追ちらしてやります、またはこいねがいの筋叶わせ候わば、末代こころやすく致したき心掛に御座候、さよう御座なく候えば、またまた船々沢山に遣わし、このごとくに致し申すべく候

月　日　　　　　　　　　　　　　　　オロシャ

松前お奉行さま

右の文言は、ミカライが字引を繰りながら並べる片言を源七に書き取らせ、言付けとして、なお今回も交易の許しが貰えないなら、来年は大軍を催して日本を攻めると付け加えたという。

「なるほど、オロシャは、長崎くんだりまできて、何の収穫もなかったのに立腹したんだ。クシュンコタンに始まって、こうもしつこく暴れたわけが、これでわかった。」

ソウヤ詰の深山と小川は、そう頷き交わした。

「だが、いくら自分の思い通りにならなかったからといって、こんな無法を働かれるのでは、こちらが黙っているわけにはいかない。一言いわせてもらうとするか。」

深山は筆を取ってさらさらと認めた。

イヨイヨ御無事ヲ祝シ候、シカレバ、御手紙ノ通リニテハ通商ノ願イ叶イ申サズ候、ソノワケハおろしゃハ礼儀ノアル国ナレドモ、コレマデ通商致サズ、シカルニ去年ヨリロウゼキヲイタシ候上、通商ノコトヲ申越サレ、聞入レナキ時ハ船々沢山遣ワシ、又ロウゼキ致スベシト、失礼不法ノコトヲ申ス、カカル国へ通商ハナラズ、其国ヨリ船ヲ沢山遣ワシ候時ハ、此方ニテモ要害ヲカタメ、軍ヲ致スベシ、通商致シタクバ、コレマデノコトヲサッパリト改メテ、悪心ノナイシルシニ、日本人ヲ残ラズ返シ、ソノ上ニテアキナイノコトヲ申スベシ、シカラバウカガイノ上、来年六月からふとニテ有無ノ挨拶ニ及ビ申スベク候

一、悪心ナクバ、早々地方ヲ放レ帰国アルベシ、モシ違イテアヤマチアレバ、通商ドコロニテハコレナク候　謹言

大日本国　深山宇平太

おろしゃ国へ

深山は書付に自分のこの起案書を添えて、箱館へ送った。

オロシャは今回全部で九人拉致したが、帰されたのは七人である。ところが舟には、目をしょぼつかせてばつの悪そうなのがもう一人いる。何とこれこそ、おのれをまことの武士と豪語しながら、戦の最中に行方をくらましたあの大村治五平にほかならなかった。

後日奉行所で申し立てたところによると、本陣で十匁筒を打っていて玉薬が尽き、代りを取りに南部藩見張番所の坂を下る途中、右足の甲に玉が当たった。陣屋に入り布で縛ったが、戦いには加

われそうもなく、シャナ川の上流の山中で傷の手当をした。二日後に山を下りて弁天社跡まできたところ、川向こうから駆けつけたオロシャ兵に、

「ソレ、ニッポン。」

と叫んで切りつけられた。こちらも抜き合わせたが、木の根っこに足をとられて倒れたところを取り押さえられたという。

ロ船に連れてゆかれてからは、陣羽織を着て大小をつけたその姿から、もしや大将分ではとミカライが疑っていると源七に注意された。源七に泣きついて番屋の帳付けということにしてもらい、ミカライの疑いを解いた。みっともない話を、悪びれもせずたんたんと口にした。

帰郷後の藩庁の処分は未練至極の振舞いにつき籠居という外出禁止程度のもので、千葉が警備地を空けて立ち退いた咎で、家禄家屋敷没収となったのに比べればうんと軽かった。それでも面白くない大村は謹慎中ひそかに手記を書き、自分の臆病は臆病として認めながらも、他人の欠点をあげつらい八つ当たりすることで鬱憤を晴らした。

矛先を向けられた一人が林蔵だ。大村は、オロシャが打った鉄砲三発を、あれは西洋の礼法だと林蔵がいったのをとらえ、あんなむだごとさえいわなければ、もっと早く応戦できて、敵を上陸させることもなかったろうにと、己れの不明を棚の上にあげた。

その林蔵は、エトロフ残留組のしんがりとして、山中を逃げまどった児玉嘉内の一家や負傷者の陽助ともども、六月十九日に箱館へ帰還した。

帰って三日目に、林蔵は今回の始末について中間目付から取り調べを受け、オロシャの発砲を礼砲と取り違えたことに自分から触れ、

「それがし、知ったかぶりをしたばかりに、お味方の応戦が後手に回り、とんでもないことになりました。わが身ながら、あまりの軽率さに呆れ果て、いまなお恥じ入るばかりです。どうかご存分にお仕置きを。」

と申し出たが、処分に至らなかった。

シャナの攻防については、首領ミカライの船でオロシャ人と行を共にしたクシュンコタンの番人富五郎、源七ら四人の申し立てが委曲を尽くしている。

大船にはミカライ以下四十二、三人、小船には副首領ガブリュウワイワノエチら二十二、三人が乗り組んでいたが、上陸したのはガブリュウワが率いた十数人だけだったという。略奪した品々は富五郎らが目撃しただけでも、酒樽、米俵、具足、弓、長柄、唐銅の大筒、鉄砲、短筒、大小の刀、脇差、玉箱、その他衣類、椀、屏風、火縄と、夥しい種類ならびに点数があった。してみると、シャナのわが二百人の守備陣は、たかが十数人の上陸兵のために色を失い、武士の魂である武具さえ打ち捨てて遁走したのは明らかだ。奉行所が関谷の報告を鵜呑みにして江戸に入れた第一報とは、まるで雲泥の差である。

一段落のあと江戸に帰任した羽太は、十一月十八日若年寄水野出羽守の屋敷において、配下の軍勢がいささかのことに度を失い、ろくに反撃もせず立ち退いたことの監督不行届き、さらには異変の届けぶりについても粗忽だったことの責めを問われ、お役御免の上逼塞（ひっそく）の罰を言い渡された。相役の戸川も、お役御免となって謹慎した。エトロフの支配頭だった菊地と相役の山田はいずれも免職の上、お目見え以下に落されて押込めに付された。

自殺した戸田の家は、扶持と家屋敷を召し上げられたが、のちに親族が取り立てられて名跡を継いだ。

もっとも罰が厳しかったのは、関谷と児玉だ。二人とも、会所を明けたのは「未練の始末、不届きの至り」として、流刑に次ぐ重罪である重追放が課せられた。

オロシャ兵に打たれた陽助は、傷がもとで一年後に死んだ。奉行所はその会所支配人としての功績を認め、高田屋に七十両を与えて遺族の面倒をみさせることにした。

さんざんの体たらくだったシャナ派遣勢の中で、ただ一人気を吐いた久保田見達は、この翌年羽太の後任になった河尻肥後守に、思い出話を所望されて、容を正し、

「この度、オロシャ人に乱暴され、皆々不覚を取り逃げ去りましたこと、わたくしは、実に目出度いおん事と存じ上げ奉ります。」

「ほう、それはまた、どういうことか？」

「今の世の人、二百年太平の御代に生まれ、武器といえばただの飾りと思い、兵法武術のことをいうものがあれば狂人扱いし、鉄砲の玉といえば向こうへ飛んでゆくとものとばかり心得ておりますが故に、いざこちらに向かってはらはら飛んでくると、途端に肝を潰したようなわけでございます。さすれば、今回の敗走は、全く太平の余沢というべく、それで目出度いと申しました次第……」

河尻も、役人としては人材を謳われた方だが、この強烈な皮肉は支えかね、

「フン。」

と冷笑したにとどまった。

見達と林蔵はフウレベツ以後すれ違いばかりで、ついに再会することがなかった。江戸に帰った見達は、貧乏な町医者にもどって一生を閉じたが、エトロフの変について聞かれるごとに、

「ひとには怒るなといった癖に、さて自分の番になると、ぷんぷん怒って当り散らしおった。なつかしいな、林蔵のやつ。あの男にだけは、もう一度会い、思い出話をして笑い飛ばしたいものよ。」と結ぶのが常だった。

源七らが託された書付への深山の回答文は、江戸の協議で大要次のものに差し替えられた。

日本とオロシャとは遠方なれども、支配の島々は近ければ、音信を通じ、商いをも致すべきとて、先達て長崎まで使来り候えども、成難きことゆえ断りて返し候は、こなたの国の掟にて候えば、恨みあるべきとは思いもよらず候……

こちらの国の定めだから断っただけなのに、恨まれるとは全く意外だというのである。

……去々年、去年、こなた島々へ来り、人を捕え家を焼き、諸品を取り、狼藉せしは何国のものとも心付かず候ところに、捕えし人を返しもたせこし候書付を見れば、その国の仕業にて、やはり仲をよくし商いをもいたしたくとのことにて、手をかえたる仕方のよし、初めてわかり候。

仲よくしたいがために乱暴するという、こんな「手をかえた」倒錯したやり方は、日本人の知るところではない。初めてわかり候に、皮肉な嘆声が籠められている。

しかし仲をよくし、商いを始めて両方のためにする心にても、狼藉をして互いに仇を結ぶ時は、いよいよ商いは始められず、結句両方の人の命にも及ぶことにてもってのほかの行違いに候ゆえ、何とも挨拶はならぬなり。

腕ずくでくるならこちらは反撃し、そうなれば戦となり、とても交易どころでなくなるぞという道理を説いた。この回答文を奉書に認め、年明けとともにエトロフ、クナジリ、カラフト、ソウヤの四カ所に配置した。

こうして相手の言い分をつっぱねた以上、来年は大軍を送るといったミカライサンタラエチの豪語に備えておかなくてはならない。奉行所は箱館から松前に移され、奉行も河尻肥後守、村垣淡路守、荒尾但馬守の三人という非常体制が採られた。その上で十一月三日仙台藩六十二万石、十二月二十二日会津藩二十三万石と、奥州の二大藩に夷地出兵を命じた。文化五年正月九日、まず会津藩が雪を蹴って出陣した。詰める先は松前が三百人、ソウヤが五百人、そしてカラフトが七百人である。同十五日には仙台藩がエトロフに七百人、クナジリに五百人、箱館に八百人派遣した。

松前家の支配以来、カラフトにこれほどまとまった数の軍勢が入り込んだことはかってない。これまでもっぱら東方の島々に払われてきた注意が、急にカラフトに向けられたのは何故か。それはこの土地の奥行きがはっきりしないところからきている。

土地の夷人に聞くと、カラフトは島だという。だが奥地は異種のスメレンクルの巣窟で、夷人を寄せつけないから、この目で確かめたものはだれもいない。わが国では林子平、近藤重蔵が半島説を取り、西洋でも地図によって取り扱いはまちまちだ。

島ならよいのだが、もし半島だとすると、オロシャは大軍を海路ではなくて大陸伝いに、カラフトの口まで一気に南下させる恐れがある。奉行衆がもっとも頭を悩ませるのがここで、奉行所の中枢の高橋三平を、松前からあえてソウヤに転出させた。不測な事態にも臨機応変の指揮ができ、いちいち松前へ伺う手間が省けるからだ。これに伴い人事も大幅な異動が発令された。カラフトの勤番は、江戸から新たに赴任した荒井平兵衛を頭に、最上徳内、松田傳十郎、遠藤津右衛門、間宮林蔵という異色な顔触れになった。荒井と遠藤を除いた三人が、元来武士の生まれつきではないのである。

支度してソウヤに赴くよう指示を受けた林蔵は、三月十二日に現地に到着、ただちに高橋の宿舎に参上した。そこには、エトロフで死んだ戸田と同じ調役下役元締で役高八十俵三人扶持、この年四十歳で林蔵よりは十一歳年長の松田傳十郎が、一足先に着任している。

「ご苦労だが、貴公ら二人はただの勤番でなく、特別の任務についてもらう。奥地がセツジョウか否かを検分してもらうんだ。」

接壌（せつじょう）とは地面を接するという意味、つまり、カラフトの奥地と、ダッタンと呼ばれる大陸の間が地続きか、それとも海水で隔たれているかを調べてこいというのだ。林蔵の目は、緊張で輝いた。上席に松田がいるのも忘れてしまい、

「まことにもって光栄な仕事です、たしかにお請け仕りました。」

「危険だぞ、もしオロシャの軍勢に遭遇でもしたら……」

「その時はその時、無論、覚悟の上にござります。」

林蔵の気のはやりようを見た高橋は、

「エトロフの失敗を取り返そうとして、あまり無理をするなよ。」

とたしなめた。

四月十三日、ひっそりとしたソウヤの浜に、図合船(ずあいせん)という伝馬船を一回り大きくした船二艘の準備が整った。松田には、蝦夷地御用になって以来ずっと付き従った二人の下僕がいたが、この日の朝、身の回りの品を江戸へ持って帰るよう申しつけた。その上で、自分にもいいふくめるように、

「かたがたもって、困難な検分の旅ではある。奥地に入ることさえ、命がけだ。死ぬか、はたまたオロシャに捕らわれるか。もし、年を越しても帰らぬ時は、今日のこの日をもって、命日とせよ。」

と、留守宅への伝言とした。

そこへゆくと一人身の林蔵は気楽だが、しかしふだん人を食ったところのあるこの男さえ、吹かれる潮風に顔は次第にこわばった。

「成功のめどが、立たないうちは、死んでも帰らないよ。いつまでも埒があかなければ、たった一人でも踏みとどまり、野辺の土と化すか、次第によっては、夷人になってしまうかもしれない。再会期し難し。だが、始めあり終わりなきは、凡人の習いというからね。」

知り合いの津軽藩士と語るうちに、最後は禅問答めいた口調になった。

海を渡ってシラヌシに着いた二人は、相談の末、松田は西海岸、林蔵は東海岸をそれぞれ北行し、奥地で落ち合うことにして別れた。幾多の苦難の末、松田は六月十九日に北限のラッカに到達し、大陸はもっとも近いところで海上四里、カラフトとはあくまで交わることがないのをこの目でしかと確認した。報告書に、

ナッコより奥の方、海幅打開き広く相見え申し候。カラフト、離島に相違御座あるまじくと存じ奉り候。

と記したのがそれである。

東海岸で道草を食い、松田のあとを追ってノテトで合流した林蔵は、ラッカでの発見を聞くと、私も御用を奉じてきたからには、一目同じ場所を見ないわけには参りませぬと駄々をこね、松田をつきあわせたが、ラッカより奥地へは進めなかった。二人は閏六月十八日シラヌシに帰着、三カ月半にわたる検分を終えてカラフトを離れ、二十日ソウヤに帰任した。

丁度河尻奉行が、会津の守備兵をねぎらいにやってきていた時で、松田はただちに待ち構えた奉行に、カラフトは大陸と地続きではないことを報告した。喜んだ河尻は、

「大儀であった。急ぎ帰って同役の淡路にも、伝えてくれるように。」

といった。

林蔵の方はお雇いの身分だし、奉行じきじきの対面はない。高橋の前にでて、一通りのいたわりを受けた。林蔵は頭を垂れたまま、

「お願いでございます。どうか手前に、再検分のお許しを、是非とも、ぜひぜひ……」

と、涙声で訴えた。

「手前は、ただの働きをするだけでは、面目が立ちません。このところ、ご賢察願います。」

膝を叩いた高橋は、傍らの手文庫から、一束の書き物を取り出した。

「実は、ここに江戸の天文方の高橋作左衛門から、調べの願い書がでている。西洋の地図に、サガリン島なるものが、でておるそうな。これがもしやカラフトではあるまいかというので、写しを送ってきた。そっくり渡すから、よく目を通した上、作左にはおぬしから返事をやってくれ。」

そういって、奉行から再検分の許しをとりつけてくれた。勇躍した林蔵は、大時化のあとのうねりをものともせず、七月十三日には船をだしてシラヌシへ渡ってしまった。

腹積りでは、白魔の来襲する以前に、今回世話になった酋長コーニというもののいるノテトに身を落ち着けて、結氷したラッカ周辺に犬橇を走らせる考えだった。しかし猛烈な雪に行く手を阻まれ、追い立てられるようにして番屋のあるトンナイに後退し、昼となく夜となく薪の煙りに噎せながら、文化六年の新春を一人ぽっちで迎えた。この間を利用して、フランス人の地図に記された地名とスメレンクルの現地語を対比しつつ、サガリンすなわちカラフトとまでは断定できないにしても、奥地半分については、そうとられてもさほど不自然ではあるまいという判断を下し、作左衛門に返事を認めた。

目が覚めた穴籠りの熊のように、林蔵は早くも一月二十九日、厳寒の雪を蹴って再出発した。四月九日にやっとノテトに着きコーニと再会したが、三十里先のナニオーまでゆけたのがせいぜい、松田の発見に匹敵するような仕事の種にはお目にかかれない。じりじりするうちに、コーニがスメレンクルの仲間と対岸のダッタンの地で開かれる朝貢交易にでかける話を聞きつけた。

コーニに同行を申し入れたところ、あっさり断られた。

「あんたの顔形は、一目でわれわれと違う。目ざとい対岸の連中が、見逃すはずはなく、必ず嬲(なぶ)りものにしよう。それに耐えられないで、死んだりされると、こちらが困る。」

カラフトでこそ公儀のお役人で通っても、異国であるダッタンの地ではそうはいかない。コーニは、そこをいう。

だが林蔵もここまできたら、もうあとへは引けない。スメレンクルでは婦女が重んじられる。そこでコーニの妻君にごまをすって取り入り、その口添えでしぶしぶ承知させた。林蔵にしては珍しい、一世一代の手管だった。

そんな苦心をして、明日がいよいよ渡海という日、遺書を認め、これまで書き溜めたものと一緒に従者に託し、

「国禁を犯して、異域に入るのだ。死ねば勿論、生き永らえても出境できないかもしれない。その時は、どうかこれを、シラヌシに持ち帰ってくれるように。」

といい含めた。

対岸に渡り、危うく死地を逃れる苦難に逢着したりして、ついにマンゴー河畔の交易地デレンに到着、マンジー国から出張してきた官吏にもの珍しがられた。

林蔵は言葉は通じなくても、漢文でならいくらも応答できる。筆と紙を乞い受け、すらすらと来意を認めた。

曰く、自分がこの地にきたのはほかでもない、オロシャがわが国に寇して仇をなし、もしやこの地もオロシャに奪われたりすまいかと、それが気がかりで見にきたものの、まずは別条ないようなのでほっとした、と。

官吏の答えは、さようか、オロシャは日本にも仇をしに参ったかと、格別歯牙にもかけない様子だった。それよりも、林蔵が達者な文字を書くのに驚いた様子で、どうだわが天朝に仕官する積り

はないかと真顔で勧めた。

ある時、ずばり、オロシャの再寇に備え、わが方もカラフトに兵をだしていると打ち明けてみたが、驚きもせずに頷いただけだ。しかし、オロシャとの国界を伺いたいと切り出すと、露骨に嫌な顔をされ、

「オロシャは、わが属国である。どうして国界などというものが、ありえようか。」

あたかも、朝貢に集まって当然の、部族の一つでもあるかのような口ぶりだった。長途の旅を終えて九月二十八日ソウヤに帰還した時は、さしもに強靭だった身体もがたがたに傷んでしまっていた。上司に相談もせず、独断で越境という国禁をあえて冒したわけだが、お叱りを被るどころか、空前絶後の快挙として奉行荒尾但馬守は親しく引見しその労苦を讃えた。

人質

兵を率いて再来するといったミカライサンタラエチは、広言をすっぽかしたきり、その後ようとして消息がない。

五年たった文化八年（一八一一）五月二十六日、東蝦夷地クナジリ島ケラムイ岬の沖合に、昼頃ぽつんぽつんと二つの黒点が現れた。

注進の声に、松前奉行所のクナジリ詰調役奈佐瀬左衛門政辰（まさとき）は、急いでトマリ陣屋前の浜に飛び出した。遠眼鏡に映るのは三本柱の船二艘、紛う方なき異国船である。

「ほいきた、おいでなすったぞ、久しぶりの顔見せだなあ、おぬしら！」

ただちに烽火を打ち上げてネモロに急を告げる一方、大筒を浜に持ち出し、近づくようなら火蓋を切らせる用意をした。夜に入ってからは、方々で篝火を焚かせて警戒を怠らなかった。奈佐はこの年四十二歳、エトロフ敗戦の翌年、お目見え以上の格である御勘定の地位から松前に転出した百五十俵高の旗本である。

翌朝、異国船一艘は陸へ三十丁の距離に接近し、九人乗りの艀が二つ、岸に向けて漕ぎ出した。シャナの苦い教訓以来、わが海辺に近づく異国船は、難船でない限り、有無をいわさず打ち払うことになっている。奈佐はまず、先頭の艀目がけて二百匁玉を一発見舞わせ、南部藩の物頭玉山六兵衛も、配下に三百匁玉を連発させた。艀はこれでびっくりしたらしく、二つともあわてて引き返した。

翌日も艀は漕ぎ出したが、着弾の圏外に赤い切れを立てた桶を一つ、水面に浮かべただけで引き上げた。

「何の真似だ？」

小舟をやってたぐりよせてみると、桶の中には猩々緋のラシャ一切れ、ギヤマンの瓶一つ、米約一合、ビーズ玉二連に混じって、海岸の見取り図を描き玉が飛んでくるのを記入した紙切れが一枚入っている。

首をひねっていると、翌日になって、艀は向きを変え、陣屋から二里ほど離れたケラムイ岬の先端に漕ぎ寄せる。玉山に頼んで南部勢の一手に追わせようとしたが、兵を割けるほどの人数ではありませんのでと断られた。

やむなく艀が引き返したあとで、稼ぎ方や夷人をやって調べさせたところ、番屋の玄米十六俵、麹二かます、作り酒三斗、薪、刃物類、船道具のほか、図合船が一艘まるごと持ち去られており、跡に桃色の唐木綿二反、革手袋二つ、破れた格子縞の切れっ端一枚、オロシャ文字らしい彫り物のある銅板一枚が残されていた。向うはこれが代金の積りか知れないが、とても対価になるような代物ではない。まずは体のいいかっぱらいであった。

しかし、これによって相手がなぜ四日間も粘り続けるのか、おおよその見当がつく。どうやら襲撃が目的ではなく、物品が欲しいらしい。とはいえ油断は禁物と、奈佐は味方を堅く戒めた。

その上で、絵心のあるものを探しだし、二枚の紙に、一枚目は人間の頭数のわんさといるオロシャ船に陣屋の大筒が火を吐くさま、二枚目は小人数の乗った艀に大筒が背を向けたところを描かせた。

多人数でくるなら撃つ、少なければ撃たぬという心である。これを油紙にくるみ、翌六月一日の朝、例の桶に入れて浮かべておくと、艀が漕いできて持ち去った。

二日に艀が一つ、今度はポンタルベツに向かったので、同心名鏡儀右衛門に南部藩の足軽五人、夷人十五人をつけて差し向けた。

夷人の中のタカンロクというものは、ラショワ島の生まれでオロシャ語が少々解る。木の間に異国人らの姿を認めて声をかけると、不意に足元の草むらから脱兎の勢いで一人飛び出した。タカンロクはすかさず追いすがった。

「用があるなら、こっちへ来て、お役人にいえ。」

というと、

「一人では、ゆけない。みんなとなら、ゆく。」

「沢山は、駄目だ。一人なら、話し合おう。」

と押し問答をする中に、今回渡来したのは、船中の飲水食糧が欠乏したためとわかった。

「それなら、会所にくるべきだ。」

「しかし、あのようにどんどん打たれるのでは、危なくて仕方がない。」

タカンロクの話を聞いた儀右衛門は、

「あの浮桶の場所へ、両方から出て、話をしたらどうか。」

と提案した。

昼過ぎ、わが方は番人与左衛門とタカンロクら夷人六人が、蝦夷舟で赤い目印の桶に向い、オロシャ側は艀に六人乗ってやってきた。彼らの中に、ラショワ夷人のオロキセというものがいて、話が通じやすくなった。

オロシャ側は改めて薪水が切れ、米や酒も欲しいが、ただしそのために人が上陸するのは御免願いたく、海上において望みの品を積入れさえすれば退散すると申し出た。与左衛門は、品物が欲しければ、ちゃんと頭分のものが上陸して、当地のお役人に掛け合うしかないと繰り返した。しかし話し合いがつかぬまま、双方の艀は引き返した。

奈佐は報告を受けて憮然とした。

薪水の不足という事態については、同情を禁じえない。しかし、官物をただ同然でかっぱらわれた上、姿もみせずに欲しい品物だけもってゆかれるのでは、命を受けてこの島に詰めるものとして、申し訳が立たない。

とはいえ、この六日間ぶっ続けの緊張で、味方も蝦夷住民もくたくたに疲れ切っている。いつまでもだらだらと、交渉を続けていいものか。

「この辺で、そろそろ見切りをつけよう。このあと、親船にせよ艀にせよ、動きだす時が来たら、いっせいに打払いにでようじゃないか。」

と、玉山と申し合わせた。

翌三日、日が傾きかけた頃、六人乗りの艀が一つこちらへ進んできた。油断なく見張っていると、渚まできてうろうろする様子である。そこで、恰幅のいい在住の士桜井啓助に甲冑を着せ、これに人当りのいい会所支配人の八右衛門と小者をつけて送りだした。波打ち際につけた艀から異国人が下り立ち、ついに初めてわが方と面会するさまがはるかに見える。

帰ってきた桜井らの口から、対面したオロシャ人の名はカピタン・ガワビン、二艘を率いてきた頭領とわかった。明日出直すといって帰ったという。

いよいよ六月四日の当日、奈佐は前夜から目が冴えて寝られず、明けるのを待ちかねて浜にでた。視線を沖に釘付けにするが、日が高く昇る頃になっても艀が動きだす気配はない。これはひょっとして、逃げる気かと思った。

よしそれならと、名鏡に命じてこれまで向うが遺していった雑品を取りまとめ、小舟をやって元の桶の中に返却させた。沖の船からは艀がでて、中のものを引き取ってゆく。

「これでもう、少しの借りもない。さっぱりして、打払いができる。」

といっていると、艀がまた動きだし、ポンタルベツに向かう姿勢を見せたが、途中で向きを変え真っすぐこちらに進んでくる。人数は七、八人の様子だ。

「八右衛門、頼むぞ。」

といって、迎えにだした。

奈佐は幕を打たせた中に、桜井と二人、甲冑をつけて床几に腰を下ろした。左右は同心の名鏡と松井力太、お雇い医師の飯野瑞元を従えたきり、南部の同勢は全員幕の外の空き地に詰めさせた。

導かれて幕の内に入ったのは、青っぽい筒袖と股引をつけた異国人が六人、それにラショワ夷のオロキセの合計七人だ。年格好は、老若いずれとも判断がつきかねた。先頭のオロシャ人は品がよく、中でもひときわ長身なのが、頭領のガワビンであるらしい。

奈佐は立上って軽く一礼し、オロシャ人は上げた右手の先をこめかみにつける敬礼をして、持参の椅子に腰をかけた。

緊張を和らげるためにまずお茶と煙草をふるまってから、奈佐は夷語通詞利左衛門とオロキセを介して一人一人名前を聞き、オロシャ人であることを確かめ、ついで船はどこからどこへゆくのかと尋ねた。ガワビンは携えた地図を取り出し、ペトロホル（ペテルブルグ）からキタイナ（清国）へ赴く途中、風のために当地へ押し流されたと指で示した。二艘の乗組みは総勢百二人で、ほかに僚船はないという。米はどのくらい欲しいかという問いには、二十俵ほどもあればと答えた。

奈佐はできるだけ相手を気楽にさせようと、魚や野菜の料理をだし酒を勧めた。それからこう切りだした。

「たかのしれたそのぐらい、呉れてやるのはどうということはない。けれども、貴公らオロシャ人に対しては、話はべつだ。わが一存で取計らいはできず、松前表に伺いを立てなければならぬ。その間かれこれ三、四十日かかるが、もしや途中で心変りして立ち去られても困るので上官一人とオロキセは陸にいて貰わなければならない。それでよろしいな。」

利左衛門の通辞をオロキセがたどたどしく取り次ぐうちに、オロシャ人らは不安の色を濃くした。

「一旦戻って、みんなと相談したい。」

とガワビンが腰を浮かしかけると、奈佐は声を励ました。

「先年、長崎にレザノットがきて、通商を乞うた。気の毒ながら、わが方には、わが方の事情があるので、帰ってもらった。しかるに、ミカライサンタラエチなるもの、これを遺恨と称し、わが邦土に寇し、人を攫い、物品を掠め、放火しおった。

こうしたことがあったればこそ、われわれは発砲もしたのだ。何にせよ、松前に知らせずには、取り計らえない。動くな。」

オロシャ人は、奈佐の話が終わらぬうちから、そわそわ席を立っていた。

「待て、せめて一人は残れ！」

と呼びかけるのを背に、ばらばら走りだす。奈佐は、

「やむを得ない、搦め捕れ。」

と命じた。

幕の外に屯ろした南部勢が、どっと追いかけ、三人はすぐ取り押さえた。ガワビンら四人は振り切って艀まで辿りついたものの、何という不運、引き潮で船体は砂にめりこんで動かず、見張り番の一人とともに捕縛された。

この異変は、親船の方でもたちまち気がつき、沖がかりして以来動かなかった二艘は、じりじり前進を始め、会所前の浜の正面に接近した。

南部藩が三貫五百匁の大筒を発射すると、相手も続けさまに大筒を打ち返した。奈佐の配下もまた必死になって、百匁筒、二百匁筒を打った。

一刻半の撃ち合いの後、親船二艘は沖に後退した。当方に死者や怪我人はなく、陣屋の蔵々も無事だった。奈佐は五日の早暁の霧にまぎれて、捕らえた八人に南部藩の警護役を八人つけて図合船に乗せ、ネモロへ送り届けてしまった。

日中になり、オロシャ船は先日奪った図合船を桶のところへ返却してよこしたが、知らん顔をした。海と陸は六日も一日中睨み合いを続けたが、オロシャ側はついに奪回を諦めたらしく、七日の朝になってトマリ沖を退散した。十一日に及んだ恐怖の対陣は、わが方もあわや力が尽きる一歩手前であった。南部勢は労をねぎらわれ、勤番明けのエトロフの同僚と交代してもらって帰郷した。

残暑の七月の、江戸は霊岸島の蝦夷会所の玄関で、林蔵は、
「ミカライサンタラエチが、捕まりましたぜ。」
と知り合いに耳打ちされ、
「なにい！」
と血相変えて駆け込んだ。すぐに早とちりと分かったものの、クナジリでオロシャ人を七人も捕えたことを知った時は、お手柄だったと快哉を叫んだ。

松前でカラフトとダッタンの見聞の記録を『北夷分界余話』と『東韃地方紀行』の二冊にまとめ、江戸にのぼってきて官に献上したのが、今年の三月のことである。一区切りついたら、またもや身体の工合が悪くなった。在府中の荒尾奉行に退職願いを出したが受け付けてもらえず、四月に入ると呼び出しがあって、辞職どころか逆に調役下役格に抜擢を申し渡された。調子がよくないなら出仕するに及ばず、ゆるりと保養致せとの駄目押しつきだ。

だんだんよくなって、ぼつぼつ霊岸島の役所に顔をだしかかった一日、オロシャ人召捕りを聞いたのである。

これで胸がすっきりしたせいか、気力がぐんと回復した。そこで、荒尾と交代に帰府した村垣奉行のもとへでて、勤務復帰の伺いを立てた。村垣は、東蝦夷地こそ伊能と林蔵の力で地図ができたが、西蝦夷地についてはまだだから、やってみるかといった。林蔵は喜んでお請けした。

オロシャ人は松前に護送され、荒尾の手でじきじき取り調べることになったという。通弁は上原熊次郎という年配の夷語通詞が一人きりで要領を得ないため、急遽オロシャ通詞に仕立てる人間を物色中とのことだった。

やがて人選がきまったというその名を聞いて、林蔵はびっくりした。何と村上貞助だというのだ。奉行所同心の貞助貞廉(さだかね)は、三年前に世を去った村上島之丞の末期養子で、林蔵とは同門の間柄であり、何よりも先の献上本の執筆を手伝って貰った親しい仲だからである。

こうなれば早く松前にいってみたかった。それまで少しでも測地の技を磨いておきたく、伊能の塾にせっせと通うとともに、師から薦められた渡来ものの機械道具を買い入れたりした。

冬になり、師の伊能もまた官命で西国測量の旅にでるというので、十一月二十五日深川の富岡八幡に人々が参集して壮行の会があった。席上伊能は北方の任務につく愛弟子林蔵のために、心情溢れる送別の辞を読んで壮途を讃えた。

師が出発してしまえば、もう用事はなかった。周囲がとめるのも構わず、暮れの大晦日という日にさっさと江戸を発った。明けて文化九年、南部佐井で荒天のために足止めを食い、箱館に渡った時は一月も終りに近かった。

大町の高田屋にゆき、嘉兵衛から昇進の祝福を受けたが、話題の中心はオロシャ人のことだ。かれらは松前へ護送されたが、途中七月二日から八月二十二日までは箱館にいて、奉行所吟味役大島栄次郎の取り調べを受けていた。

「一体、何をしにきたんだろう。」

「風に押し流されたためで、もともとくるつもりはなかったというんだがね。」

「捕まったのは、みんな武人?」

「そう。親玉は、船将だというね。」

「それなら、ミカライサンタラエチを知ってるはずですな。」

「そこがどうも、はっきりしない。ホウシトフというのなら知っている。しかし、あれは武人ではない、ただのならずものだといって、はばからないらしい。」

「冗談じゃない。ただのならずものが、あんな合戦の場の駆け引きなど、できるものか。嘘にきまってる。」

と林蔵は憤慨した。シャナで縦横に翻弄された苦い思い出が、改めて頭をよぎるのだ。

「いずれにせよ、今回の連中は、奈佐様のご覧になったところでも、日本を襲撃にきたとは思われない。それだから、松前においても、囚人の取り扱いをやめ、腰縄なども解いてしまったというよ。」

さすがに市中へ外出させることはしないが、置き所と称して空き屋敷を改造したものに住まわせてある。オロシャ人は無論不満で、折あるごとに釈放を要求するそうだ。

店を出しなに、エトロフ初渡海の節船酔いを介抱してくれた水主と出会った。

「おお、あんたは……」

「へい、金蔵です、立派におなりになって、結構なことで……」

と丁寧に挨拶した。

林蔵は松前へは二月に着いた。

着任の挨拶に荒尾奉行のもとにでて、

「置き所のオロシャ人に、面会が叶いますでしょうか。」

と伺いを立てると、

「うん、よい。貞助に、いいなさい。」

とのことだ。

しばらくぶりで会った貞助は、ずいぶんと元気で、オロシャ語の習得が面白くて堪らないらしかった。

「オロシャ人七人は、四人がただの水主で三下やっこだけれど、上官の三人はこれは違うよ。とりわけカピタンのゴロウイン、ほら、みんながガワビンとよんでるやつ、それに二番目の位のモウルという男は、なかなか才がある。わしは、どうやら、この連中とはうまが合うようだ。」

「そうかね。我輩は、是非かれらを一目見たくて、お奉行にお願いしたから、どうか、連れていっておくれ。」

「よいとも。」

松前の市中の西の外れに、どこか大店の寮ででもあったらしい一軒の屋敷がある。新しく高い塀を立て回した以外は、ことさら人目を引くものではないが、門の内には津軽の藩兵が詰めている。家屋の内部は、真ん中をぶちぬいて広間に作り、大きな囲炉裏が切ってあった。周りの部屋部屋はお互い襖一枚でつながり、檻のようなものは一切ない。

収容されている八人は、ラショワ夷が一人毛色が違うだけで、あとはみな白面の異国人である。六人は松前の仕立て屋が作った、つんつるてんの、和服とも洋服ともつかぬものを着ていた。ただ一人、威厳を損うまいとしてか、捕まった時の服装のままでいるのが、カピタンのゴロウインだった。

貞助がゴロウインら三人を、囲炉裏端に招き寄せると、林蔵は、自分が集めた体に精のつく薬草の類と、荒尾奉行から託された砂糖と唐辛子の砂糖煮を、お土産にと差し出した。それからおもむろに、袋の中からエゲレス製の六分儀、羅針盤つき観測儀、製図用具を取り出し、

「ひとつ、使用法を、伝授願いたいものだ。」

といった。

いずれも今度手に入れた新式のもので、緯度を測る六分儀は大体見当がつくが、経度を割り出す観測儀の扱いは、師の伊能もてこずった代物だ。

三人は身を乗り出し、慣れた手つきでいじくり回しては何かいい合った。しかし観測儀については、

「何だかを書いたものがここにはないので、教えられないそうだよ。」

と、貞助は気の毒そうにいった。林蔵は、

「知ってるくせに、わざと教えないんだ。」

とぷりぷりした。

その場は気分を悪くしても、すぐに機嫌を直してちょくちょく足を運ぶ林蔵だった。遠路異国を旅する苦労を知るもの同士が分かち合う、共感のせいかもしれなかった。ある時は、旅中必ず携行する小鍋を持参し、囲炉裏で即席の煮炊きをして振る舞った。米から作る焼酎は、とりわけ水主どもに好評で、かれらは林蔵の顔を見るのを楽しみにした。

シャナの戦闘の話もでた。始めはたんたんと話したが、いろんなことを思いだすにつけ、口惜しさがこみあげ、

「三艘も兵船があれば、オホッカを襲撃してやって仇を討つんだが……」

といまだに歯がみを禁じえない。

ゴロウインは落ち着いたもので、

「三艘どころか、三十艘、いや三百艘でもいいからおいでなさい。一艘も生きて返しはしないから。」とにやにやした。

林蔵は、長崎のオランダ人が口を酸っぱくしていうひとつ話を持ち出した。エゲレスもオロシャも領土欲が旺盛で、その征服の仕方はエゲレスは海伝い、オロシャは陸伝いであるところだけが違う。

ゴロウインは、そういうオランダこそ曲者で、日本がオロシャやエゲレスと交易を開くと、これまでのような法外な利益が独り占めできなくなる、だからせいいっぱい中傷これ努めるのだと反論した。

この議論を通詞する貞助は、かつてエゲレスのブロウトンが蝦夷地のアブタにきたのは、日本を窺うためだという林蔵の説を、熱心に耳を傾けて聞いたものだった。それなのに、こうやってゴロウインが喋ると、自然その肩をもつような口ぶりになった。林蔵はあくまで屈服しなかった。そして議論では実りがないまま、西蝦夷地の測量に旅立っていった。

この置き所から、三月二十四日の夜になって、ゴロウインほか五人のオロシャ人が脱走したのである。見張り番が寝静まるのを待って庭に忍び出、塀の下を掘って西北の生け垣を乗り越え、湯殿沢の山中に身を昏ました。朝になって仰天した津軽藩の当直番は、東西の海岸に散って、紛失した船はないか虱潰しに調べた。通報を受けた奉行所も、盗まれないように漁船を陸に引き上げさせる手配をした。

海への逃げ道さえ断ってしまえばそれまでだった。背後の山々の出口を固めて疲れた逃亡者が投降するのを待ち、四月四日、江差の木之子村の沢でへとへとになった六人を見つけだした。

連れ戻されて脱走の動機を糺され、いつ帰国できる望みもないままにやったことだと供述した。取り調べる荒尾の口調はべつに怒るふうでもなく、いつもの通り優しかった。六人がひたすら恐怖した見せしめの刑罰などは一向行われなかった。それどころか、今までの置き所は取りやめ、もっと住みやすい家にして遣わそうということになった。

この脱出行には、モウルとオロキセの二人が仲間に加わらなかった。オロキセは夷人だからともかく、モウルは若いながら地位はゴロウインに次ぐ存在だ。好奇心が強くて快活だった青年が、抑留後だんだん物思いにふけるようになり、計画が打ち明けられた時にも参加を断ったのだった。

日本人が脱走者を処罰しないのを見て、モウルはますます考えに沈むことが多くなった。ある日、真顔で貞助に向い、

「ぼくは、計画を取りやめるよう忠告したが、かれらは決行した。かれらにとって、ぼくは臆病者であり卑怯者だ。反面、その恩情には感嘆を禁じえないお奉行様も、仲間の企てを知りながら、密告もしなかったこのぼくを、けしからぬやつと蔑まれたことだろう。どちらにしても、ぼくは恥辱をまぬがれない。こうなった以上、ぼくとしては、これまでのお調べで口を噤んできたことどもを、洗いざらい率直に申し述べ、それによってぼくの誠意というものを汲み取ってもらうしか、この苦しみから逃れる道はないように思う。」

といって、紙と筆を求めた。それからまるで熱に取りつかれたように、長文の手記を書き上げた。

この中でモウルは、二つの重大事を曝露した。

第一に、自分たちがなぜ日本の地にやってきたかということだ。交易で広東に赴く途中、悪天候に遭ったとは真っ赤な偽り、実はクルリッケ諸島（わがエトロフ、クナジリを含んだ洋上の島々）

の水深測量をせよという、明確な官命によるものであった。

第二には、ミカライサンタラエチことホウシトフが、使節レザノットに従って長崎に随行した正真正銘の官人であり武人だったことである。この二つ、とくにホウシトフの素性については、ゴロウインがあくまでただのならずものと言い張ったものだった。

モウルはこの手記の中で、レザノットの失敗の裏に長崎のオランダ商館の暗躍があったことをすっぱ抜いた。今回故国を船出してエゲレスのポルチムツ湊に寄港中、取締の役人が話してくれたのだが、先般バタビアから帰国途中のオランダ船を、エゲレス船が奪取してだんだん調べてゆくと、長崎商館から本国役所に当てた書状があったのがみつかった。それにはレザノットがオランダ通詞を同伴しなかったのがもっけの幸い、自分らが代役を勤める仕儀となり、オロシャの願望が通らないよう使節をあしざまに扱ったのがうまく当ったと、誇らしげに記してあったという。

もともとオロシャとオランダの間は悪いものではなかったと、モウルは書く。オランダがフランスに攻められてその属国となったがために、仇同士の間柄になった。そもそもフランスでは民が騒動を起こして国王と皇后を殺害し、ナポレオン、姓をボナバルトと申すものが帝位につき、およそこの二十年の間というもの、西洋は攻防絶え間ない大動乱の渦中にある。

モウルは克明に、各国間の同盟や裏切り、合戦の模様を陳述した。オロシャもまた巻き込まれて動くうちに、勢力の衰えつつあったトルコ帝国の領土に兵師をだして蚕食するなどしたが、モウルにとってはそれさえオロシャの兵軍の優越ぶりを物語る挿話にほかならなかった。これほどの力をもった国だから、その気になりさえすれば、日本のちっぽけな北の島々の併呑など、きわめて易々たるものだ。しかしオロシャはそんな愚かなことはしない。一体われわれほどの広大な領土に恵まれた国が、何を苦しんでろくに産物のない島々をわがものにする要があろう。純情多感な青年士官モウルは、自己の子供っぽい正義感を弱肉強食の現実に置き換えて怪しまなかった。

この手記は、貞助が「モウル存寄申上げ書」として訳し、六月に小笠原奉行と交代した荒尾奉行が携帯して帰府、八月六日殿中において松平伊豆守老中に献上した。

本来、日本に世界の大勢を知らせてくれる約束の長崎オランダ商館がひた隠しにしてきた西洋の大動乱の生々しい実情が、はしなくも一介の若いオロシャ士官によって初めて我が国に伝えられたのだ。これが心ある幕臣の目を世界に開かせるもとになったと、明治になって勝海舟はその著『開国起源』の中で特筆している。

ところでこのちょっと前の八月三日、クナジリの去年と同じトマリ会所沖に、またもや異国船が二艘渡来した。

守将は奈佐と交代した調役並太田彦助だ。接近すれば打払う構えだが、向うは玉の届くところまでは近寄らず、艀を遠くに迂回させてせいぜい小川の水を汲みとるぐらいなもの。

ようやく七日になって、日本人を一人、離れた海岸まで送り届けた。摂津の加納屋十兵衛船で漂流した水主の与茂吉というもので、ゴロウイン以下がその後どうなったか安否を聞いてくるよう頼まれたといった。

太田は知らんふりでいると、十日にやはり水主の忠五郎というものが上陸してきた。これもいい加減にあしらううちに、十二日には思いがけない人間が送り届けられた。何と六年前、エトロフのナイボで連れ去られたきりの五郎次である。

「皆様、お懐かしうござります。」

と涙声であった。もう一人の左兵衛のことを聞かれると、ほろほろと泣いた。

二人はオホッカに連れてゆかれ、隙をみて脱走したものの、放浪中左兵衛はひもじさに耐えかね、海岸に打ち上げられた鯨の腐肉を食らって悶死したという。五郎次は諦めてオホッカに戻ったといった。

今回やってきた二艘は大きい方をジアナ号といい、去年まではゴロウインが座乗していたものだ。その時小さい方に乗っていたイリコルツというものが、ジアナ号に移って指揮をとっている。そのイリコルツから託されたと、五郎次は横文字の手紙を二通差し出した。

太田は与茂吉や忠五郎から、オロシャは擒（とりこ）の救出のためならどこどこまでも押しかける決意だと聞かされていて、是が非でもそうはさせじという気持で、

「去年召し捕った七人はだな……」

といった。

「米盗人の科で、残らず当所において打ち果したぞ。元来オロシャは、各地で狼藉を働いたものだ。この上いずこへ何艘で参ろうと、きっと打ち払うからとそういえ。」

青くなった五郎次は、すごすごと立ち戻った。オロシャの落胆はひどかったらしいが、どういう積りか、五郎次始め今回同行させた加納屋の船の六人をそっくり釈放した。その上でなお居座り続けた。内心報復攻撃を受ける覚悟でいた太田としては、ほっとしたというよりも腑に落ちない思いである。

十四日の朝、ケラムイ岬の東沖に和船の姿があって、岬の先端をまわりこもうとするのを見張りが発見した。どうやらこのトマリに用事でもあるらしい。注進を受けた太田は、不安が萌して飛び

出した。遠眼鏡をあてた目に入ったのは、紛う方なき三つ星の帆印だ。

「おいおい、あれは高田屋の船じゃないか。しまった、まずいところへ来合わせたなあ。」

とはらはらする。なおも見ると、和船めざして図合船が一艘、艀を一つ従え接近するところだ。この図合船は昨日、付近を航行中オロシャに差し押さえられたものだった。

「これはいかん、このままだとやられてしまう。早く援護してやれ。」

と、三貫五百匁玉四発、二百匁玉三発、百匁玉六発を打たせたが、間合いが遠すぎて届かない。図合船と艀は和船にとりつき、前後を挟んでオロシャ船二艘の間に曳航し去る。みすみす目前で日本の船が攫われるというのに手のだしようがなく、太田は御用状の中で、

骨髄(こつずい)に徹し残念千万に存じ奉り候

と悔しがった。

この夜遅く、与右衛門という若者が、夷人から借りたアツシをまとって会所に辿りついた。エトロフの出稼ぎから帰る与右衛門は、高田屋の自家船観世丸に乗っていて、ケラムイ沖で近づいた図合船の中から突如銃剣をもったオロシャ人になだれ込まれた。驚いて十人ばかり水に飛び込み、一散に泳いだが凍える寒さに力つき、気がついてみると助かったのは自分だけだといった。

船にはだれが乗っていたかと聞かれて、真っ先に嘉兵衛の名をあげた。

「そうか、やはり大将がいたか……」

奉行所で顔見知りの間柄の嘉兵衛が難に遭ったと知って、太田は暗然とした。

沖のオロシャ船二艘は観世丸を挟み打ちにしたまま二日間居続け、十六日の夕暮れに解放して去った。早速官船を救出にやり、浜には高張提灯をつけさせて、上陸してきた人々に向い、

「大将は、どこだ。大将は、無事か!」

と呼ばわったが、みんな黙ってうなだれたきり、ようやく古手の水主の七兵衛というものが、

「大将は……連れてゆかれました……」

といった。

申し立てによると、観世丸は二日エトロフを出航、逆風で進めずやっと十二日になって立ち寄ったスイシャウ島で、急の御用状を頼まれ、いっそクナジリ経由の方が早いからと機転をきかせたのがかえって仇になった。

ケラムイ岬で、図合船に隠れたオロシャ兵の急襲を受け、驚いた乗船者が凍える海に飛び込むのを見て、嘉兵衛は、

「皆の衆、静まれ、静まれ。命は、粗末にすまいぞ。」

と大音声で呼ばわり、自ら進んで縛についた。その落ち着きぶりを目の当たりにして、一同も人心地を取り戻したという。

嘉兵衛はジアナ号に連れてゆかれ長い間でてこなかったが、やがて船将とともに観世丸に戻り、みんなを自分の回りに集めた。

船頭の吉蔵から四十六人いた乗船者が三十六人に減ったと聞くと、

「あたら何人も、若いものを死なせてしまい、残念なことをした。それが悔やまれてならない。」

と涙をこぼした。回りのものも一緒にすすり泣いた。

気を取り直した嘉兵衛は、

「わしは、この人といろいろ話したが、身振り手まねだけでは、どうにもらちがあかない。この人は、わしを離さぬというし、わしもまた、少々掛け合いたい存念もある。ひとまずかの地へゆくことにした。」

といってから、顔を曇らせ、

「わしは、一人でゆく覚悟だが、困ったことに、この人はどうしても、もう四人連れてゆくといってきかない。だがそんな酷い話、どうしてわしから、お前さん方に持ちかけられよう。」

しぼりだすような苦しい声だったそうだ。すると、

「なに、大将を、一人にさせるもんか。おれが、お供をします。」

真っ先に、水主の金蔵が手を上げた。ついで同じ水主仲間の文治と平蔵がゆくといい、体の強い方でない船頭の吉蔵も、お世話になったお礼にどうしても供をすると申し出て、嘉兵衛をほろりとさせたという。船将イリコルツはこれに、図合船で取り押さえたネモロの夷人シトカというものを加えた。ジアナ号によって拉致されたのは、こうして都合六人、わが方の擒となったゴロウインら八人にほぼ見合う数である。嘉兵衛とのやりとりでゴロウイン生存の確信を深めたイリコルツは、返還交渉に備えて人質を取ることにしたのだ

嘉兵衛オロシャに攫わるとの報は、太田が差し立てた御用状によって松前に送られ、高田屋に伝えられた。御用状には、嘉兵衛が船のものに託していった書置きが同封されている。嘉蔵と金兵衛の両人に宛てた長いその手紙は、

（このような不運も）いにしえの約束ごと、なおまた加賀灘で大風合しし候と存候わば、あんじることなく、拙者もこれより一日もくやみ申さず、五人外に夷人一人、むつまじく致し、めでたく明年まかりかえり申すべく候。とかく取り乱さぬよう、専一のことに存候

という気丈な言葉で結ばれていた。

この頃金兵衛は体を壊していたが、大災難に巻き込まれても泰然とした兄の不屈の闘志に発奮、憑かれたように飛び起きて商いに精を出した。本人不在で職務が全うできないため、年が明けて公儀常雇船頭の資格は召し上げられたが、兄弟四人それに挫けず力を合わせ、嘉兵衛の下でよりも商い高はむしろ増えた。金兵衛がやがて高田屋の二代目になる下地は、この時に培われたといってよい。

日本人の連行を聞かされたゴロウインは、これで両国間がますますぎくしゃくすると判断し、釈放の時期が遠のいたと落胆した。実際日本側においても、オロシャめまたしても人もなげな振舞いをしやがってと憤る声は強い。

そんな中で奉行所の首脳は、あくまでも冷静に打開の糸口を探ろうと腐心した。ゴロウインらを何時までも抑留して置くのは、決して得策ではない。そうかといって、これまでの暴挙の始末を正さずに釈放することは、日本の面目を損うものであり、強硬派ならずとも絶対にできることではなかった。

新任の小笠原伊勢守は荒尾奉行との交代で松前に在勤中、病に倒れて死去した。役柄が役柄だけに後任はなかなかきまらず、やっと任命されたのが駿府町奉行の閑職にあった服部備後守貞勝であ

る。

服部は、本能寺の変で東照宮につき従い、首尾よく三河に落ちのびさせた伊賀者の後裔だ。千四百石を知行し、御徒頭、お目付と出世街道を途中までは順調だったが、その後ぱっとしなかった。しかし四十五歳で松前奉行に起用されると、水を得た魚のようにきびきびと動き、荒尾と語らって牧野老中じきじきにとりつけた教諭書を携え、二月二十八日に松前入りした。

この教諭書は冒頭でまずラックスマンとレザノットが渡来したことに触れ、日本は制度上かれらの希望に添うことはできなかったけれども、それは決してオロシャを侮辱するものではないとまず断りを入れている。二度の接触で、わが方も外国に対するものの言い方をいくらか摑んだのである。

ついでクシュンコタン、エトロフ、リイシリにオロシャ船がやってきて、日本人を捕え、家や蔵を焼き、船や物品を掠めたことを取上げて、これは一体どういうことかと疑問を投げかけ、今回わが方がクナジリにやってきたゴロウイン以下を捕らえたのも、畢竟その仕業を質さんがためであったと筋道を明らかにした。

ところでそのかれらの陳述だが、かのオロシャ船は大がかりな賊どもであって、国政に携わるものの命じたところではないというのであるが、わが方としてはそう軽々しく信じるわけにはいかない。しかしもしそちらにおいて、その通りだというのであれば、その筋の役人よりはっきりとした弁明書を差し出されよ。その節は上に伺いを立て、捕われ人を放免するように取り計らうであろう。

この文書は奉行所の次席高橋三平と柑本(こうじもと)兵五郎が署名し、太田の加勢にクナジリへ出張する調役並の増田金五郎に携行させた。オロシャ船がこの次にきた時、渡そうというのだ。

嘉兵衛拉致の報は、西蝦夷地に赴いて測量に従事していた林蔵の耳にも伝わり、

「しまった。オロシャには、擒を取り戻すために、人質を取る手があったんだ。なぜ注意してやれなかったろう。」

と切歯扼腕したがもうどうにもならない。

仕事が一区切りついた時は、暦の上で夏も終りにさしかかっていた。松前に帰る道すがら、林蔵は箱館の高田屋に立ち寄って、嘉蔵、金兵衛兄弟と会い、

「返す返すも残念なことをしたが、お前方が元気なのでほっとした。なあに、あの大将のことだ。めったなことなど、あってたまるもんか。」

といって励ました。

「あと二月で、丸一年になる。本当に、無事でさえ、いてくれればいいのですがね。」

と、金兵衛は唇を噛んだ。

この頃山越内付近の街道を、ノツケから継ぎ立てできた早打ちの馬が、疾駆していたのだが、そのことは神ならぬ身のだれ知るものもない。

林蔵が高田屋に別れを告げて箱館を発ち、松前に入ったのは六月七日のお昼時だ。長屋に入る横丁で、ばったり貞助に出くわした。

「おお、あんた、聞いたかい。高田屋が、生きて帰ったよ。」

「どこへ！」

「今、クナジリにいる。」

「待て……」

と引き留めて荷物を長屋にぶちこみ、林蔵は急出仕だという貞助と肩を並べて道々話を聞いた。

「実はゆうべ遅く、五月二十九日付けでトマリの会所から至急の御用状が入ってね。」

二十六日のこと、沖合に異国船がたった一艘で現れ、艀で日本人を二人送り届けてきた。観世丸の水主の金蔵と平蔵であった。その話から、船は去年かれらを連れ去ったジアナ号、船将も同じイリコルツ、嘉兵衛また無事で乗船中であるとわかった。

「そうかそうか、金蔵らだけでなく、大将も一緒に帰れたんだな。よかった、よかった。」

林蔵は無邪気に喜んだが、

「うん、だがね、生きて帰ったのは、この三人だけだよ。吉蔵と文治、夷人のシトカの三人は、病気で死んだそうだ。」

といわれて、しゅんとなった。

金蔵と平蔵は、ゴロウインらを返還してくれるようにというオロシャの口上を繰り返しにきたもので、増田と太田は文箱に納めた教諭書を渡して船に持帰らせた。二十七日には嘉兵衛も上陸してきて、双方の間を往復して取り持った。

「高田屋がいてくれるおかげで、話はずいぶん通じやすくなったそうだよ。」

ホウシトフの所業については、イリコルツは上司が知らなかったにせよ弁解の余地なしとしており、わが方が教諭書の中に解決の仕方を提示したのをありがたがって、自分もこのほどカムサスカの代官役を兼任したからには、詫び状はすぐにでも書けますという。

だがそういわれても、イリコルツとて元を正せばゴロウインの同類、ことに昨年は嘉兵衛らを連行した手前もあり、果してさような文書の書き手たりうるかものかどうか。ここは一度帰らせて、然るべき役人から回答を取り付けるのがよいと思うが、海上交通の途絶の時期とも睨み合わせ、出先の一存では決められないので、至急お指図を仰ぐといってきているのだという。

「なるほど、それで今日はこれから、その御評議があるというわけだね。」

「そういうわけだよ。」

「まあ、しっかりやってくれ。」

といって別れた。嘉兵衛の安否が突き止められたことだけで、心は明るかった。

夕方、挨拶にと思って高橋三平の屋敷にいった。家来どもの動きが何となく慌ただしい。

「来たか。ほかならぬおぬしだから、上げたが、急御用ができて、実は少々忙しい。」

「それはまた……お取り込み中のところ、失礼つかまつりました。」

「何の、おぬしには知っておいてもらいたいのだよ。お奉行のご決断でな、わしと柑本は明日にもクナジリに出立する。オロシャとの話を詰めにだ。」

「何と！」

「林蔵、かれこれもう十五年ぐらいになるか、お互い、オロシャのことでは、長い歳月だったなあ。でも、もうあと一歩だ。わしはこのところ、少々不調で、実をいうと熱もある。だが、この機を、取り逃がしてはならぬ。それでゆくことにした。」

「しかし、もうお若くもなし、あまりご無理をなすっては……」

「何の、嘉兵衛がオロシャで費やした苦労に比べれば、どれほどのことがあろう。それにつけても、あれがいなかったら、こうはするすると運べなかった。」

しみじみとした口調に、感謝の心が籠った。

高橋と柑本は九日官船長春丸で出発し、十九日クナジリに着くと、嘉兵衛を介してイリコルツと接触した。三日間に亘るやりとりの後、イリコルツは自分の署名文書の発行は諦め、その代り年内に再び訪れる約束をして二十四日にクナジリを離れた。この後嘉兵衛、金蔵、平蔵の三人は、カムサスカ抑留中の事情を聴取され、二十九日長春丸で帰る高橋らに同道、下り風に日和待ちを余儀なくされ、松前へは七月十九日に帰着した。嘉兵衛らはここで正式に奉行所の取り調べを受け、始末書を差し出させられた。

服部奉行が自己の責任で取り計らったジアナ号との接触は、江戸においてもやむを得ざる措置と認められ、今度限り再来しても打払うに及ばずと、牧野老中からとくに達しがでた。服部の布石はそれだけに止まらない。相役の安藤弾正少弼（だんじょうしょうひつ）と御勘定奉行の柳生主膳正（しゅぜんのかみ）を通して、オロシャ船が持参するはずの答書は、いちいち江戸に送って指図を受けるのでは、強風の季節にさしかかって船の年内帰還が難しく、もし年を越すようだと警備の負担で箱館の住民一統が苦しむことになるため、おおまかに陳謝の意が汲みとれるようなら、奉行限りの裁断で八人は引き渡せるよう、あらかじめ了解を取りつけた。

八月一杯待ったがどこにも船影は現れず、海は日に日に波浪が高くなる。ようやく九月十日エトモ沖に異国船が見えたと注進があり、十六日にジアナ号は箱館に入った。

イリコルツは二通の書状を持参した。一通はオオッカ代官ミニイツキイ、一通はイルコッカの大守テレスキンが発行したものだ。ミニイツキイのは、イリコルツから親しく事情を聞いたあとだけに、擒の釈放にもさらり触れただけだが、テレスキンのは新しく取り付けるだけの暇がなく、以前に用意してあったもので間に合わせたため、日本御政家にて、（……カピタン・ゴロウイン、同伴、ともにお帰しこれあるべき御念これなく……）人倫の理御破却成られ候えば、予が敬するところの日本国といえども、わが大国の威力に適い候ほどの度を取り、充分の力を用い、みずから足れりとすることをなすに至り候わば、必ず皆国の御静謐を騒動すべき基本を起し候よう相成り申すべく、嘆かわしく存じ奉り候

と武力解決を仄めかした個所があって、翻訳に当った貞助を怒らせた。引き渡しのために箱館に移送されていたゴロウインも問い詰められて往生し、さし障りのない説明をするのに四苦八苦した。両書ともはっきりした陳謝の言葉はなかったが、訳文を検証した服部と高橋は、恫喝を含んだテレスキンの文書は事情を弁えないものとしてこれを退け、わが意を体したミニイツキイの方を受け入れることにした。

返還される喜びに溢れる仲間の中にあって、モウル一人は塞ぎこみ、貞助を摑まえては、

「あのように告白したからには、もう祖国には帰れない。どうか、わたしを、この平和な国に置いてほしい……」

と哀願した。

「なあに、気を病むには及ばないよ。故郷へ帰れば、また元気もでるさ。」

と貞助は、のんきに思ったままの慰めをいい、取り合わなかった。

二十六日に高橋と柑本はイリコルツを招いて、キリシタンを禁じ通商を制限する国法を説いた書面を手渡し請け書を取った。この手続きをもって、八人は全員ジアナ号に引き渡された。艀に乗りしなにモウルは涙を浮かべ、

「日本人の心、わからない、わからない。」

と呟いた。

風浪が少しは収まるのを一日二日待ったが、衰える様子はなくかえってひどくなるばかりだ。二十九日にジアナ号は、荒天を衝いて出帆を敢行した。嘉兵衛は船をだして最後まで見送り、

「ヘートロイワノイチ、ご機嫌よう、達者でな！」

と、今は友となったイリコルツの名を呼び続けた。ジアナ号は大きなうねりに揉まれつつ遠ざかった。

服部と高橋が腹を括り、江戸に伺いを立てることなく引いた幕だったが、独断をなじる声はどこからも上がらず、牧野老中は十二月二十二日服部に賞詞を贈るとともに、高橋に対してはクナジリへの使いの労苦をねぎらい金二枚を下付した。交渉の解決に果したその役割をよく知る服部は、嘉兵衛の表彰方を申請した。年が明けて、高田屋は以前通り常雇船頭の地位に復帰した以外に、五両の手当が支給された。

イリコルツの日本渡航はただ同僚の救出のためだけだったように、本人自身書き残しているが、実はもう一つ、見逃すことのできない重要な使命を帯びていた。イルコッカの太守テレスキンから、首尾よく八人を受領した暁に渡すようにと託された礼状の中に、両国間の国境策定の申入れがあったのである。こうした申し出は却ってこの際円満な引き渡しの妨げになると判断したイリコルツは、ゴロウインとも相談の上、提出を見合わせた。しかし帰国後に追及されるのを恐れ、箱館出航の当日、来年六月か七月エトロフのシベトロ辺へ回答を貰いに非武装船を派遣するからと、礼状本状に併せて連名の書置きを残していった。

二人が懸念したほどのこともなくて、幕府は申し出をすんなり取り上げ、一月二日若年寄植村駿河守は松前奉行に宛て、

わが国はエトロフを限り、かの国はシモシリを限りと相心得、その間にこれある島々は、双方より人家を差置くまじく、もしかの国よりエトロフまでまかり越し候わば、打払い申し候……

漂流人の儀はウルップまで送り返し候儀は勝手次第……

と訓令した。

高橋三平は今度こそ最後の幕を引く決意で、林蔵を従え、回答書を携えて官船に乗り、エトロフに渡ったのは六月早々だった。フウレベツに着いて、南部の守備勢の重役から聞かされたのは実に意外なことだ。オロシャ船はたしかに五月二十四日シベトロ沖に姿を見せたが、艀すら下ろすことなく、その日のうちにそそくさと引き揚げてしまったというのである。

日本に居住を許されないままに帰った失意のモウルにとって、祖国はもはや針の筵以外のものではなかった。この純情な青年は、カムサスカに帰国して間もない十月三十日、野外においてピストル自殺を遂げた。

オロシャ士官が他国へいって自国の打明け話をするのは堅いご法度であることを、モウルは申上げ書の中で真っ先に述べている。一旦その禁を破って裏切りものになったからには、天地に自分の身を入れるところは、寛大に扱ってくれた日本以外になかったのである。そこまで仮借なく自己を追い詰めざるを得なかった深刻さは、およそ戒律音痴な日本人の理解を絶するものだった。

白洲

汐留の役所にいる弥吉に、組頭の中野から使いがあった。用向きがあるから帰りに立ち寄るようにとのことだ。弥吉は早めに仕事を切り上げた。

広小路から新橋にさしかかると、お堀の上を空っ風が吹きぬけ、

「ウウー寒いや。」

と、三吉が首をすくめる。無理もない、天保二年もあと三日で師走なのだ。

辰の口では、役部屋の大火鉢にかんかんと炭がおこしてあって、

「さあさあ、あたってくれ。」

と中野が誘う。一足先に、本芝一丁目の間部下総守の役所から帰った久須美が、どっかと座って熱い茶をすすっている。弥吉が座についたところで、

「いや、どうもご苦労さまだ。実はね……」

と中野が、

「築地から、留役を一人、請求してきた。それで、その相談だ。」

といった。

「何の御用だろう?」

と、久須美は首をひねる。弥吉は最近林蔵の訪問を受けたばかりだから、ぴんとくるものがある。

「ほら、いつかシャマニの等澍院から書状を寄せてきましたね、異国船の出現の話……どうもあれに、火がついたらしいですよ。」

中野は、おやおやという顔で、

「よく知ってるな、まさに図星だよ……」

弥吉は、林蔵が村垣に呼ばれていった話をした。

「そうか、高田屋とのことを聞かれたというのか。なるほど、間宮なら、高田屋と近しいし、聞かれるのも当り前だ。」

と久須美はうなずく。中野は、

「その高田屋を、松前藩が訴えてでた。それを上でお取上げになった。本来の筋からいえば、まず寺社方へご下命があるべきだがね。今回は、ウラヤコタン以来の異国船との繋がりから、築地に特命が下りたと、こういうことらしい。」

と説明した。

「わかりました。で、だれをだしますか?」

「そこが相談というわけさ。ふつうなら、若林か中川の番なんだがね。だが今回は、いささか毛色が違う感じだから、そうこだわらなくていいと思うが、どうだろう。」

「それなら、若くて元気のある奴がいい。金三郎なんか、いいんじゃないか、どうだ、川路……」

と、けしかける。

都筑金三郎は上野車坂下に住み、四十俵二人扶持のしがない蔵米取りだが、まだ三十前と若くて仕事のできる張り切り屋だ。

この年の二月、志摩国波切の湊の沖で官米を運ぶ途中の船が沈み、引き揚げた米がならずものの手で大半横流しされたとの聞き込みで、土地の代官の手付が調べにいったところあべこべに切り殺される凶悪事件が発生した。この時金三郎は、先輩の簗山茂左衛門とともに命ぜられて現地に赴き、多人数の調べをてきぱきやって名を売った。

早くから弥吉を兄貴分として慕い、

「剣では、刃が立たないが、せめて仕事の上で、何とか追いつきたい。」

が口癖だ。

呼ばれて入ってきた金三郎に、中野は、

「松前藩が、蝦夷地で異国船に追われて助かった和船を、不審のかどで取り調べ、揚句の果てに上裁を願いでた。そこで簗地に特命が下り、御前から留役を差しだすようにといってきた。ついてはおぬしに頼みたいのだがね。」

といった。

「少し順番が違うようですが、皆様のお決めになったことゆえ、否やを申し上げるつもりはありません。」

と、きびきびしている。

弥吉は退出しがけに、大部屋の金三郎の席に立ち寄った。

「どうも、ご苦労さん。それにしても、意外なことになったもんだ。」

「どうしました?」

「今の異国船の一件さ。松前藩が訴えた和船の雇い主は、高田屋といってね。亡くなった先代は、御用地時代に大活躍したえらぶつだよ。」
「御用地？　何だか、蝦夷地へ人がたくさん下ったとかいう、昔の話ですかい。」
「そう、古い人でないと、もうみんな、あまり覚えてないがね。われわれの御勘定所からも、ずいぶん先輩が派遣されたもんさ。高田屋はその頃、町人ながら公儀のお役も勤めて非常な働きをした。その高田屋が、御時世が違ったとはいえ、今度は司直の追及を受ける格好で公儀にまみえる……しかもその掛が、ほかならぬわが友金さんときては、うたた世の移り変りを感じずにはいられないよ。」
「そうでしたか……そんな因縁があろうとは、知りませんでした。さすがにあなたは、石川様の御薫陶を受けただけあって、わたしと幾つも違わないのに、よくそこまで知っていますね。」

この日の昼前、赤城おろしの吹きすさぶ日光街道千住の宿を、立場の駕籠一挺とこれを囲む旅装姿の武家の一団が、足早に通り過ぎて府内に入った。家並みのすぐ裏は森や田畑という往還道を、下谷竜泉寺店で脇道に折れると、松前家抱え屋敷の裏門に着いて停止した。

駕籠の中から、白い鬢のほつれが目立つ金兵衛がでて、土を踏みしめるように降り立った。夏以来の療養中の身であり、さすがにやつれの色は隠せない。医師に付き添われて箱館を発って一カ月、ようやく辿りついた東都の土だ。

村垣淡路守の召喚状が発せられてから、まだ五、六日と経っていない。これは松前藩の方で、治療を本土で受けたいとの金兵衛の願い出があって、早くに送りだしていたためだ。

ただちに使いが、三味線堀の松前藩上屋敷に飛ぶ。これを受けて遠藤又左衛門は築地の役所に出頭、金兵衛の着府を届けでた。高田屋は八丁堀に江戸店があるが、そちらへ引き渡すと、伝手を辿られてもみ消し工作をされないとも限らない。それが心配だから、身柄はあくまで藩で預かる。そのためには医者を呼んで診せる労も厭わない。藩のこの姿勢に対して、村垣は取り立ててものをいうでもなかった。

師走十二月に入って、金三郎は築地の奉行所に出仕した。すぐ村垣に対面し、松前藩から提出された一件書類の引き渡しを受ける。村垣はこういった。

「浜田のご老中の申されるには、松前藩には楯突く高田屋や水主どもも、公儀のお調べとなれば、一も二もなく事実を吐くに違いあるまい、松前藩がいわくありげとすることどもも、労せずして明るみにでると自信をお持ちだ。それだから、こちらもあくせくすることはない。」

それから村垣は、松前奉行だった時代を振り返る目つきで、高田屋の先代は功労のあったものだといった。ところが書類面では、その先代の存在がこの事件に関わりあるらしく思われる。金三郎は、奉行はどういう心境だろう、内心葛藤があるのではと胸中を思いやった。

だがそれはともかく、これからの吟味は、当主の金兵衛が中心人物であることに変わりはない。その金兵衛を奉行はどういう形で受け取るつもりか、村垣に伺いを立てると、意外や、

「評席において、受け取るべし。」

冷然と答えた。高いところから見下す白洲での受け取りは、最初から相手を下人同様ときめつけたに等しい取り扱いである。

高田屋金兵衛は、松前藩ではつい先頃まで、士分として高田金兵衛を名乗ったそうではないか。それなりに体面を汲んでやり、畳の上に上げる武家の扱いをしてもおかしくはないだろうと思われる。金三郎はつい、七十の坂にかかった老人の、ひえびえとした眉間の皺を盗み見た。

松前藩には、十六日に金兵衛を出頭させるよう通知がでた。当日金兵衛を町駕籠に乗せて伴った遠藤は、届け書に、

志摩守領分箱館用達

高田屋金兵衛

を連れて参りましたと書いて差し出したところ、用人に、

「わたしの方は、評席において受け取るつもりだが……」

といわれ、

「これは、失礼仕った。早速、この場で訂正しますれば……」

と答えて、

志摩守領分箱館大町家持

金兵衛

と書き改めた。

駕籠を出された金兵衛は、縄こそかけられないが、廷吏に先導される先が白洲だと悟ると、一瞬顔色が変った。すぐに素知らぬふりに戻ったが、目つきは険しいものがあった。階段の下の筵に据えられてからは、周囲を無視したかのように瞑目した。

金三郎は村垣と並んで評席についた。上から見下ろす金兵衛の、月代を剃った髷はごっそり白いものがある。

「松前志摩守領分、箱館大町家持金兵衛、面を上げよ。」

と村垣に呼ばれて上げた顔は、感情を圧し殺して無表情に近い。村垣の方も、かつて信頼した配下

の実の弟と巡り会った感慨に、しばし浸るでもなく、

「その方、病気を理由に、二度までも領主役所の呼び出しに応じず、代理人で済ませようとしたのは、いくら所の人別に属さぬとはいいながら、土地の領主の威光を無視したものであって、甚だ怪しからぬ。願いにより、当役所において十分調べて遣わすから、さよう心得ろ。」

と他人行儀の弁である。金兵衛は伏し目で軽く頭をさげて聞いたが、これで腹も据わったらしく、口元は笑みさえ浮かべた。

今度は、金三郎の番だ。

「領主訴えによると、その方の用船栄徳新造、さる五月東蝦夷地シャマニ沖に差しかかり、オロシャ船の追跡を受けて山高印の幟を見せ、危難をまぬがれたという。その幟というのが、これにある。よいか、よく見よ。」

といって、傍らの証拠品を取上げ、手にとって挿してみせた。金兵衛の目が、ゆっくりとそれを追う。

「船はその方の用船。であるからには、これも、その方のものと考えてよいな。」

金兵衛は、咳払いを二、三度した。それから、はっきりした声で、

「いかにも、よく似てはおります。が、違います。」

といった。

「違う？　では手にとって、もう一度よく見るがよい。」

廷吏を通じて渡そうとすると、金兵衛は手を振り、

「見るまでも、ございません。なぜというに、手前どもでは、栄徳丸は無論のこと、手船用船を問

わず、およそ店の大切な小幟を渡すことはありませんので。」

といった。

「それなら、これにあるものは何か？」

「思うに、自分たちで似せて作ったのでありましょう。それはかれらの勝手でございますれば……」

とつっぱねる。さきに嘉市と松兵衛が、松前に呼ばれた時の申し開きと同じである。

すんなりゆかぬとみてとった村垣は、気ぜわしげに、

「本日は、それまで……」

と甲高い声を上げ、

「吟味中、松前藩に預け置く。下りませい。」

と不機嫌を隠さなかった。自分の思いやりのなさが、相手をかたくなにさせたのかも知れないという反省は、老境に入ってわがままになったこの奉行の念頭にはなく、公儀の威光をないがしろにするものと不快ばかりが先に立ったのである。

一方、奥州路を下った藩飛脚は、竜飛岬で風浪に阻まれ、松前表に到着したのはこの月の十三日だった。

金兵衛のほかに、船方一同も呼び出されたと知った町奉行の氏家は、予期しなかったことなので頭を抱えた。

早計といえば早計だが、藩は高田屋の追及にばかり気をとられ、栄徳丸からは口書きさえとればもう御用済みと、簡単に考えてしまったのである。だから調べのあとはさっさと箱館に送り返し、酒井代官の方でも右から左へごく気軽に、身元引受け人である高田屋へ引き渡してけろりとしてい

た。これに気づいた江戸家老の松前内蔵と蛎崎民部から、あまりにも軽率であると注意を受け、あわてて市中の船宿若狭屋宗太郎方へ移し換えたばかりだ。

狼狽した氏家は酒井あてに、船方十二人に若狭屋と町年寄を付き添わせ、大至急松前に送り届けるよう催促した。箱館ではこれまた降って湧いた騒ぎとなり、慌てて支度をさせるやらしてどうにか送り届けたのが、二十日過ぎだ。すると今度は厳冬期の海上が連日の大荒れで、とても船をだせるどころではない。天保二年は、こうして暮れた。

海がいくらか鎮まったのが天保三年一月二日、十二人は藩船に乗せられて三厩に渡海し、出羽路の雪を踏んで北国街道を辿り、三十日に着府した。遠藤はすぐこれを届け出ると、二月四日になって明日出頭させるよう通知があった。

五日に築地に出頭した栄徳丸の船方一同は、金兵衛と同じように白洲に引き出された。罪科がはっきりしないため、縄を打たれるまでに至らないところは、金兵衛の時と変らない。村垣は一月中、ふと風邪に取りつかれたのが尾を引き、この日評席にでることはでたものの、ぜいぜい咳き込んで苦しげだった。

「その方ども、松前志摩守の領分内沖合において、オロシャ船との出会いに不審な点があり、調べを受けながら、出る場所によって申し立てが違うのは、役柄のものを嘲弄するも甚だしい。まだまだ嘘偽りで包み隠しているところが、あるに違いない。ここでは、もはや動かぬところまで吟味を詰めて遣わす。すみやかに、有り体を申し上げて、お慈悲を願うように致せ。」

平蜘蛛のように這いつくばる者どもに、ぎょろぎょろ熱っぽい目を苦々しく注いでおいて、その場を引き取る。あとを託された金三郎は、一同に面を上げさせ、ひとわたり見渡した。先頭に一人、ぽつんと飛び出たのがいる。船方らしくない、色白で怜悧そうな男である。

「その方が、重蔵だな。」

「さようでございます。」

と頭を下げる。

「どうだ。突っ込まれるごとに申し口を変えるのは、不謹慎とは思わぬか。」

「お詫びの仕様も、ございませぬ。」

「山高印の船は異国船に襲われぬという久八の言、松前では久八の作り言というふうに変わったが、今度はどうじゃ、どう言い変えるつもりか。」

「恐れ入った次第でございます。」

と恐縮の体だ。

「寿蔵は、どれにいる?」

重蔵の背後に控えた一群の中から、丸顔でよく日焼けした男が前ににじりでる。

「シャマニ沖でオロシャ船に出くわして大騒ぎしたというのに、ネモロのお調べがあるまで重蔵に伏せておいたとは、理解に苦しむがいかに。」

「のんきな生まれつきだからでは済まない手抜かりと、深く反省しております。どうかお許し願います。」

とこれまた神妙である。金三郎は一声高く、

「その方ら全員、松前藩は他領とばかり高を括り、のらりくらりといい加減を申し立ててきた。しかしここは天下の江戸、もはや変な言い逃れは通らぬ。いつまでも作りごとじみたことを言い張る

限り、当方としては、背後に一方ならぬ罪が隠されていると考えざるをえない。正直に早く真実を申し上げればよし、さもないとますます、お咎めは厳しくお仕置きも重くなるばかりだぞ。」と諭した。その口調に恐縮の体を装いながらも、船方らの表情はむっつりと、再び殻の中に閉じこもってしまう。

これは、いまさら大公儀を何と心得る、とどやしつけたところで聞くような相手ではないと、金三郎は判断した。こうなれば、改めてこつこつと当って口を割らせるしかない。そこでかねての手配通り、十二人全員、霊岸島白銀二丁目の回船問屋、鹿塩庄次郎方へ送って預けることにした。

奥に臥せっている村垣のもとへゆき、報告すると、

「どうも、仕方のない奴らだ、金兵衛といい、船方どもといい……」

予想とは違う手ごわさに、不機嫌そうに呟いて、咳き込んだ。

この一件では、そもそもの発端にいたと見られる先代嘉兵衛はすでになく、その嘉兵衛から山高印の旗を受け取ったとされる久八もその後他界した。その久八の伝えた話というものを、現在の高田屋は真っ向から否認して受け付けず、それを知ってからの重蔵またふらつきっ放しで頼りないこと夥しい。

残る手掛かりとしては、大坂安堂寺町に住む栄徳丸の船主伊丹屋平兵衛を呼び出して当たってみるしかないが、それには御勘定奉行から大坂城代に依頼して、西町奉行所に命令させる手続きを踏まなくてはならない。それが繁雑なせいかどうか、金三郎の進言にも村垣はあまりいい返事をしないのだ。

それならと金三郎は、松前奉行所時代の旧記録をひっぱりだして、嘉兵衛の行動を調べだした。

とくに嘉兵衛がオロシャから帰国して、奉行所で抑留中のことを逐一申し立てた始末書などもじっくり目を通した。しかし気になるような不審は感じられない。

そうするうちに村垣の顔色が、日増しに悪くなる。月の半ばには、とうとう床についた。仕事の話を聞く積りで金三郎を呼ぶのだが、すぐ苦しそうにするので、

「あまり、お気になされますな。それよりもどうぞ、ごゆるりとご養生のほどを……」

と引き下がってしまうことになる。

何分にも実力者のことだから、御殿からは奥医師が派遣されてきて典薬頭の調合した薬が届けられる。月末には、いくらか起き上がれるようになって、周囲をほっとさせたが、三月に入ると再び寝たきりになった。

九日に、金三郎が容体を耳にした時は、もう大分窶(やつ)れて目は閉じたきりということだった。翌十日の明け方に、村垣は七十一歳をもって往生した。

汐留の役所にいた弥吉は噂を聞き、具合がすぐれぬことは耳にしていたので、やはり寿命だったのだなと思った。何とはなしに、林蔵の顔が思い浮かぶ。林蔵は、上司ではあっても村垣には懐かなかった。

文政という年代は終ってまだ三年にしかならないが、その間幕府はめったやたらにお金の改鋳を行った。真文(しんもん)二分判、文政小判、一分判、文政丁銀、文政一朱判、南鐐(なんりょう)二朱判、草文(そうもん)二分判、南鐐一朱判と手当たり次第。文化十四年に松平伊豆守が老中を辞すると、それを待っていたように翌文政元年には水野出羽守が昇格し、とめどない金作りが始まったのだった。旧貨の金の含有量を減らして新貨を吹く。そのさやが幕府の手取りとなって、火の車となった台所を潤してくれるのである。

庶民にとっては、金の値打ちがなくなり、物価が高くなっていい面の皮だが、水野はその手柄によって一万石を加贈された。しかしいくら水野でも、こんな仕事は手足になって働いてくれる御勘定奉行がいないことにはできるものでない。この時期、勝手方を預かったのは、村垣と遠山の二人だ。百俵の家に生まれた村垣が、死ぬときには千五百石の身分にのし上がり、遠山が何のご加贈もなく五百石のまま引退したのを見れば、どちらがどうだったかはいやおうなしにわかるというもの。

村垣だって、好きこのんでやったわけではあるまい。死んでしまっては、いまさら胸中を聞くこともできないが、要領のよい才子のことだから、出世のためにはやむをえないと割り切ったのだろう。しかしそこが、林蔵のような骨のあるものには嫌われる所以だ。気をつけなければいけないなと、弥吉は思った。

それはそれとして、気になるのは金三郎のことだ。ちらほら聞いたところでは、ただでさえ一件で大分てこずっているらしい。そこへもってきて奉行を失い、さぞ気落ちしているだろうな。代りが任命されるまでは、ちょっと仕事にならないだろう。そんなことを思いながら、翌日汐留に出仕すると、昼過ぎ中野から、金兵衛一件は土方様がお掛り、それについて用があるので、帰りに立ち寄られたしと使いがきた。

これはまた、何と迅速なことだろうとあっけにとられた。突然の急死ではなかったがゆえに、上の方でもあらかじめ手配りがあったということか。

早めに切り上げて役所をでる。堀端は柳がすっかり芽をふいて、流れる水もいくぶんぬるんだ感じである。辰ノ口に着くと、久須美が追いかけてきた。

「いや、驚いたな、こうも早く後釜がきまるとは……」

という。考えることは同じである。

大部屋で金三郎の姿を探したが、見当らない。役部屋に入ると、そこにいた。いつものきびきびした様子とは違って、弥吉を見上げる表情も今一つぱっとしない。中野は、

「今朝方御殿から、金兵衛一件は出雲守に引き継ぐとのお達しでね。間もなく用人がやってきて、留役を差し出してほしいというんだ。都筑では、ご不満でと聞いたら、いやそんなわけではない、主人は気分一新のためと申しております、というんだがね。」

という。

土方出雲守勝政は奉行に就任して五年目、勝手方を勤めてその勢いは村垣に次ぐ。

三河以来の忠誠一筋を誇る旗本が多い中で、土方家は先祖が始め佐久間信盛、豊臣秀次に仕えたというから本流の出ではない。宇右衛門勝直という人の代に秀忠将軍から五百石で召抱えられ、豊臣氏が滅亡した元和の大坂城攻めで千石加贈の軍功を立てて、かれこれ千五百六十石の家になったが、以後はぱっとした人材がでなかった。

今の出雲守は、養子である。将軍家では放鷹(ほうよう)を野外狩りのもっとも大切な技として、鷹匠という専門の集団に継承させている。組頭を勤める戸田家は、千五百石を知行するれっきとした旗本だ。その当主久助の弟が土方家へ養子に入り、宇右衛門勝政を名乗った。家督を相続後、小姓組を皮切りに使番、お目付、長崎奉行を勤め、西の丸の留守居でしばらく一服してから、御勘定奉行の金的を射止めた。今年還暦を迎え、仕事振りは手堅いという評判である。

「金三郎には、気の毒だが、お奉行がそういうからには、仕方がない。で、今度はだれにしますか。」

という久須美の問いに、中野は、

「それなんだが、実は、それで金三郎と話していると、自分も途中で腰が折られたようで、残念だ、なろうことなら、天神下に引き継いでもらえまいか、それだと心残りがなくてありがたいと、そういうんだ。」

という。

「銕四郎ですか、そいつは、いいや。」

久須美は即座に手を打ち、にやり弥吉を顧みる。中野はお坊主に命じて呼びにやった。

「何か、御用でも?」

と大兵肥満の男が、のっそりと入ってくる。汗っかきなので有名な、土屋銕四郎である。弥吉より三つ年上だが、評定所入りは二年遅く、そのせいか先輩先輩といって立ててくれる仲良しの間柄だ。金三郎がしゃきしゃきものなら、銕四郎はのろまにさえ見えるじっくり型で、この二人がこれまた仲がいい。

住まいは湯島天神下で、家禄は百俵。父の同名銕四郎はお徒目付を勤め、せがれの生まれた年に、お目付渡辺久蔵の手について蝦夷地を巡検した古強者だ。帰府した渡辺が他の任務に転じたため、翌年開幕した御用地時代には銕四郎の出番がなかった。

中野が御用向を話すのを、銕四郎ははいはいと頷いて聞く。終って、その場にいる金三郎に、

「何分、よろしく頼む。」

という。それから弥吉を見てにこりとした。この日、土方奉行の方から松前藩に対して、栄徳新造一件を引き継いだ旨を通知した。

村垣が死んだあとの引き継ぎで、金三郎は銕四郎にまず栄徳丸の船主伊丹屋平兵衛を調べることを勧めた。土方奉行もこれに同意し、手続きをとって大坂城代に平兵衛の身柄引き取りを依頼した。西町奉行所の同心が、安堂寺町五丁目の伊丹屋にいってみると、店はついこの頃空き家になったとかでだれもいない。船主の組合に当って調べたところ、面白くないことがあったらしく、どこかへ引っ込んだようだという。さんざん探した末、安治川南二丁目に、彦右衛門と名前を変えて住んでいるのを突き止めた。

「東都からの御用だ。神妙にせい。」

と踏み込むと、もういい加減年寄りの平兵衛は、あらがうこともなく、素直に番屋に引っ張られた。

「なぜ、逃げ隠れした。」

と質すと、

「滅相もない、そんな覚えは、ありませんな。」

声を震わせ、心外な様子だ。

話によると、去年の九月、箱館から船頭重蔵、知工国蔵の連名で、不束をしでかし領主の取調べに合っていると来状があったという。どんなことがあったのか心配になり、西笹町の高田屋の大坂店にいってみたが、何も聞いていないと頼りない返事だ。十月に入って、松前藩の蔵屋敷から呼び出しがあり、詮議の筋あって、船もろとも水主十二人全員を差押さえたのでさよう心得ろと申し渡された。どういうお疑いですかと尋ねたが、取調べ中のこととて答えはなく、高田屋との間柄とか禁制の荷の取り扱いの有無について厳しく問いただされた。

何だか知らないがいやなことになりそうだとやきもきするうちに、暮になるとどこからともなく金兵衛の江戸召喚の噂を聞いた。びっくりして高田屋に駆けつけると事実その通りで、おまけに原因は栄徳丸にあるといやな顔をされる始末。これは大変、長年のお得意様に迷惑をかけたとあっては立つ瀬がないと、穴があったら入りたい思いがした。

もともと伊丹屋というのは親父が興した材木運搬船の店で、自分が引き継いでから儲けた金で建造したのが栄徳丸だ。ずっと高田屋さんの仕事をさせてもらい、その頃はわたしも左団扇だったが、二年前に紀州材を積んだ船を遠州灘で遭難させて失い、たった一艘になった栄徳丸も今のように先が危ぶまれる次第では、これからどうしてよいかわからない。廃業届こそださないが、ひとまず店を畳み、ことのついでに隠居する積りで名前も変えたもので、決して逃げ隠れしようとしたわけではありませぬと申し立てた。

江戸へ連れてこられた彦右衛門は、銕四郎から高田屋との関わりを突っ込んで聞かれた。

「手前は、金兵衛の旦那には、西上された時、二、三度ご挨拶にまかりでました。たったそれきりでございます。あそことの取引は、久八と申す手前どもの船頭が、一切切り回してくれました。」

北海を何度も行き来した老練な船乗りの久八と、ひょんなことから知合いになって意気投合した彦右衛門は、北前航路の通い船商売を勧められるままに、栄徳丸の建造を思い立った。その着工を見て箱館に赴き、高田屋と蝦夷地向けの品々の買い付け委託の契約を取付けたのも久八だ。話し合いの相手は、たしか先代だったように聞いた。何にせよ久八は、先代のことは格別尊敬の念をこめて語ったという。

「そんなわけで、栄徳丸の商売は、久八がいたからこそ成り立ったようなものでして、この男がおりませなんだら、手前、北前船の仕事など夢にも考えはしませんでしたでしょう。」

と彦右衛門はいった。

してみると、伊丹屋と高田屋のつながりは、すなわち久八のつながりといった方がいい。その久八が死んでしまっているのでは、とてもお話にならない。失望しながらも錬四郎は、

「どうだ、これに、何か心当りはないか。」

と、山高印の小旗を見せてみたが、

「高田屋さんのと違いますか。」

「久八は、これについて、何か話したことはないかね。」

「さあ、覚えがありませんが……」

とけげん顔。まんざらとぼけた様子でもない。

期待した彦右衛門だったが、どうやらあてにできそうもない。ひとまず市中預けとすることにした。

錬四郎から報告を受けた土方は、

「残念だったな。」

と一言、

「船方どもを、よく洗ってみるように。」

と指示した。

「金兵衛めは、いかが致しましょうか。」

「これは、攻める材料がでるまで、今しばらく待とう。」

と、この奉行らしい手堅さである。

材料といっても、船方からしか得られそうもないのはこれまた事実だ。

鋏四郎は栄徳丸一同の調べ方について、金三郎と改めて協議した。

「あいつら、オロシャ船を見たのは古手の五人だけで、重蔵と残り六人は知らなかったというが、そんな馬鹿なことがあるもんか。いいかい、霧の中から、突如ぬっと異国船がでたんだぜ。広くもない船内のこと、櫓の上下を問わず、蜂の巣をつついたような騒ぎになって当然だ。これはきっと、新米の六人に余計なことをいわれてはと、連中の間で申し合わせたことに間違いない。どうだろう、この六人にかまをかけて、口を割らせる工夫をしてみては……」

という金三郎の意見には、鋏四郎も全く異論がない。

そこで、勢州神戸(かんべ)の清右衛門二十九歳、周防の福松二十八歳、秋田能代の権蔵三十六歳、南部の虎吉二十七歳、周防の仁太郎四十九歳、炊ぎの雲州好松二十一歳を、ほかと切り離して別々にした。その上で鋏四郎が一人ずつ呼び出し、気分をほぐすために世間話もつきあってやった。元来太っちょで汗かきの鋏四郎は、黙っていても愛嬌がある。そんなことで連中も少しずつうちとけてきた。

神戸の清右衛門が、中でも一番人なっこい。ふざけ口を叩きあうぐらいになったところで、さりげなく、

「オロシャも、遠くからでかけてきて、やはり故郷は恋しいと見える。お前らと別れるなり、すたこらさっさ、北へ一目散とはなあ……」

と呟いてみせた。すると清右衛門は、くすりと笑い、

「違う違う、お役人さん、北じゃない、南ですよ。」

すかさず、

「おや、お前、どうして知ってるんだ。上にはいなかったくせに！」

「……」

清右衛門は青くなり、あわわと言葉を濁した。銕四郎としては、うまく言葉尻を押さえたつもりだが、これ以後はかれらも警戒して、冗談話にもうっかり乗らなくなった。下っ端でこの口の固さだから、重蔵を含めた古株六人の手ごわさといったらない。

山高印の謎と並んで首をひねらされるものに、オロシャ船が垂らしたという赤い布のことがある。かれらを吟味してゆくうちに気付いたことだが、申し立てた寿蔵自身、つまらぬことをいったと大いに後悔するふうで、ほかの連中もこのことになるとがぜん口が重くなる。それが何時下がったかについては、船首をひるがえした時にちらり見えたの一本槍である。一体何の印かについても、徹頭徹尾わかりませんの連発だ。

陰陽師

　ようやく持ちこたえた空から、支え切れずにまたしとしと雨が降りだした。五月の終り頃からの長雨続きである。二、三日前には突然雹さえ降って、人々は仕舞いこんだ炬燵をひっぱりだす騒ぎだった。雨はそのまま、いつまでも降り止まない。家の中は冷え冷えとし、柱や板の間は触るとべたべたした。身体までがくさくさして調子が狂ってしまう。

　そんな一日、弥吉が汐留の役所にゆくと、掛の加集清右衛門が待ち構えていて、

「殿が、お待ちかねです。」

という。

　上段の間で、弥吉は脇坂中務大輔に拝謁した。脇坂はこの年六十五歳、若い頃美男を謳われた白皙（はくせき）の面立ちは変らないが、生まれつきの聡明さに加うるに果断な性格は年を経て円熟味を増した。この公については、今では伝説となった挿話がある。

　三十年前の享和三年、弥吉はまだ三つの幼な子で、九州日田の代官所の地内に内藤の父母といた頃のことだ。

　江戸谷中の延命院という お寺の住職に、日道というものがいた。役者尾上菊五郎の落胤とかで、丑之助の子役名で舞台にも立ったことがあるという。こいつが稀代の色魔だった。参詣にくる信者に目をつけ、娘、人妻の別なくひきずりこんでは姦淫し、大奥の老女に艶書を送って誘いだし、通

夜と称して宿泊させ、おまけにお付きの女中にまで手をつけて、懐妊したと聞くと薬をやって堕胎させる始末。

噂はむろん寺社方の耳に入るのだが、大奥とことを構えるのがいやさに、奉行衆も見て見ぬふりだ。ところが新進の脇坂が月番で聞きつけた時は、まるきり態度が違った。すぐに召捕りを命じ、仏罰を恐れて尻ごみする捕方を励ますために、自ら馬上で山門に乗り込み、悪態をついて逃げ回る日道と配下の坊主柳全を引っ捕らえ、有無をいわさず高手小手に縛り上げた。

それより奉行所に引き立て、調べのついた行状の数々について吐かせた上、一寺の住職にあるまじき破戒を重ねたのは不届至極として、断然死罪に処した。日道は四十歳。

柳全の方も、六十三にもなって女犯の罪はけしからんと、晒しものに付した。日道の相手になった女八人は、お叱りや押込め程度で済ませたが、さすがの脇坂をもってしても大奥にまでは手を入れることができなかったという。

世上の風俗の乱れは激しいものがあるにせよ、宗門の権威を隠れ蓑にした坊主ほど、たちの悪いやつらはいない。この摘発によって、臑(すね)に疵もつ悪僧がおじけをふるったことは非常なものであった。

このあと脇坂は、大名らしからぬ度胸を買われ、老中なみの四品に進められて、朝鮮来信使応接の副使に任ぜられ外交の衝に当る。この時寺社の職を離れたのを、口さがのない連中は、大奥の怒りに触れて首になったとまことしやかに噂した。

それだけに、四年前、今度は寺社の筆頭として返り咲いた時のかれらの狼狽ぶりは、当時評判となった、

またでたと坊主びっくり貂の皮

の落首に尽くされている。脇坂家は、槍の穂袋に貂の皮を用いるのである。

この奉行と弥吉の間は、呼吸の通い合うものがある。弥吉が済まして頭を上げたきりなのを、めざとく見て、

「どうした、予の顔に、何かついてでもおるか。」

と、脇坂は皮肉った。

「あ、これはしたり……で、御用の儀と申されまするのは?」

「うむ、実は今日殿中で、飛州から、話があったところなのだが……」

勝手方御勘定奉行の明楽飛驒守茂村から、相談を受けたというのだ。

「御勘定所で手を焼いている、今はやりの家相見が一人いる。田辺志津磨とか申す。莫大な金額を吹っかけ、いんちきものに違いないのだが、いかんせん、それを証拠立てる手立てがない。何とか、寺社方の力を借りられまいかというのだな。」

「ははん、例の陰陽師というやつでございますか。」

寺社方の職分の一つに、いかがわしい淫祠邪教や加持祈禱の取り締まりというのがある。志津磨のことは、脇坂の家臣で寺社役を勤める加集から、近頃殿中で同役の寺社奉行土井や土屋、間部の家臣と同席する折に、名前がよくでると聞いたことはある。

もともと占いは、古来暦法を家伝とする京の土御門家の専有物とされてきたが、長い間に分化し

て傍流を生んだ。家相見はその一つで、それからさらに分かれてでたのが陰陽師というやつだ。天地には、陰陽の気が充満する。善気があれば悪気もある。運悪く悪気にとりつかれた家は、不幸に陥る。ところがこの気というやつは土から発散するものだから、祟りを防ぐには地面を掘り返して、清浄な土と入れ替えればよいと説く。その際、大々的な祭壇を築かせて護摩を焚き、法外な祈禱料を吹っかける。せしめられた方は驚くものの、外聞を気にして届けでることもせず、そのまま泣き寝入りしてしまう。

大商家のご内儀とか大名諸侯の老女奥女中といった連中が、この手の秘法にはぞっこん弱い。志津磨はこれらの熱心な信者の崇敬を受け、出入りするのも姫路酒井十五万石、芸州松平（浅野）四十二万六千石、加賀松平（前田）百二万石といったそうそうたる諸侯の奥向きばかりだというのだ。

加うるに徳川家には御三卿といって、御三家に匹敵する格式を誇る家柄がある。諸大名と違って封土を持たないために、十万石相当の賄料を御勘定所から差し上げる仕来りだ。華美な世相の当節、それだけではとても賄いきれず、毎度無心を申し入れられる。それが頭痛の種である。

御三卿の中でもとりわけ一ツ橋家は、当代の将軍家の生家として一目置かれる存在だが、ここが最近一段と物入りを訴えてくるようになった。金高があまりなので、怪しんでお付きの勘定方に問いただしてみると、実は近頃出入りする陰陽師から、地面の土の入れ替えを持ちかけられているところだという。邪魔になる部分は御殿といえども取り壊すため、建替えの費用を含めると一万両は覚悟しなければならないのではとのことに、

「冗談じゃない。」

と、掛りは目を剥いた。

「そんな無用の金なんか、だせるものか。」

「無用かどうかは、われらのきめることでない。奥の老女方がお館様を動かし奉った以上は、どうしようもないのだ。中止をお願いして、もしもご不幸が生じでもしてみろ。われら、首を差しださねばならぬ。」

と息巻かれたということだ。

「お役一途の勘定方としては、そうでも申すほかはございますまい。いかがなされます?」

「うむ、よいか、清右衛門、召捕りの手配を致せ。」

と、加集に命じた。

寺社の手付の与力におとなしく同行してきた志津磨だが、白洲に引き出される段では、仏頂面でぶつぶついった。脇坂の人定尋問に、年は三十六と答えてから、おもむろに評席を見上げ、

「それがしは、なるほど、軽い身分のものに相違ござらぬ。けれども、吟味のことと次第によっては、やんごとなき方々の御名とても、口にださざるをえなくなるやも知れず……」

と凄んでみせた。脇坂は即座に、

「しかと、申し聞かす。その類いのこと、この場にては、一切用なし。問いもせねば、聞きもせぬ。」

とつけいられる隙を封じた。

退席した脇坂に代った弥吉は、くだけた調子で、

「聞くところによると、その方の派でいう陰陽道なるものも、もとは唐土の古代に発し、師弟相伝で継承されてきた由である。一体それは、いつ頃から始まり、どんな書物に記載されているか、ひとつ教えてほしいものだが。」

と穏やかにでた。

意外にまともな出方に、志津磨はちょっと拍子抜けした様子だが、たちまち舌なめずりすると、

「いや、これは何を隠そう、そもそもの起りは、かの伏義氏の時代でござる。」

とうそぶいた。伏義氏は初めて易を編み出したといわれる、漢土の伝説上の人物だ。

「唐の時代ともなると、歴代の帝に重用され申した。

こういうことがある。かの三国時代、周瑜と曹操が戦いましたですな。この時諸葛亮孔明、武侯の掌に、指でさらさらと文字を書いた。改むるに火をもってすべし、と。すなわち、火を改めて、方位に叶うようにしろというんです。その通りにしたところ、果して蜀軍、大勝を博した。

また東南の土をとり、七星壇を築くともいいますな。どちらも青史に燦然としたものです。」

とくとくとして述べ立てるのを、弥吉はしかつめらしく、ほうほうと相槌を打つ。図に乗った志津磨は、

「とはいうものの、書物にもいろいろござってな。たいがい間違っておるか、とりとめないものばかり。今申したしっかりした記述などは、わずかしかござらぬ。だがその道の人間としては、そうもいっていられないから、本も漢土から集められるだけは集め、片っ端から目を通しましたよ、うわははは。」

どうだ、わが博学には恐れ入ったかといわんばかりの高笑いだ。

弥吉は本日はそれまでといって打ち切り、ひとまず志津磨を揚り屋に入れた。

翌る日、弥吉は与力と一緒に祈禱所のある神田新革屋町へいった。護摩壇をしつらえた広い部屋には、なるほど志津磨が自慢するだけあって、蔵書が山のように積まれている。

「ほほう、これはなかなかのものだ。先生、よほど金に飽かせて、買い集めたんだね。」

と弥吉は、手慣れた手つきで選りすぐり、ぱらぱらめくってみてから、分厚いのを一冊抜き取って与力に持ち帰らせた。

次回の白洲でそれを傍らに置き、

「前回は、三国時代の話で、面白いものを聞かせて貰った。ところで出典はむろん三国志だろうが、それは陳寿（ちんじゅ）の書いたものか、それとも演義三国志というやつか、どちらだね。」

と質問すると、志津磨はううーんと唸ったきり、声がでない。

「答えられないところを見ると、読んだのはどうやら通俗本らしいな。

陳寿本では、諸葛亮孔明、周瑜に教えて曰く、攻むるに火をもってすべしと。ゆえに赤壁で焼き打ちをかけ、勝利をえた、とある。改むるなどという文言はない。

それにしても、こんな大事な文字の間違いは、たとい通俗本だからといって、簡単にあろうはずがない。一体、どうしたことだね。」

と、皮肉っぽくなる。志津磨の額には汗が滲み、唇が歪んだ。

「ところで、その方の蔵書だが、ざっと見せてもらったところでは、なかなか結構なものがある。その中から、清人の作になる方位全書、これこの本を一冊借り出してきた。序文でよいから、ひとつざっと、読み下してみてくれないか。」

といって差し伸べる本を、蹲（つくば）いの同心が受け取って手渡そうとするが、志津磨は震えるだけで手がだせない。

「どうした、志津磨！」

と、弥吉は声を励ました。

「ろくすっぽ字も読めぬくせに、博覧を装い、万巻の書を読んで陰陽道を窮めたなどと、よくもでたらめをぬかしたな。それもこれも世人をたばかり、金銀を貪りとる魂胆からでたことに相違あるまい。」

はったと睨み据えると、志津磨はもはやこれまでとばかり、

「恐れ入り申した。」

と手をついた。

自供によれば、若い頃は富士山のお札を売り歩く御師(おし)が本職だったが、江戸にでて方位占いの連中につきあううちに、自己流を編み出して一派を立てるまでになったということだ。自宅を古今の蔵書で飾り立てたのは、無学を隠すためのもので、これで簡単に人が騙せたとうそぶいた。

志津磨の白状に色を失った最たるものは、何といっても一橋家の奥の局や役人だったろう。御殿の取壊しを進めたところで志津磨の正体が判明し、御勘定所からの用立てはぴしゃり停止された。慌てて作業は中止したものの、壊した分の建替え費用のあてはなく、狭くなったのを辛抱するしか仕方があるまいという。

芸州藩も志津磨を信用しきったあまり、新築の建物を取壊して大損をした。

姫路侯では名家老の誉れ高い川合隼之助が、奥女中の熱の入れ方に気がつくと、志津磨に付け届けして家相を褒めさせるという奇手を打ち、ことなきを得た。

百万石の加賀は、出入りは許しても、方位についてては家法をたてにとったため、実害はなかったということだ。

風聞

六月も半ばを過ぎた頃、銕四郎は土方に呼ばれた。

「容易ならぬ風聞が、町方の筋から入ってきておる。それによると高田屋の先代は、昔、オロシャから帰国したあとも、密かに往来を重ね、向うとは気脈の通じた間柄、異国船に捕まらないのが当たり前と、霊岸島周辺でいっておるそうだ。」

御用地時代に栄えた霊岸島の町は、今はすこし寂れたとはいえ、東回りの回船問屋が多いことに変わりない。店の中には、松前藩の息のかかった商人が少くなく、高田屋の繁盛をねたんで、いい加減なことを言い触らすのかも知れないが、それにしても聞き捨てにならない話ではある。

「嘉兵衛にせよ、よしんば金兵衛にせよ、オロシャと往来を重ねたとすれば、それはいかような訳柄からでございましょう。」

「一番考えられるのは、やはり私交易のためということかな。」

「抜け荷ですか。それはまた、厳しうございますな。」

「そうでもなければ、高田屋ならびに船方どもが、こうまで頑なに口を噤むわけがわからない。」

二人の間にしばらく沈黙が流れた。

「この調子だと、いつまで経っても、攻める材料は手に入らないようだ。われわれも、この辺で一つ、腹をきめるべきだろう。どうだ、金兵衛を呼び出しとゆくか。」

と土方は、腹をきめるに力を籠めた。奉行が交代して初の評席の日取りは、六月二十三日にきまった。松前藩の遠藤は、金兵衛を町駕籠に乗せ、虎ノ門外の土方の役所に出頭した。

白洲に引き出された金兵衛は、監禁同様の生活の上に、重なる心労で目は落ちくぼむが、それでも背筋は伸ばして、精悍な面構えは真っすぐ前を向いている。

「どうだ、金兵衛、この半年のお預けの期間中、その方もいろいろ考えること多かったであろう……」

と、土方はおもむろに話しかけると、金兵衛は面を上げ、

「つい先頃までは、ほととぎすの声に、うつらうつらする毎日でございました。」

と、同席の錬四郎には、ことさらやせ我慢と受け取れる返事をした。

「風雅だのう、いい度胸だ。」

と土方は、

「されど、聞け。」

と態度を改めた。

「シャマニ沖で、その方の用船がけったいな動きをしたのを、松前藩にみとがめられ、公儀でお取り上げの次第となり、先般来、その方ならびに栄徳丸の船方どもを取り調べてきたが、今もって不審は晴れるどころか、却って謎は深まるばかり。

それというのも、その方が、ひた隠しにすることがあるらしいからだ。船方どもも、雇い主であるその方に、一方ならず気兼ねして喋ろうとしない。

その方、なぜ口を開かぬ。裏に、曝かれては困る重大事でも潜んでいるのか。しかしこのままいつまでも喋らないと、抜け荷の疑いすらかけられるのは必至だぞ。それでもよいのか。」

金兵衛はうつむいて、ひしと歯を食いしばっていたが、やおら顔を上げると、

「お手数をかけて、恐れ入り奉ります。したが、手前どもには、全く身に覚えがありませぬので……」

と、不敵とも挑戦的ともいえる口ぶりだ。土方はため息をつき、

「おのれ、飽くまでもお上を愚弄する積りか。それではやむをえない。われわれは職権に限りがあるので、これで退く。だがこれで、きっとお終いになると思うなよ。」

といってその場を立った。

控えの間に戻った土方は、銕四郎の労をねぎらってから、

「これから、登城する。防州公にお目にかかりにだ。」

といった。松平老中に申し出て、指図を仰ぐというのである。


七月七日は、子供らが待ち焦がれた七夕の日だ。町方の子らは、朝からもうじっとしていない。弥吉が朝稽古から帰る頃には、神田川の堤に押し出して、きゃっきゃやっと笹竹を振り回しはしゃぎ合う。

家では銕五郎とけいの兄妹が庭にでて、三吉や女中に手伝われながら、五色の短冊を笹に結わえつけるところだ。どの短冊にも、かれらがたどたどしい手つきで懸命に書いた願いごとが認めてある。

「どれどれ。」

と手にとってみた一枚に、書道上達とあったのには、ぎゃふんと参らされた。文武両道において他人にはひけをとらない積りの弥吉だが、書だけはいくら子供の頃からやってみても腕が上がらない

のである。これではなるほど鍬五郎らには、天の神様にでも縋ってもらうしかあるまい。暦の上でこそ秋だが、残暑はまだまだ厳しい。汗まみれの稽古着をぬいで着替え、縁側の部屋の机に向かう。このところ役所で書きためたものの整理である。

田辺志津磨の口書に基づいて作った、お仕置き付けの控え書がでてきた。企みごととか騙りごとというのは、御定書百ケ条中でもとりわけたちの悪いものとされ、死罪または獄門に値する重い罪だ。しょうことなしにやったものなら、まだ酌量の余地があるが、志津磨のは用意周到にペテンにかけるのだから、ちょっと救いようがない。先例に照し合わせて量刑を割り出し、理由書にして先日脇坂の手元まで差し出しておいた。弥吉の仕事はこれで終り、あとは奉行が判断して裁許、つまり判決を下す。

縁先を通して見下ろす庭では、竹の短冊の数がふえて彩りが賑やかだ。鍬五郎は、

「若、若……」

と回りからちやほやされ、鷹揚に振る舞っている。屈託のないその姿を眺めるうちに、ふとあの年頃の自分が思いだされた。

父は西の丸のお徒士に召し出されたばかりで、弟の松吉はまだ生れていない。二つ違いの妹がいるきりだった。江戸の水に馴染みにくかった弥吉は、あまり表へもでたがらず、妹と肩を寄せ合うようにしていた。

その妹が、ふっと死んでしまったのである。近所の子らと付き合わざるをえなくなった弥吉は、悪戯っ子の格好ないじめ相手になった。その姿を見かけるなり、連中は、

「やーい、ナキチだ、ナイトウナキチがきた。」

と囃し立て、目に涙をいっぱい湛えた弥吉は、こらえ切れずにわっと泣くのが常だった。

ずいぶん惨めな幼年時代だったと思う。

それにひきかえ、わが子のこの恵まれようはどうだろう。家来や使用人にちやほやされ、まるで若殿様気取りではないか。よくはわからないが、どうもこのままだと間違いなような気がする。

日がとっぷり暮れると、大空を横切る天の川は、星の金銀砂子（すなご）をびっしりちりばめ、子供ばかりか大人までが改めて目を見張り歓声を上げげた。

「あれが、彦星だ。」

「七夕織女は、あれよ。」

と子らは、思い思いに指さして叫んだ。

やがてどこの門からも、提灯を先頭に笹竹ののぼりがでて、神田川のふちに運ばれた。夜気は涼しく、川面はあちこちで照らす提灯の明りがゆらゆらし、さざめき声が伝播した。笹竹は流れに浮き沈みして、静かに闇の中に消えていった。

翌日弥吉は、寄り合いがあって評定所に立ち寄り、しばらくぶりで銕四郎に会った。

「高田屋一件は、結局、私らの手には負えませんでしたよ。もうちょっとで、船方の口を割る一歩手前まではいったんですがね。」

頭をかきかき、銕四郎は残念そうだった。

「金さんと二人でやって、できなかったんだもの。だれだって、成功しやしないさ。」

と弥吉は慰めた。

「お奉行は、公儀のご威信にかけて、このままにはしておけないといっていますよ。」

鋳四郎の言葉には、追及して役目を果せなかったものの悔しさがにじんだ。

七月十一日に、脇坂中務大輔は田辺志津磨を引き出して、裁許状を読み上げた。


その方儀、転宅または普請婚姻等のこと、時日の吉凶判断致し候節、諸人欺くべしとて、さらに読み候儀出来申さざる書物居宅に飾り置き、日本往古名人の説は申すに及ばず、唐土のことにても家相方位の儀は博覧の由に申し触らし、実は師伝もこれ無く、一己の存意をもって謝礼等多分に貰い受くべしと、たとえ宜しからざる方角へ移り入り候とも、居所の土取替え候節は、官位昇進は申すに及ばず、福寿とも心のままに相成り候由をもって、深夜に鍬入れ致させ、遠方より右土を持運ばせ……右体種々企みの手段をもって年来諸人をたぶらかし、金銭貪り取り候始末、かたがた不届につき、遠島を申付くる

脇坂が読み上げる間、弥吉はつくづくと志津磨の表情を眺めた。遠島と聞けば、よほどの悪党でも真っ青になるというのに、こいつはどこ吹く風と聞き流し、口元はふてぶてしい薄笑いさえ浮かべる。終ってからも、廷吏に縄尻をとらせたままゆうゆうと退廷した。これには脇坂も、

「あやつの性根は、どうにもならぬ。流された先で、またも人をたぶらかさねばよいが……」

と眉をひそめた。

控えの間に退いた弥吉を、脇坂は呼び止め、

「志津磨一件、もしまともに吉凶占いの真偽を論じ合ったら、やつの弁口にはとても敵わなかったろう。煽って勝手気ままに熱をあげさせ、一気に虚をついたわざは見事だった。あの悪党め、わが

方に学のあるものがいまいと侮ったのが、運のつきであるな。

御勘定所は、今回の裁きをことのほか有難がり、ご老中方もご満悦である。予もまた、すこぶる鼻が高い。ひとえにそなたのお陰だ。」

と礼をいってから、

「ところでまた一つ、ここに持ち上がったものがある。浜田侍従からのお話で、この半年以上に亙って、勘定方一手にやらせてきた詮議ものがあるが、関わり合いのものども、まことにしぶとく、壁にぶつかったきり、にっちもさっちもゆかず困りはてている。近々三奉行の寄り合いに図り、評定所一座にする所存だから、あらかじめ承知して置いてほしいとのことだ。」

「一座の発令とはまた、ゆゆしい重大事。もしや、蝦夷地異国船の一件ではございますまいか?」

「さよう、高田屋一件ともいっておるようだが……」

「それでしたら、私、ひらにお願いがあります。どうかその儀ばかりは、同役小田切もしくは清水に、お申し付け下さいますよう。」

「それはまた、何故か?」

「これにつきましては、職務柄、私もいささか聞きかじるところがあり……」

と、高田屋は現に容易ならぬ疑惑を受け、下手をすると亡くなった先代まで巻き込まれそうな雲行きだが、ほかでもないこの嘉兵衛という先代こそ、自分が少年の頃から深く尊敬してきた人物にほかならないことを、羽太、石川という恩人の名を交えながら物語り、

「もしも、私が吟味に携わり、知らず知らず依怙贔屓に陥って、判断を誤るようなことがありますれば、御前の顔に泥を塗ることにもなりかねませぬ。」

「馬鹿をいうでない。」

脇坂は一言のもとに、

「そなたが、そんなことぐらいで目の曇る人間なら、初めから予の眼鏡に叶ったりはせぬわ。」

と斥け、

「おお、そうそう、今の話で、予も久しぶりに、あの頃を思いだしたぞ。こんなことを、知っておるか。将監と芸州、この二人が率先して、蝦夷三ケ寺の建立を願いでた時、共鳴して世話を焼いてやった寺社奉行こそ、ほかでもないこのわしだ。」

あっけにとられた弥吉を見やり、呵々大笑した。

一座発動

七月二十一日の昼時、箱館山の中腹にある代官所の門へ、

「ご注進、ご注進。」

と叫んで転りこんだ若者が二人いる。

助け起した番士に、二人はエサン岬の裏側に当る六ケ場所トトホッケ村の住人、長右衛門、甚之助というものだといった。

この日の未明、村の漁民半六の伜長松、藤十郎の伜林蔵、吉兵衛の伜巳之吉の三人が、岬の鼻を十三丁ほど西に回りこんだミツナシの浜で昆布取りをしていたそうだ。沖合にぽつり浮んだと思った影が、ふと気づくと、いつの間にやら大きな三本柱の異国船になった。しかも櫂を揃えた艀が一つ、こちらをめがけて漕ぎ寄せてくる。

三人は無我夢中で磯舟を漕いで逃げ帰り、惣百姓代の半六にこれに急を告げた。半六は驚いて同役の巳之松、村年寄の半左衛門、小頭の由五郎を呼びにやったが、その間にも艀は容赦なく、海岸のすぐ下まで接近した。

「早打ち飛脚は、頼めないか！」

「もう、そんな暇はない。」

という騒ぎの中で、たまたま飛び出した長右衛門と甚之助がつかまり、注進役を命じられて、その

足ですっ飛んできたものだった。

「すると、お前らは、異国人が上陸したところを、見たわけではないな。」

「うん、怖くて、振り返るどころじゃなかった。」

ウラヤコタン、オヒルネップと、松前藩も昨年以来異国船にはきりきり舞させられたが、場所はいずれも奥地だった。ところがエサン岬だと、これはもう箱館を視野に納める目と鼻の先である。もしかれらがウラヤコタンの時のように、上陸して海辺に火をつけて回ったりしたらえらいことになる。注進を受けた酒井代官は、ただちに松前へ救援を求めに走らせるとともに、代官所の手勢を割いて出張を命じた。同時に会所を通じ、諸船に東蝦夷地方面行きを見合わせるよう警告を発した。

知らせはたちまち市中に飛び火した。泣きわめきながら、つづらを背負って裏山へ駆け登るものが続出した。エトロフを襲ったオロシャ船が、箱館沖にきて様子を窺った二十六年前の情景もかくやと思われる。

出張勢の支度がもたつき、出発は二十二日の早暁になった。馬の背に百匁筒、二百匁筒を積み、行進して海岸沿いに細長いトトホッケの村に入ったのはお昼頃だ。異国人の姿はおろか、心配された血なまぐさい光景というものは見当らなかった。

後日松前藩が、半六ら村役人の申し立てとして、公儀に届けでたところはこうだ。

若い二人を注進に走らせたあと、村役は村人を一カ所に集め、物陰に潜ませた。

漕ぎつけた艀で上陸した人数は、六人だった。頭目らしいのが先頭に立ち、背丈は五尺八、九寸、白い短毛の笠をかぶり、黒ラシャの筒袖に幅広の股引ようのものを履いていた。ボタンを外した内懐から、一尺ばかりの短筒がのぞいて見えた。

ほか五人は背が低く、青い頭巾を巻き、筒袖は白赤黒と色さまざま、股引は幅広であった。一人頭巾を外したのがいて、髪はザンギリだった。四、五寸もある刃物を取りだしたやつは、それで髭を剃った。

波打ち際に引き揚げられた艀は長さ三間ぐらい、中には小さな樽が一つあるきりで、武器らしいものは見当らなかった。

頭目体の男は配下をその場に置き、自分はただ一人でぶらぶらと、部落まで二丁ばかりの道を歩いた。村人は十人ばかりこっそり遠巻きにしてあとをつけたが、男は何もせずに引き返したという。六人はそれから岩場にのぼって煙草を吸い、頭目は懐中から小刀を取りだして髭を剃り、その後も真昼時まであたりをうろついた。

やがて艀に戻って全員乗り込み、渚伝いに西へ二十丁ばかりのヤチリ浜へ向った。また上陸するのではと油断なく見張るうちに、沖に向きを転じて親船に戻り、それから南々東の方角に去っていった。

親船の大きさは千六、七百石ぐらい、船腹は白黒二段に塗り分けられ、柱三本には帆が九枚、弥帆は舳先に二枚、艫に一枚張られていた。

出現したての頃は柱に赤い小旗のようなものが下っていたが、帰る頃にはなくなって、艫の柱に薄黒い帆のようなものがかかった。またどちらの場合も、砲筒の音はしなかった。

右のような次第で、異国人が村にいた間、ものを貰ったりまたは与えたようなことは一切ない。落し物の類いも、のちほど限なく探したけれど、何ひとつなかった。

この申し立てだと、異国人はわざわざ髭を剃るために、どんな危険が待ち受けるかも知れぬ上陸を敢行したことになり、話が出来過ぎた感じがしないでもない。

酒井代官が二十一日に発した急報は、二十三日早々藩庁に伝わった。執政陣は場所がエサン岬というのに驚愕し、加勢の動員に躍起となった。ウラヤコタンの異変で見せたぶざまな失態は、二度と繰り返してはならなかった。

二十五日になって、酒井代官から異国船は退散したという知らせとともに、右の村役からの聞取り書が送られてきた。藩庁は胸を撫で下し、即日江戸表へ届けを送った。

八月二日の朝辰の刻、評定所の大広間の隣の誓詞の間は、参集する諸役人で徐々に埋まった。ここを本拠とする評定所勢は、弥吉、金三郎、銕四郎の三人と、書役から出役の石川長次郎が、麻上下に身を包んで、大広間との境の敷居を背に居並び、詰めかける人々を出迎えた。

寺社方は、汐留の役所から加集清右衛門が配下を連れてやってくる。町方、勘定方は、用人、手付、与力が、三々五々乗り込んでくる。徒目付には小人目付、中間目付がつき従う。どの役人も、弥吉ら評定所組にまず目礼してから座につく。

評定所一座というのは事柄がすこぶる重大か、支配が入組んで厄介な時にのみ招集される、きわめて臨時的なものであって、それだけにまた世間の注目をも集めずにはおかない。

一座は寺社奉行、町奉行、御勘定奉行、お目付の四者から成るのが普通で、これを一名三手掛とも称する。さらに大目付が加わったものを五手掛というが、幕臣の改易といった時でもなければ設置されることはない。裁く事柄の軽重の差で、三手とか五手がきまるわけのものではないのである。

三奉行の中では寺社奉行が、評議でも最終的な判断を下す立場にある。実際に白洲で吟味に当る役人同士の間でこれに匹敵するものは、いうまでもなく寺社の調役がそれだ。それだけに、弥吉としても任務の重さに身が引き締まらざるをえない。

毎月二日は式日ときめられ、老中以下三奉行は朝の六ツ半時から評定所に集い、朝食をともにしながら、公事や吟味ごとについて話合いをする。高田屋一件に関する一座の発足が、今日のこの日にきめられたのも、そうした都合からである。

誓詞の間の北側に、壺庭を挟んで内座の間がある。すでに詰めている老中以下の寄合いも、そろそろ終りに近づく頃だ。そちらの方にちらちら目を配っていた石川が、

「お出ましのようです。」

と小声で注意して、咳払いをした。ざわざわしていたその場の空気が、これでしんと静まり返った。

真っ先に、お目付の大沢主馬信豊が入ってきた。采地八百五十石、屋敷は愛宕下である。大沢家は、先々代がお使番を勤めた後はぱっとせず、当代の主馬が家督をついだ時は、弥吉の川路家同様小普請に落ちぶれていた。発奮した大沢は、人気のない中奥番を進んで志願し、十年余の精勤の末御徒頭を射止めたのが運のつき始めだ。今ではお目付中にあって勝手掛をも勤め、すっかり貫録がついた。

「ご一同、ご苦労に存ずる。」

と回りに軽く会釈して席につく。

目付は一名監察ともいわれるように、主として役人に非違曲直がないか見届けるために列席する

もので、自ら評席を指揮したりすることはない。しかしこの役柄が幕府の機構中いかに重要かは、それが有力奉行職に昇進するためのほぼ必須の階段であるというだけで十分だろう。石川にしろ、羽太、遠山にしろ、例外なくお目付を経由している。

二番目に、御勘定奉行として一座入りすることになった土方が、黙然として入ってきた。

三番目は、町方から北町奉行の榊原主計頭（かぞえのかみ）忠之の登場だ。ちっぽけで太っているので、豆狸の愛称で呼ばれる江戸の人気者である。在職が十四年もの長きに亙るから、ただのやり手ではないが、そんなそぶりも見せずににこにこと如才ない。南町の筒井伊賀守がまた十二年の長期不倒を誇る奉行とあって、互いに好敵手と評判される間柄だ。

忠之は才気煥発、小姓組の出仕は二十九歳と遅いが、以後御徒頭、お目付、小普請奉行、御勘定奉行と日の当る道ばかり歩いて町奉行に昇りつめた。

最後は脇坂だ。いつもながら悠揚迫らず、背筋をぴんと張って席についた。

鏡廊下はしばらく人影が途絶えた。ややあって老中松平周防守康任（やすとう）は小姓を従え、内座の間から大柄な身体をゆっくり運んで座敷に通った。上座に着座したところで、参集者は一斉に平伏した。

周防守家は松平とは名乗っても、神君の縁戚につながるわけではない。本姓を松井といい、三河の土豪の出で、康重の代に若き日の家康に忠勤を励んだ功で松平姓を賜わり、一手の部将になった。譜代の名門中の名門として、先代の周防守康福また長く老中の席を暖めた。石見浜田で六万四百石を領するところから、浜田侍従の名で知られる。

当周防守は、播州で五千石を知行する分家の旗本に生れ、本家を継いだ人だ。国学を嗜む一方世事にも明るく、その点やはり旗本の身分から養家を継いで老中にのし上った水野出羽守と似通うものがあり、閣老五人中の最新参ながら、ゆくゆくは出羽守に取って代ると噂される切れものである。

一同の礼に、

「まだ暑さの残る折から、いやはや大儀ではあった。そう畏まらずともよい、気楽に、気楽に……」

と砕けた言葉をかけておいてから、さておもむろに態度を改め、

「豪商とはいいながら、一介の町人のために、これほどものものしい陣容を敷くなどとはと、腑に落ちない考えのものも中にはあろうかと存ずる。正直なところ、われらもまた、多少の油断から確たる見込みもなしに、淡路、出雲と勘定方一本に委ねてしまった。がしかし、これが意外にてこずってしまった次第である。」

と、暗に自らの不明を認め、

「しかもこの間に、当初の疑惑は深まりこそすれ、軽くはならない。ここまでくれば、もういい加減にして、匙を投げるなどということはできなくなった。わざわざ一座掛としたのも、是非とも皆の力を結集して、早く解決したいがためである。どうかこの、われらの意をよく体してくれますよう。」

と趣旨を述べ、激励した。

老中のあとを受けて、土方が、

「ご一同に、拙者から概略をお話申す。」

と進みでた。

「ことは一本の旗である。」

と立ち上って、幟旗を胸の辺りで開き、左右に向けて見せた。

「遭遇したオロシャ船にこれを見せて難を逃れた北前船が、松前藩の出先の不審を買ったのが、そもそものきっかけだ。見られる通り、山高というこの印は、公儀とも因縁浅からぬ箱館の高田屋のものだ。北前船はその高田屋の用船であるからして、事情については高田屋に聞けば、詳しいことがわかるはずと、これはだれしもが思う。

ところが、高田屋を呼び出してみると、北前船にはこの旗は渡してない、また旗をめぐる曰くについても全く関知しないというのだ。北前船は北前船で、高田屋が一切否認したと聞かされるや、一も二もなくごもっともと、あっさり申し立てを翻し、死んだ船頭の作り話にすり替えてしまった。雇い主である高田屋へは、どうあっても迷惑がかけられないのだろう。

こう見てくると、怪しいのはやはり高田屋であると思わざるをえない。この一件を取り上げた松前藩は、始めから高田屋に的を絞っている。

では、高田屋が、頑強に知らぬと言い張る裏には何があるのか。これについては霊岸島周辺で、高田屋の先代が、オロシャから帰国後も密航を重ねたという聞き込みがある。ゆくとすれば、手ぶらではあるまい。考えられるのは私交易であるからして、この一座も、抜け荷の摘発を主眼に置くべしと存ずる。」

土方はそう締めくくった。

弥吉は参集者の表情を見やった。大方のものが、今の発言の最後を聞いて、一座設置のねらいどころはずばりこれだというようにうなずいている。

張り詰めた空気の中で、脇坂は一同を代表し、

「御用の趣、謹んでお請け仕る。」

と松平老中に誓う。

三奉行とお目付の大沢は、それから老中に支配下の主だったものをお目見えさせた。松平はだれかれとなく会釈を与えるだけだが、弥吉にばかりは、

「陰陽師一件は、見事であった。このたびも、よしなに頼み入る。」

とねぎらいをこめた言葉を与えた。

老中が退席し、一座は改めて顔合せを行った。

のっけから榊原は、

「あいや、川路。」

と呼びかけた。

「貴公がでるからには、もうだれも、競ってまで功名争いしようとは思わぬでな。ひとつ、存分に腕を振ってくれ。」

「これはしたり、さようなご冗談は……」

「いやいや、そうでない。日頃なら意地になって張り合いもするわが町方だが、この一座では、もっぱら雑用役に徹するのみよ。」

と、うす気味が悪いくらい低姿勢だ。

この顔合せで金三郎と銕四郎は、引き続き勘定方の留役として出役することになった。榊原がおとなしく雑用役を申し出たせいもあり、松前藩との間は榊原のところを窓口に立てることにきまった。よって、土方から松前藩へ、金兵衛は以後北町奉行所扱いになると通知した。

八月六日は、三奉行が全員集合する定例の内寄合の日でもある。脇坂、榊原、土方の三人と大沢

は、内座の間での集まりを終えたその足で、大広間の一座の打合せに臨んだ。

前回以降吟味書類の写しが行き渡り、解釈をめぐって活発なやりとりが行われた揚句、金兵衛と栄徳丸の船方について、後暗いことがあるにも拘らず、ひたすら隠匿し続けることに間違いないと断定、以後は科人(とがにん)の扱いをすることにきまった。また異国往来や私交易の疑いは松前筋から示唆された感が強いので、藩の役人を呼んでじかに、その辺の様子を問いただそうということになった。

この日の打合せで、北町奉行所は松前藩に対し、八日の五ツ時、金兵衛ならびにこの件を取扱う家来一人を評定所に出頭させるよう申し入れた。

すると翌七日、留守居役の遠藤があたふた常盤橋の番所にやってきて、

「お申し越しのうち、金兵衛については確かに承ったが、家来の方は当初からこれに関わるものどもがすべて在所にあり、江戸には詰め合わさぬので、出頭させられない。」

と断りをいう。応対にでた用人が、

「はて、これは心得ぬ。元来今回のことは、そちらから上訴してでられたもの。掛が江戸屋敷に詰めていないで何とする。」

と反駁した。

「いや、それはまことにごもっともながら、現にいないのだから仕方がない。ひとつご勘弁を願いたい。」

といって、あとへ引かない。

用人は奥に入って、これを告げると、

「どういうことだ?」

榊原も首をひねった。

「折角このように、一座掛になるところまできたんだ。疑惑を抉りだす絶好の機会であり、二つ返事で人を差しだしてこそ、当然というものではないか。」

二人で相談の上、

「その申し入れには、何とも挨拶に及び難い。」

とのみ返答した。遠藤は不承不承といった顔付きで、引き下った。

八日に一座は全員、評定所に集合した。

松前藩からは、田崎与兵衛という新顔の留守居役が、駕籠二挺を率いてやってきた。榊原の用人に向い、

「仰せの通り、両名のもの、連れて参ってござる。」

と形通り口上を述べたものの、表情は何となく面はゆそうだ。

先頭の駕籠から立ちいでた家来というのを見た用人は、思わずわが目を疑った。

「これはまた、何と!」

「拙者でござる。よろしくお願い申す。」

と、お馴染みの遠藤の顔がそこにある。

「この一件取り扱いのご家来が、お手前とは……」

いささか悪ふざけではと、きっとなるところへ、

「どうしてもお入り用とのことゆえ、かくと相成った次第。お察しくだされ。」

と頭を下げた。

一室に案内させた遠藤に、金三郎と銕四郎がでていって対面した。二人がこもごも質問するのは、松前領の様子や、どこでどんな風聞が行われているかといったことだ。遠藤はその都度、

「アー」

とか、

「ウー」

とか苦し紛れのため息を連発するばかり、とうとう、

「拙者は、生れてこの方御府内で育ち、あちらのことは、とんと知り申さず……」

といって降参した。

両名が広間に戻ってこれを伝えると、異口同音に、

「ふざけた話だ。」

という声がでた。

脇坂は奉行と頭株の役人を集めて評定を開き、重ねて家来の出頭にこだわることは取りやめ、その代り一座の名前で藩庁あてに達し書を送ることにした。命によって弥吉は金三郎らや町方の掛と協議し、左の文言を作らせた。


大坂安堂寺町五丁目平兵衛船沖船頭重蔵その外のものども異国船に出逢い候一件、他領引合これあるゆえをもって吟味願い致す儀には候えども、右船雇主箱館大町家持金兵衛の兄嘉兵衛異国へ捕われ、同人は至って剛気のものにて臆する儀等これなく、異国人と交り候ゆえ、かの国のものどもことの外尊敬致し候由、然る上は嘉兵衛儀その後も交通いたし候儀もこれあるべく、

甚だ疑わしく相聞け候間、（在所において）いかがの取沙汰等致し候か、またはかねて聞込み候儀等これあるか、もっとも右（嘉兵衛）は御用地中御用取扱い候ものの儀につき、申立に斟酌これあるべきやも計り難く候えども、それらの遠慮なく、いささかにても心障りの次第もこれあり候わば、たとえ取留めざる儀にても苦しからず候条、委細かどかど書面をもって申聞けべく候事。

よってたかって作った文章だから、どうしてもなまぬるい言い方になるのは、弥吉らとしても仕方がないのだ。

脇坂はもの足りないという顔付きで、

「これはこれで、やむをえないが、もう一本べつに、もっと強い口調のものが欲しい。どうだ、川路、そなたの名前で、一筆書いてみるか。」

といった。

「畏まりました。」

と弥吉は、屏風の内に入って左のような一書を認めた。

大坂安堂寺町五丁目平兵衛船沖船頭重蔵その外のものども異国船に出逢い候一件につき、委細御達し書をもって評定所一座にて相違し候次第の儀、かねて風聞承り及ばれ候を押包まれ候儀はもちろんこれあるまじく候えども、万一些細あるいは顕露致しかね候等の儀をもって表向き押立て、評定所へ答書差出しかね候ほどの儀もこれあり候わば、嘉兵衛儀異国へ交通の儀は申すに及ばず、たとえ推量までの儀にてもよろしく候間、遠慮なくつぶさに自分方へ別段申聞けらるべく候。もし何の仔細もこれなく一通りの答書差出し、追て相聞け候ようの儀これあるにおいてはもっての外のことゆえ、この段わけて相諭し候間、その心得をもって取計うべく候事。

知っていることはたとえあてずっぽうでもよいから、どしどし申しでよ、公けだと具合が悪いというのなら、内々自分だけに聞かせてくれればよい、しかしこうまでいったからには、もしうわべだけの答書をよこして、あとでいろいろ発覚しようものなら、その時は面倒なことになるぞと、藩に注意を促したものである。

こう認める間も、弥吉の心中をひそかに去来するものがあった。

(林蔵先生が、いてくれたらなあ。風聞の探索に蝦夷地を駆け巡ることぐらい、朝飯前なんだが……)

その間宮林蔵は、御勘定奉行明楽飛驒守の特命を受けて、西国辺の諸国へ隠密の旅にでている。一旦出発したが最後、今どこにいるのやら、上司である明楽さえわからない。ダッタン渡航で名声を馳せた男の、これがどうにも癒らぬわがままな癖だ。文句をいうと、では私は武士を返上しますとくるので、奉行諸公もみんな半分あきらめた形で、好きなようにさせておく。もっとも、

(蝦夷地では、だれ知らぬものもない有名人だ。かえって身に危険が降りかからないともいえない。)

と気がついて、苦笑した。

田崎と遠藤は長いこと待たされて心細い思いをした揚句、一座の奉行連署状と寺社奉行吟味物調役川路弥吉名の書状計二通を渡される羽目になり、ほうほうの体で退出した。田崎に対してはさらに、高田屋の嘉市も差出すようにという一座の命令が発せられた。

これが済むと、奉行衆は立って隣の間に移動した。

聴訟席という名の、南北に短く東西に長い広間である。南面して幅の広い板縁があり、その先は階段を経て下の白洲に通じる。奉行所で評席といわれるのが、評定所ではこの聴訟席に相当する。白洲に面する側は、横一列にゆったりと十人以上座れる広さで、そこに三奉行と目付の大沢を中心に、弥吉ら留役三人、石川長次郎が並んだ。板縁には徒目付と町与力が二人づつ、左右に分れて控える。奉行衆の背後は、家臣や用人、出役などがずらり居並んだ。

弥吉は大沢の隣で下の白洲に目をやるところへ、廷吏に腰縄尻をとられた金兵衛が引き出されてきた。

弥吉は名状し難い気持で、ひたと目をその面に据えた。いつの頃からか、嘉兵衛の容貌については、憧れをこめて広い額、鋭い眼光、盛り上った顴骨、角張った顎から成る理知的な男の顔を心中思い描いたものである。今白洲にみる金兵衛は、それとは甚だしく違わなかった。背丈、恰幅は、むしろこちらの方が、当世風に整っていよう。しかし弥吉がひそかに生き写しを期待した行動する知者といった面影は、この男の上には求められない気がした。

「箱館家持金兵衛。面をあげよ。」

と脇坂は声をかけて、顔を上げさせ、

「これまでの奉行調べで、いたずらに手間ばかり煩わせた段、まことにもって不埒である。その揚句、これこの通り、とうとう評定所一座掛になることと、あいなった。もはや逃れられるとは思うなよ。」

と浴びせた。金兵衛はさすがに紅潮して、唇を嚙みしめる。

「そこで改めてその方に聞くが、栄徳丸がもっていた山高印の小幟、どうだ、そちの店のものに相違あるまい？」

「恐れ入ながら、そうではございません。」

と答える。

「まだ言い張るか。しからばやむをえぬ。その方、あえて偽りを申すに相違なしと見立て、本日より、科人として入牢を申し付ける。」

潜りから縄をもった廷吏が現れ、足早に近寄ると金兵衛の体を高手小手に縛りあげ、ひっぱっていった。

白洲には、代って栄徳丸の十二人が引き出される。脇坂はとくに重蔵と寿蔵の名を呼んで、

「申し立てを、改める気はないか。」

と尋ね、

「何もかも、正直に申し上げました。」

というのを退け、

「一座を、何と心得る。その方ら二人、別してじゃ。」

と彼ら二人には入牢を命じ、ほか十人は手鎖を課した上で、江戸宿預けとした。

評定所一座が立ったことによって、高田屋に対する処置はぐんと厳しくなった。嘉市の呼び出しはほんの一つに過ぎない。

九月四日は、高田屋にとって暗黒の一日だった。

朝のうち松兵衛は、代官所から火急の呼び出しを受けた。

何事かと動揺してあたふたと出頭すると、松前からやってきたという使者がいて、

「今般、あるじ金兵衛、公儀より入牢仰せつけられたについては……」

といかめしい口調で、稼業の停止、自家船用船を問わず船の差押さえ、蔵々の封印、宅番の張付け、主だったものの禁足を申し渡した。

松兵衛はもう呆然と夢心地で、足が地に着かない。ふらふらとどこをどう歩いたかわからずに大町に辿り着いてみれば、はや一群の手先が繰り出してきている。

一手は、市中にいろは四十八戸前ある蔵をいちいち改めて回った。二十一戸は空だったので手をつけず、二十七戸について封印を施した。これ以後はたとえ私物や日用品であろうと、蔵からの出し入れは立会いなしにはできなくなった。

浜手に回った一手は、昨日着いたばかりの浮悦丸を差押さえて船楫を取り外した。乗組十七人のうち、船頭徳右衛門、表役佐助、知工由松、親父役宇吉の船方四役は宿預けに付された。湊にはさらに九人乗りの自家船大福丸八百五十石余積が入津してきて、取り押さえられた。

これ以外の船については、番頭松兵衛が命じられて書き出しを行った。航海中ということで届けられたのは、次の通りだ。

エトロフ向けが大神丸六百二十一石余積、順栄丸八百五十二石余積、順通丸九百十七石余積、蛭子丸八百六十五石余積でいずれも自家船。

ネモロ向けは広運丸千二百八十五石積、重孝丸九百九十一石余積、広吉丸八百八十八石余積が自家船、重徳丸八百三十八石余積は用船。

ホロイツミ向けは大黒丸二百四十三石余積、大栄丸三百八十二石余積が自家船、竜徳丸四百二十

六石余積、幸久丸三百七十五石余積、浪安丸二百五十四石余積は用船。

これらはゆく先々で差し押さえるよう、藩から出先の勤番に命令がでた。

金兵衛の入牢と稼業の差留めがおいおい分かるにつれ、箱館の町民は色を失った。ほとんどただ一軒で町の暮しを支えてきてくれたといって過言でない高田屋に、もしものことがあったらおれたちはどうなるのだ。

これとそっくりなことを、町は十二年前にも経験したことがある。松前家の復領に伴って公儀勢が箱館から引揚げた時だ。金になる仕事はごっそり松前にもってゆかれ、町は火が消える寸前だった。

この時断固として箱館に踏みとどまってくれたのが、ほかならぬ高田屋である。去り行く公儀のはなむけのてこ入れを受け、財力を保持することのできたこの大店は、世話になったこの町を見捨てることはしなかった。以来この土地は公営の時ほどではないにせよ、松前に劣らぬ繁栄を続けることができたのだ。

そのいわば町の恩人ともいうべき店が、こともあろうにかつての庇護者である公儀の疑いを受ける羽目に陥ったのである。復権した領主がすかさずそれにつけこんだ。御用地の昔を知るものにとっては、およそ考えられない有為転変ぶりだ。

上申始末書

加集がきて、

「殿が、お帰りです。」

と知らせた。

「そうかね。ではお目通りを願います。」

といって、あとに続く。

書院の間では脇坂は、下城してきたばかりとあって、肩衣をつけたままである。

「評席、ご苦労でした。して、どうだったかな。」

と訊く。弥吉はこの日の朝、評定所で金三郎と銕四郎、書役の長次郎を従え、初めて評席の場で金兵衛と相まみえたので、その報告にきたのだった。

「はあ、あれこれ問いをかけてみたのですが、なかなかしぶとく、誘いには一向乗ってきません。あの口をこじあけるのは、まず難儀というものでございましょう。」

「やはり、みんなが手を焼いたような形に、なってきたか。どうかな、そなたの見込みは?」

「あの男、深く心に秘めたものがあると、見ました。あれは、黒でございまする。」

「どうしても口にはだせぬ内密ごとが、あるというのだな。やっぱり、私交易か。」

弥吉の頭を、金兵衛はそんなことをやる男ではないといった林蔵の言葉がよぎる。

「これは難しゅうございます、何とも申しあげられませぬ。」

脇坂は話頭を転じ、

「こういう書物が、あるんだがね。」

と、傍らの文庫から帙に納めた本を取り出した。

「御用地時代を知るそなたなら、きっと耳にしたことがあろう。」

といって手渡してくれる。『遭厄日本紀事』と題がついている。

筆者はオロシャの船将ゴロウインで、日本から帰国した後に回想記を執筆したのが、西洋で随分評判を博したらしい。ドイツ語からオランダ語へ重訳されて、長崎へ持ち込まれ、官命により杉田立卿と青地林宗が邦訳した。

「これはこれは、日頃、ぜひ一度は読みたいものと、念願しておりました。有り難う存じます。」

目を輝かせて押しいただいた。

「礼をいうのなら、祭酒にいうのだな。白状すると、それは彼から借りだしたものよ。今度の一座掛りの話をしたら、ぜひいっぺん川路に見せてやってはといわれての。」

祭酒とは大学頭の唐名で、林述斎衡のことを指す。弥吉との間には、諱の聖諱をめぐって特別の因縁がある。

もともと弥吉には、元服の式で母方の祖父高橋古太夫がつけてくれた立派な諱があった。ところが友野雄助先生の塾に入っておかしなことになった。

この塾では、成績が進むと漢詩を作らされる。弥吉が自分の詩を添削してもらいに差し出すと、先生は署名の歳福をじろり眺め、

「漫才屋みたいだ。」

ばっさり切って捨てた。

歳福は、父の一字を貰った大切なものだけに、弥吉は子供心に恨めしくてべそをかいた。だが、詩人である先生の感覚には合わない。弥吉がしょげるのを見て、

「落胆するな。今に、いいのをつけてやる。」

と肩をたたいた。

ある日、師弟は書経の伊訓篇を読み進み、

　　嗚呼、嗣王。祗厥身、念哉。聖謨
　洋洋、嘉言孔彰。

の一節に差しかかると、

「これだ、あった!」

と先生は、わがことのように興奮した。

「聖謨(せいぼ)洋洋(ようよう)……つまり、聖王の謀るところは、洋々として大海のごとしということだ。セイボとしなさい。」

といわれても、弥吉には正直なところ、へんてこで馴染めなかった。

それでも仕方なしに詩稿に用いるうちに、だんだんと味わいを覚え、さすがは先生だ、いい名前をつけて頂いたと思う頃には、公然と役所の文書にさえ記すようになった。

寺社の調役に昇進して営中にも出入りしだしたある時、詰所で林大学頭と同席したことがある。当大学頭は美濃岩村三万石松平能登守家から養子に入った人で、毛並みの良さから幕府の学問所を預かるには申し分なく、英敏で政治力にも長けている。レザノットが長崎にきて通交を要求した時、学者や知識人を率いて強硬意見を具申したのはこの人だ。

そこへ、お目付某がやってきて、弥吉に向い、

「奥の御用である。そこもとの名前、どう読むのかというお尋ねだ。」

と、紙切れを差し出した。

実に迂闊(うかつ)なことだが、聖謨をセイボと音で読むよう友野先生に教えられて以来、訓読みのことはまるで考えなかった。そこを突かれたものだから、さすがの弥吉も少々うろたえた。

待てよ、聖にはたしか敏の意味があったな、してみるとトシ、また謨は謀りごとで、思いを明らかにすると考えればアキラとも読めようか、トシアキラと仮名を振って、

「いかがなもので、ございましょう。」

と大学頭に見せたところ、微苦笑して、

「よかるべし、よかるべし。」

と二度うなずいた。それからというものは、

「林家(りんけ)公認の、読み方でござれば……」

と一言注を入れるだけで、人が大いに感心してくれる。そういう間柄である。

「果してこれが、何らかの手掛りになるかどうかは、祭酒にもわれらにもわからぬ。ただ彼がいうには、本文はどうでもいい、付録の二巻は、読んでみる価値があるのではないかというのだ。」

弥吉は有り難く押頂き、大切に風呂敷に包んだ。

退出してお役部屋に戻ると、金三郎と銕四郎がきている。さきほど金兵衛の吟味で一緒だったが、この後の仕事の進め方について打合わせるためである。

この間までは勘定方の職権の枠の中でしか動けなかった二人だが、一座が設置されたので大張り切りだ。

早い話が、高田屋の江戸店の手入れ一つがいい例である。江戸市中は町方の支配だから、勘定方の一存でどうのこうのすることは許されなかった。

それが一座掛となった今は、北町奉行所が動いてくれて店の番頭彦助を呼び出し、奉公人や帳面の調べ、荷物の改めに着手した。霊岸島と品川海岸では、東回りで入る船の改めを注意するようお触れがでた。

高田屋の発祥地である兵庫の店、あるいは大坂の店となると、これは大坂城代の支配下である。大坂城代は寺社奉行より格は上だが、評定所一座は老中直属だから、いくらでも申し入れがきく。大坂の助右衛門橋東詰西笹町にある店については、城代を通じ西町奉行所に番頭治兵衛以下の取調べ令がでた。兵庫店の方は、土地の代官所に命令がいった。

「これで足りなければ、肥前長崎、泉州堺、筑前博多、越前三国、どこへなりとも回状がだせますよ。」

と金三郎は、鼻息が荒い。

「ただね、もし御禁制の抜け荷だとすると、船番所へ差出す送り状などいくら洗ってみても、見破られるようなへまは敵はやるまいし……」

と、まだしも銕四郎は分別くさいところがある。

「それはそうだ。何にしても、かなり根気のいる仕事ではありますな。」

と、金三郎もそれは認めざるをえない。

この二人と一緒に、弥吉も評席で栄徳丸の十二人の吟味を行った。このものたちは金兵衛さえ口を開けば、たちどころに白状するに違いないと弥吉は睨んだ。

九月十三日に、松前藩の田崎は北町奉行所に出向いてお伺いを立てた。

金兵衛の入牢によって、各場所の産物を積んで帰る高田屋の船はすべて差押えることになるが、ではそのあと将軍家に献上の品々や、運上金のかたになる荷捌き分は、どのように運んだらよいかお指図を願いたいというのである。

榊原の答えは、運送には自家船ではなく用船をあてること、そのさい山高印の幟は決してもたせてはならないというものだ。

このあと用人は、

「ところで、先般当方より達した松前辺風聞の儀について、在所からはまだ何かいってきませんかな。」

と催促すると、田崎は恐れ入って、

「いや、それがですな、国元へ申付けはしたのですが、いまだに何もいってきませんで……」

と口ごもった。

この田崎の伺いは、弥吉らの耳にも入り、

「松前藩は、なかなかのものだ。公儀の品物の運送にかこつけて、運上金がらみの荷物は全部がっぽり頂こうという寸法じゃないか。まるで商人はだしだなあ。」

という嘆声が上った。

十日ほど経って、藩士に護送された嘉市が着府した。

奉行吟味には、脇坂について弥吉もでた。二十そこそこの嘉市は、病み上がりということだったが、その割りに血色は悪くなかった。しかしこのところの気苦労や、段上に並ぶ厳めしい役人衆の威儀に圧倒され、おどおどして見えるのは致し方がない。

脇坂は嘉市が松前の取調べで、山高印の旗は自家船用船を問わず、どんな船にも渡したことがなく、栄徳丸がなぜ所持していたのかわからないと述べたことを取上げ、それは養父金兵衛に言い含められたままを申し立てたに過ぎまいと追及した。嘉市は蒼白になりながら、義父はその当時病床にあってあまりものをいわず、もっぱら自分が見聞きしたことを申し上げたまでですと陳弁した。

しかし脇坂が、

「養子にきてまだ五年にしかならぬ若者が、過去に溯ってまで、物事を請け合えるはずがない。」

とくらわせると、涙ぐんでべそをかいた。

養父金兵衛同様、嘉市も知らぬ存ぜぬという松前での主張を、あくまでも繰り返す。しかるに一座は、栄徳丸が高田屋から旗を受け取ったのは議論の余地がないものと断定し、その先の謎解きに踏み込んでいる段階だ。嘉市は相変わらずしらばくれる科により、入牢に付せられた。

九月二十七日、松前藩の遠藤は北町奉行所を訪れ、さる四日以降高田屋の稼業を停止させ、船を差押さえて蔵を封印したと正式に届けでた。

「つきましては……」

と遠藤はいう。

「稼業は停止しても、三場所の夷人の世話介抱の方は、ゆるがせにできませぬ。従いまして、これらは一件落着まで志摩守の直接支配とし、下差配としてホロイツミは松前用達の岩田金蔵、ネモロも同じく松前用達の藤野喜兵衛、エトロフは箱館用達の林七郎兵衛ならびに浜田屋兵四郎の両名に申し付けましたので、さようご承知置き願います。」

と涼しい顔でいった。

いうまでもなくこの三場所、わけてもネモロとエトロフは、功労の報いに請負の権利をえた高田屋が、苦心惨憺して経営に漕ぎつけたもので、だからこそ十年前の復領に当り、最後の奉行高橋越前守が、くれぐれも他人の手に渡らないように尽力もしてくれたのだ。

それを松前藩は、あたかも善良な地頭のなすべき当然の責務のように装い、直接支配の名目のもとに、あっさりと我が手に取り戻してしまった。下手に前もって下伺いしようものなら、ひょっとして過去のいきさつがひっくり返されて面倒になる恐れがある。それだから表向きはおくびにもださずにおいて、まず既成事実を作ったというわけだ。一件落着までというのは、体のいい遁辞に過ぎないといってよい。

榊原はむろん、奉行の内寄合にこのことを知らせて意見を徴したが、一座は法を正すのが仕事であって、支配の当不当を論じる場ではない。そこで松前藩の処置に対しては、ただ、聞き置くというしかなかった。高田屋を支えようとした高橋の配慮も、ここに至って水泡に帰した。こうしたことを伝え聞いた弥吉ら吟味方は、

「公儀の荷物の運送にかこつけた運上金のただ取りといい、夷人の介抱という文句のつけようのな

い口実によった場所の権利の取上げといい、重ね重ねの商売上手だ。」

と、舌を巻いた。

弥吉はたびたび評席に立つようせっつかれるが、

「あんたたちの方が、慣れているから……」

と金三郎らに譲っておいて、嘗めるように吟味書類を読んでは考えにふけっている。

合間には、脇坂が林家から借りてくれた『遭厄日本紀事』をぽつりぽつり読んだ。

思いがけないというか、著者のゴロウインは、冒頭、実にあけすけに日本に渡航した真の目的を披露していた。それはやはり勅命によるもので、わが千島列島の島々をもっとも正確に測量せよという命令だった。この任務を洩らしたことで、同僚モウルが自責の念に駆られ、ついには命を断つ直接の原因になったことを、著者は果してどの程度意識していただろう。

それはそれとして読んでゆくにつれ、弥吉は日本人なら大概にして切り上げるような些細なことでも、著者が熱心に観察を続けて倦むことのない態度に打たれた。

「予、これにおいてヨーロッパ人を知る。ことにおいて精細、東洋人の及ぶところに非ざるなり。」

というのが、後年の弥吉の述懐である。

奈佐瀬左衛門のはかりごとにひっかかって捕われ、抑留の憂き目に遭ったゴロウインだったが、しかしその日本人を見る目は曇りがなく公正であった。東西の風習の差からくるこっけいな違いについては揶揄したりこきおろしたりするけれども、そういうものを超越した人間共通の面では、西洋と隔絶したこの島国の民の聡明な資質を称賛してやまなかった。

こんなことをゴロウインは書いている。

日本人はキリスト教徒を迫害したというが、それはイエズス会とかフランシスコ会といった修道士の渡来の動機がただの物質的欲望であり、信仰は目的を達成するための道具に過ぎないことを日本人が見破ったためだ。こうして領土の征服に失敗して日本を追いだされた宣教師は、自己の弁明のためと欺き損ねた民に対する憎悪から、ありとあらゆる罵詈讒謗をでっちあげた。そうしたでたらめなつくりごとが西洋人の間では真実と誤られ、「日本人的狡猾」といういいかたは諺にまでなってしまったというのである。

ゴロウインの手記はなかなか面白かったが、さて今の自分の役儀の上の手掛りになるものというと、残念ながらない。

この『遭厄日本紀事』はゴロウインの筆になる部分が十二巻、それに付録としてイリコルツの手記二巻がつく。嘉兵衛と交渉があったイリコルツが、何を書いているかは興味しんしんたるものがある。弥吉の目は光った。

はじめゴロウインの奪還にやってきて果さなかったイリコルツは、通りすがりの和船を押えて嘉兵衛を人質にするが、その風采と態度からすぐにただものでないことを直感する。カムサスカに連行して冬を過ごす間も、自分の居室を半分分かち与えたくらいに一目を置いた。嘉兵衛が覚えたてのたどたどしいオロシャ語で、ゴロウインを引き取りたかったら、ホウシトフ一味のやった悪行についてまず謝罪すべきだと、洋の東西を問わず当然の理を説くのを聞いて率直になるほどと思う。

二度目の救出行でクナジリ沖に着いたイリコルツは、従者の金蔵と平蔵をまず上陸させることにして、こんな指示を与える。

「われわれの仲間が無事でいるかどうか、陣屋で聞いてくるんだ。返事をもって帰ればそれでよし、もしそうでない場合、お前らの主人は気の毒だが、オオツカに連れて帰らなければならなくなる。」

傍らにいた嘉兵衛は、これを聞いて、

「お前さんは、このわたしを、二度と連れて帰れるものか。」

とせせら笑った。

イリコルツはこの科白を聞きとがめ、二人を送りだしたあと、どういう意味かと質したところ、嘉兵衛は、

「日本でわたしぐらいの身分のものは、異国へ無理やり連れ去られるような不名誉に耐えられない。カムサスカへお前さんと一緒にいったのは、このわたしが望んだからだ。身柄こそお前さんたちの手中にあったとはいえ、心はいささかもへこたれはしなかったよ。」

と豪語し、

「さあ、今こそ、わが身の自由を奪ったお前さんに対するお返しだ。尋常に勝負しようではないか。」

と刀を抜きにかかったというのだ。

嘉兵衛が本気なのを見たオロシャ人は唖然とし、みんなで懇願して気分を変えてもらったという。

ここでイリコルツは、ヨーロッパ人にとって何という衝撃的な名誉観であろうかと、心の底から感嘆の声をあげる。弥吉も感動で胸が熱くなった。

「うーむ、さすがだ、従者二人を帰して、身軽になった上は、もはや心置きなく、我が身を拉致した相手と真っ向から戦う……われわれ武家でさえきまりわるくなるくらい、あっぱれな心根ではある。」

と、改めて敬愛の念を深くした。

だが、それはそれとして、イリコルツの分を読み通してみても、直接吟味の手掛かりになるような材料は見いだせない。

十月八日、松前藩は月番老中にあて、大坂山本町小西常七所有の徳力丸千三百石積にかかる届けをだした。

徳力丸は前年十月十四日箱館を出航、十一月七日ネモロ沖で見かけられたのを最後に行方知れずとなったが、さる六月十一日八カ月ぶりで生還した運のいい船だ。

仮船頭正吉の話だと、ネモロの翌日アッケシ沖で時化に巻込まれ、西の風にどんどん押し流された。その後も次々と暴風雨に襲われて帆柱はもがれ楫は折れ、精根尽き果ててひたすら海上を漂うばかりだったという。米を百俵積んでいたのと、雨水をしっかり蓄えたお陰で、飢渇に苦しむことなく、月日の流れるうちに不思議にも、元のアッケシに舞い戻ることができた。

漂流中に水主七太郎、蝦夷地に辿りついてから親父役の林蔵が果て、正吉以下十六人、船を補修しつつ、九月になってようやく箱館の土を踏み、同十四日主立った三人が松前に呼ばれて取り調べを受けた。

海難という気の毒な目に遭っただけのことなのに、なぜわざわざ藩庁に呼びだされたかといえば、それはこれが、前年初めて高田屋に雇われ、場所の出産物の鮭を積取るためにネモロへでかけた船だったからだ。

高田屋から山高印の旗をもらってはいないか。調べでしつこく追及された正吉は、受け取ったことはないと申し立てた。また実際船の中を探してみても、そうしたものは現れなかった。それならば無罪放免となってよさそうなものだが、高田屋に重大な嫌疑がかかっている折であり、かつ漂流中異域に紛れ込んだ疑いなしとしないため、江戸への届けとなったものである。

ところがこれを届けてわずか二日後の十月十日、遠藤はまたもやこのこ月番老中の屋敷に出頭した。九月二十八日に国元から差し立てられた高田屋の自家船順通丸というものに関する届け出である。

四月二十日というから、もう半年前の話だ。

沖船頭吉兵衛四十九歳、親父役喜助、表役吉蔵、知工庄吉ほか水主九人の乗った順通丸が、エトロフ向けの荷を積んでホロイツミの沖を走っていて、濃い霧をついて現れた異国船に捕まり、大男七人が艀で漕ぎ寄せ六人が乗り移った。一人が残った艀には、長い柄の先にでかい包丁のようなもののついた道具が三本転がっていた。男らは手真似で秋田白米二斗八升入り二俵、酒二斗入り二樽、煙草百匁玉二袋をせびりとった。そうして帰りがけに、代金の積もりか、食事用具のハアカ（ナイフのこと）を二本、櫓の上へ放り投げてよこした。

船が再び走り出したところで、吉兵衛はみんなを呼び集め、このことをエトロフの番所で届けると根ほり葉ほりのお調べになり、年に二回しかできない航海がただの一回で終りかねない、どうだ、ここだけの話にしないかと持ちかけ、栄徳丸のことで尻込みする一同を、この霧の中であったことは陸から見えやしないからと説得して秘密を誓わせた。船にはエトロフへ出稼ぎにゆく庄次郎、治助、吉五郎が乗客としていたが、吉兵衛はこの三人も脅して口止めをした。

どこの番所も頰被りして押し通した順通丸が、一番方航海を終えて六月十三日に箱館に帰り着いてから数日後、吉兵衛はこっそり店の奥に忍び入り、打ち続く心労で病人同然の嘉市の枕元でホロイツミ沖の出来事をばらしてしまう。そしてこれをゆすりの種に、驚倒する嘉市に二番方航海の保証を迫る。お上には内緒と開き直る吉兵衛を、嘉市はどうすることもできない。

このやりとりを、大坂から嘉市の看病にきている実の兄の嘉蔵が立ち聞きして、大番頭の松兵衛に告げた。瞠目する松兵衛と一緒になって煩悶するが、これまた吉兵衛をとっちめることはできずじまい。

この間にエトロフでは、出稼ぎ人の一人の庄次郎が健康を害し、年期奉公を解約して、九月三日に箱館に帰った。留守中栄徳丸の一件が評定所一座掛となり、嘉市も召喚と聞いておおいに驚き、口止め謀議に荷担した己れを省みていまさら空恐ろしくなる。ついに堪らなくなり、二十日に高田屋へでかけて松兵衛と嘉蔵に打ち明け、両人もまた今はこれまでと、翌日揃って代官所に自首してでた。吉兵衛本人らは思惑通り二番方航海にでかけていてまだ帰港しないので、藩はとりあえず三人の口書をもとにまず届けをしたという次第。現に栄徳丸のことで油を搾られている高田屋が、順通丸でも藩通達に違背したことはこれだけで明白だ。

だがこれが一座にかけられると、声にならないどよめきが起こった。

それもそのはず、異国船には絶対捕まらぬとされた高田屋船が、実にあっけなく捕まってしまったからである。庄次郎は口書の中で、山高印の旗を見たことも、立てたようなそぶりもなかったといっている。徳力丸の場合は、旗そのものを所有していない。これらは、一座が私交易の疑いを立てるに当っての根拠とされただけに、それがあやふやとなれば、こちらの見込みそのものがぐらついてしまう。

土方はうーんと唸ったきり瞑目した。金三郎、銕四郎は、放心してあらぬ方を眺める。

「そなたは、どう思う?」

と脇坂に聞かれた弥吉は、

「意外といえば意外です。しかし、いかがなものでしょう、それはそれ、これはこれと、別扱いにしませんでは……」

と答えた。そうでないと、一座そのものが方向を見失いかねない。

「川路のいう通りだ。こちらの方は、まだ、どうこういえるような材料すら、ろくに見つかっていないのだから。」

と榊原が同意した。

評議の末、この一座ではあくまで栄徳丸の解明を先にし、順通丸と徳力丸は切り離すということに決した。

帰りがけに弥吉は、元気をなくした金三郎の肩を叩き、

「われわれの仕事は、金兵衛父子と船方一同の口を割らせることさ。かれらがあれだけ口が堅いのは、裏によほどのことがあるからに違いない。それを割らせるには、どうにかしてかれらを恐れ入らせる証拠をつきつける以外に方法がないように思うが……とにかく頑張ろうや。」

と励ました。

歩きながら、読んだばかりの『遭厄日本紀事』のことを思い浮べる。イリコルツは嘉兵衛をああいうふうに見たが、嘉兵衛の目にイリコルツはどう写っただろうか。

(金さんは、奉行所時代の古記録も読んだといっているが、自分はまだだ。一度見ておく必要がある。)

牛込御門にさしかかる手前で、三吉に、

「その足で、ひとっ走り、早稲田へいってくれ。明朝、出仕する前に、ちょっと寄るようにとな。」

と、使いにだした。

翌る日、酒井道場の朝稽古を早めに切り上げて帰ると、井上新右衛門はちゃんときていて、鍬五郎の遊びの相手をしている。

「松吉、ちょっと頼みたいことがあるんだが……」

「何でしょう、兄上。」

「うん、竹橋の御書物蔵は、知ってるね。」

「勿論ですとも。仕事が仕事ですから、よくゆきます。」

「ちょっと、あそこで御用地時代の文書を探してほしい。かれこれ二十年以前のことだが、高田屋の先代嘉兵衛本人の帰国談が、何か残ってやしないかと思うんだ。とくにあちらにいた間のことを記したものが欲しいんだがね。」

「わかりました。調べてみましょう。」

二つ返事で引き受けてくれる。

「お前も、これから役所だね。では一緒にでよう。」

といって、兄弟二人揃ってでる。

道々、

「兄上、通鑑は、ずっとお読みで?」

と新右衛門が聞く。

「うん、やはりお役人たるものの、必須の書だと思うのでね。」

と答える。『資治通鑑（しじつがん）』は宋の司馬温公が、天子の政治の心得に資するものとして編んだ歴史の書だ。

天子でなくても士大夫の心得にもなると、わが国では広く愛されて親しまれている。

「仲間に、物徂徠（ぶっそらい）の崇拝者がいて、面白いから、ぜひ読めと勧めるんですが……」

「それはお前、何といったって荻生徂徠（おぎゅうそらい）といえば、日本が生んだ大学者だし、豪傑でもあるさ。しかし、今、お前が、先生のものを読むのはどんなものだろう。」

「と、いいますと……」

「徂徠学というのは、譬えていえば、こってり味付けをしたお膳料理のようなものさ。おいしいことはおいしいが、毎日食べるご飯じゃない。ご飯は、やっぱり大学、中庸、論語、孟子だよ。それに小学、近思録。

まずご飯を、よく噛んで噛みしめることだ。それが十分心の糧になってからなら、徂徠先生を読んでも、ご飯と取り違えることはないさ。」

「やはり、朱子学ですね。」

「神君がお用いになって、わが国に広まった学問だ。極めれば極めるほど、奥行きは深い。迷わず取り組むのに、何の不足もあるまいよ。」

「わかりました。わたしも迷わずに、小学、近思録でゆきます。」

「それがいい、このおれだって、通鑑を終えたら、また小学に戻る積りだ。」

話しながら歩くうちに、神田橋にでた。道三橋を渡ったところで二人は別れ、新右衛門は評定所に向い、弥吉は北町奉行所の横をぬけて鍛冶橋にでる。

夕方、弥吉が脇坂の役所の帰りに評定所へ寄ると、机の上に、

文化九年高田屋嘉兵衛オロシャ船ニ捕ワレ同十年帰国松前奉行へ上申ノ始末書

の上書きのある、分厚い綴じものが載っかっている。

「これは面白そうだ。松吉、ありがとうよ。」

手続きをして風呂敷に包み、大切にもってでる。船河原橋に帰ると夕食もそこそこに、部屋に入って燭台の火をともした。それから一気に読みふけった。

嘉兵衛がオロシャから帰国して真っ先に、連行されて以来の一部始終を役所に述べ立てたものがこれである。観世丸上で突然の急襲を受け、無益と悟って抵抗をやめる間多少の自失はあったものの、落着きを取り戻してからイリコルツにゴロウインらの消息を問われて、ぴんとくるものがあり、今こそほかならぬ自分が一身を挺してやるべき機会にぶち当たったことをまざまざと自覚する。ついては公儀へ、

「両国和平の儀をよろしく取計らいたき心底、たとえ死に至り候ともかの国へ傾き候ような存念は毛頭これなく」

と書置きをした。

連れ去られるにしても、着の身着のままではない。従者が五人ついたのは向うの強要だが、それにしても身の回りの荷物には、米、味噌、醤油、酒、油、野菜から衣類、夜具、畳、うすべり、鍋釜といった一軒分の引っ越し道具はもちろんのこと、三味線、浄瑠璃本の類いまで詰め込んだ。それだけでなく、大小一腰、陣羽織装束、手槍大小二筋、弓三張、矢五十本をも携えた。イリコルツは、嘉兵衛の悠揚迫らぬ風采と態度から、相当な身分のものと錯覚したらしい。カムサスカのヘト

ロハウシコイに上陸すると、住居のことも含めてなにくれとなく大切にした。嘉兵衛もまた、何食わぬ顔でそれに乗じた。この男を話し合いの相手にひきつけて離さぬようにするためである。

少しでも早く使命を果すための本題に入りたくて、宿のオーリカという給仕の少年が気立てがよいのに目をつけ、互いに言語を教え合って、およそ二十日ばかりで片言がいえるようにした。そこでイリコルツと掛け合い、ホウシトフ一味が犯した非を認めさせ、ゴロウインらを救出するために何分の力添えを願いたいという言葉を引き出す。

ここまではよかったが、上役と打合わせのためイリコルツがオオッカに出張中、暮になって王城の地のペトロホルから、オロシャ軍がフランスに大敗したという報せが飛び込んだ。年が明けると、今度はイリコルツが当地方の代官に任命されたことが伝わってくる。あの熱心な男がもし陸の任務に縛られるとなると、日本行の方はどうなるのだろう。嘉兵衛の心に、焦慮と不安が萌した。

しかも馴れぬ異国の地でどうにか年を越した従者らが、文治と金蔵は痰が、吉蔵とシトカは腫みがひどくなり、金蔵は持参した漢方薬が効いて助かったものの、二月末に文治、三月末には吉蔵とシトカが息を引き取った。人数が半分に減ってしまい、ただ一人の心頼みであるイリコルツからもはかばかしい話が聞けない。強固な意志の持ち主の嘉兵衛も、さすがにこうなるとぐらついて、帰国が叶わないようなら、三人で打って出て切り死にするまでだと思いつめた。

わが国人の義気の烈しさを見せてやるために、金蔵と平蔵に腹の切り方を教え、手槍の稽古をつけた。年かさの金蔵の方が、若い平蔵よりも槍先の使い方がうまかった。

ようやくオロシャ側の準備が整い、五月五日の晩にジアナ号は再度の救出行に向けて出航する。二十一日の暮れ方、西にエトロフ島を見、二十四日にシコタン島からクナジリ島の沖にさしかかった。

嘉兵衛主従が櫓の上にいると、イリコルツがやってきて、日本でいう「虎の子渡し」の譬え話をしだす。虎は子供三匹連れて川を渡るのだが、一匹は性獰猛で親がいないと兄弟を食い殺す恐れがある。そこで親はまず獰猛な子を渡し、引き返してべつの子を渡すとともに獰猛な子は連れ帰り、残る一匹も渡しておいてから最後に獰猛な子を連れて渡るという話である。つまり、少なくとも一匹は必ずこちら側に置くというのが、イリコルツの話の狙いだ。

嘉兵衛は、ふんと横目に見やり、

「われわれ三人を、クナジリでそのように致す積りなのか。浅はかな考えだ。ともかくそれであんたの腹の中はわかった。」

といって睨む。

その先へ読み進んだ弥吉の目は、ある箇所にくると思わず吸い込まれた。

旗合せ

翌朝、三吉を使いにだした。道場から帰った時にはもう、お待ち申すという先方からの返事が届いていた。

昼食を早めにとり、三吉だけを供に家をでる。神田山を越えて美倉橋で外堀を渡り、郡代屋敷の裏手を辰巳の方角にゆくと、橋を越えたところが蛎殻町である。

寺社奉行の一人、土井大炊頭の中屋敷がここだ。弥吉の足は、その地内の一軒の住居に向った。

「しばらくです。今日はまた、つかぬ用事で参りました。」

「はて、わたしの手に負えますかな。」

といって、相手は微笑した。五百石で古河藩の家老を勤める鷹見十郎左衛門忠常である。この年四十八歳。八つの年、ラックスマンの渡来に刺激を受けた鷹見は、西洋の文物の探求に志し、洋書を買い集めて地理学に熱中した。武家としてはすこぶるつきの変り種である。江戸詰めになり寺社方を勤めたことから弥吉と知り合い、海防のことについても議論をしたりする間柄だ。

「わが国では、合戦の時は、陸海を問わず、旗指物の類いを用いますが、西洋ではどうでしょうか?」

「それは、やはり同じです。日本のような吹き流しの類いはありませんがね。もっぱら、旗を掲げます。」

「その、旗なんですが、ほかに使われ方はありませんか。」

「ありますとも。西洋じゃ、湊に入るのに、旗は欠かせません。いわば通行手形といってよろしいかな。旗合せというものをやらないと、通れないんです。」

「ほう、それはそれは—」

「日本でも、たった一ケ所ですが、やっています。」

「どこです?」

「長崎です。川路さん、あなたがまだお小さい頃、このことで痛ましい出来事が起ったのは、ご存じないかな。」


文化五年八月十五日の朝早く、長崎奉行所に遠見方から、沖に異国船の白帆が見えたと注進があった。

前年エトロフで狼藉を働いたホウシトフは、来年またくると置き手紙したから、もしやそれだとするとただごとでない。だがこの年は紅毛(オランダ)船の渡来がなく、唐船がわずか三杯というので市中は火の消えた寂しさだった。紅毛船だろうとの期待をこめて、人々はことさらおめでたをいい合った。

奉行松平図書頭(ずしょのかみ)康英の用人上条徳右衛門は、隠密方の吉岡重左衛門を呼び出し、とりあえず船をだして相手の様子を探るよう申しつけた。ついで通辞中山作三郎を出島の紅毛館にやり、異国船の接近を報じさせた。首を長くして待ちくたびれた館員はどっと沸いたが、カピタンのドウフだけは騒がず、別間へそっと中山を誘い、

「どうも、腑におちません。いつもの通りジャガタラを出たのであれば、こんなに遅れるはずはあ

りませんよ。考えられるのは、暴風雨にでも遭ったかだが、それなら柱の一本や二本はへし折られ、満足な姿ではないと思いますね。もしそうでなかったら、これはほかの船を疑った方がよいのでは……」

と注意した。

中山はこれを、西役所に引き返してから、上条を通じて奉行の耳に入れた。

旗合せの検使は、奉行所の手付出役の御家人菅谷保次郎と御普請役の上川傳右衛門ときまり、二人は打連れて表書院に参上した。

ドウフの気掛かりな言葉が念頭にある奉行は、旗合せではあまり本船に近づかず、先発の吉岡にまず聞いてみて、おかしいと思ったら湊の口の両番所を塞いでしまえ、それから立会いの紅毛人は決して先立たせないようにと指示を与えた。

紅毛館からは、ホウセマンとシキンムルという若い館員が立会い人としてでた。

一行は波止場にでて、めいめいの船に分乗した。菅谷は紅毛の乗る船を、船脚の早い鯨船に取替えさせた。回りを警固船、曳船が取囲んで出発した時は昼を回っていた。

異国船は伊王島にさしかかる。検使船が四郎ケ島に達した時は、日が西に傾いた。それでも異国船に掲げられた旗の赤白青の横縞は、だれの目にもくっきり明らかだった。船体には自然の暴威を刻むような何の痕跡もない。

菅谷は併走する紅毛船のホウセマンに旗を指さしてみせたところ、オランダに相違ないというようにに大きくうなずいた。検使としてはこのあと異国船に乗移り、カピタンに改めて確認した上で入津の許可を与えれば、旗合せの仕事が終る。その前に、先発している吉岡の船を見つけようと、菅谷はきょろきょろ海面を見渡すが見当らない。

異国船は出迎えの船列には目もくれぬように、どんどん進んでくる。あっという間に近づいたので、菅谷の船はすこしよけるようにした。この時水がぐいと空き、紅毛船はひとりでに前へ押し出された形になった。

不意にがらがらと大きな音がして、異国船の舳先に吊るされた艀が紅毛船の前に下されてきた。乗り手は前と後に一人づつだ。ホウセマンはその人影に、

「いずこからきたか?」

と声をかけた。

「ジャガタラより参った。オランダ船だ。」

「去年きた役人のハクスキは、今年も乗っているか。」

「乗っている。」

シキンムルは、

「これより御検使一同、そちらへ乗り移る。」

と告げた。

この時、艀は紅毛船につと横付けしたと思うと、忽然と十四、五人が立上り、喚声を上げて飛び込んでホウセマンとシキンムルに刃を突き付け、無理無体に艀にひきずりこんだ。あおりを食って、通辞猪股繁次郎と植村作七郎は水中に転落した。警固船からも、驚いて水に飛込むものがでた。仰天した検使二人は、ただわなわなと唇を震わせるきりである。

艀は瞬く間に、がらがらと船上に引上げられた。と、オランダ旗は取外され、べつの旗が上った。

それは長崎では、見馴れないものだった。異国船はそのままゆうゆうと、高鉾島の陰に碇を下した。

この光景を、皮肉にも菅谷が探して見つからなかった吉岡が、目撃した。彼の船は検使船の反対側で本船にとりつき、船べりを叩き続けたが応じるものがなく、仕方なしに引き返しにかかったところだった。騒ぎを見ていっさんに船を漕がせ、西役所に戻った時はすっかり夜である。正体不明の怪船に紅毛の館員が奪われたという報告を受け、所内はたちまち大騒ぎとなった。

北の守りが津軽と南部の両小藩なのにひきかえ、外へ向って開かれたわが国唯一の湊である長崎の守りは豪華絢爛たるものだ。筑前福岡と、肥前佐賀の両大藩が、一年交代で警固に就くほか、薩摩、肥後、久留米、対馬、長門、小倉、柳川、島原、平戸、唐津、大村、七島の十二藩が、いざという時のために聞き役というものを常駐させている。西南有力諸藩全体で、長崎を支える仕組みである。

異変を察知して馳せ参じる聞き役の中にあって、顔面血の気を失ったものが一人いた。佐賀藩の関伝之允（でんのじょう）だ。

今年が当番の年である佐賀藩は、番頭の千葉三郎右衛門と蒲原次郎右衛門に率いられた藩兵が湊の内外の警備についていたのだが、どうかした気のたるみから、今年はもう異国船の渡来はないものと勝手にきめこみ、しばらく以前にごっそり国元へ引き揚げてしまっていた。残務に当る人数といえば、たかだか五十人ぐらいしかいない。怪船の闖入（ちんにゅう）は、まさにその虚を衝いたものだった。関が青くなったのも無理はない。

大書院に出座した奉行も、佐賀藩の動きはうすうす察していたことで、それだけにいざこうなってみると歯がみしたいほどの後悔に地団駄踏む思いである。真っ先に関を呼び出し、

「本日渡来した異国船、旗合せにおいて思いも寄らぬ狼藉を働いたについては、何としても奪われた紅毛人を取り戻し、その上で船を打ち砕き焼き捨てる所存である。ついては即刻佐賀表へ申し遣わし、手勢不足を十二分に補うだけの船と人数を差し出させるように。」

と命じ、関はほうほうの体で退出した。奉行はさらに筑前藩の立花善太夫にも出兵を依頼したが、焦眉の急には間に合わない。一番最寄りの大村藩二万八千石の松浦鉄十郎を呼んで、湊内の警固船を差し出してくれるよう申し入れた。それ以外の十一藩に対しては、即時待機方を要請した。用人の上条は、この間町年寄の高島四郎兵衛、薬師寺久左衛門を呼び寄せ、官庫の大砲を引き出して湊内の十四ケ所に配置するよう命じた。

そんな騒ぎの中へ、検使両人はしおしおと帰ってきた。菅谷の方は、いまだに歯の根が合わぬ有様。奉行の前へ平蜘蛛のようにひれ伏すと、

「……申し訳ござりませぬ……取り返そうとは思いましたものの、こと刃傷に及び、お奉行にご迷惑をかけるのも心苦しく……」

としどろもどろの弁解だ。奉行は目を血走らせ、きっとなった。

「汝ら、小なりといえども公禄を食む身分でありながら、天下諸民に対し恥かしいとは思わぬか。紅毛人は上からのお預りもの。死力を尽して取り返してこそ当り前。刃傷がどうのこうのなど、どの面下げていえることか。とっとと引き返して奪い返して参れ。」

と叱責した。

この時、表でどっと声が上った。

「大変、大変、異賊が、押し寄せました。」

と、下役が駆け込んだ。

さきほどから艀が三つ、湊の内へ入って漕ぎ回していたと見る間に、突如奥深く侵入、出島と波止場を隔てる水路を見つけ、水門をこじ開けて漕ぎ入れたというのだ。これを見て慌てたカピタン以下が、出島を脱出して西役所に逃げ込んでくる。ごった返して上を下への大騒ぎとなった。奉行は具足をつけさせる間ももどかしく、

「異賊を打て。功名せよ、功名せよ。」

と叫んで、刀の柄を叩いた。

長崎のかなめともいうべき出島の防衛にいともあっさりと傷がつき、奉行の面目は丸つぶれだ。賊の本船は神崎に錨を下しているという。奉行は再び大村藩の松村を呼び出し、

「かくなる上は、すぐにでも神崎に兵を出したい。さきほどは船だけのお願いだったが、陸の方の人数も無心できまいか。」

振り絞る声は、哀願に近かった。

江戸からつれてきた奉行自身の家来といえば、全部ひっくるめても二、三十人そこそこしかいない。上条は士気を鼓舞するため、町年寄連に臨時の帯刀を許し、火消人足を集めて波止場の警備に当らせた。

十五夜の名月の晩で月はこうこうと明るく、その上篝火が焚かれて高提灯、箱提灯、弓張提灯が所狭しと押し立てられ、一帯はまるで真昼のよう。その水面を艀はみずすましのようにすいすい漕ぎ回り、稲佐崎では上陸して飲み水のありかを物色した。こちらは武士でさえ近づこうとするものがなく、あれよあれよと遠巻きにして見守るばかり。町民は、

「それ、オロシャがきた！」

と叫んで、家財道具を包み、まんじりともしないで夜を明かした。

十六日の朝になり、通辞の中山は検使の上川に付き添って沖の異国船にいった。紅毛を返還させるための掛け合いである。船には上げてくれないので、下から上を見上げて大声をだした。上からは、牛、野菜、水をよこすなら釈放してもよいと返事した。

こちらはまず人質を返すならといい、向うは品物の方が先だと譲らなかった。このやり取りの間に、この船はエゲレス船であることがわかった。

お昼頃、船側はシキンムルを残してホウセマンに手紙をことづけ釈放し、検使一同はひとまず引き返した。

ホウセマンの語るところでは、エゲレス船は八カ月前に本国を船出してベンガラ国に渡ったものだ。その地で紅毛の交易船が日本に向ったことを聞き込み、四十九日間かけて追いかけた。しかし、オランダ船を偽装して首尾よく当地に乗りこみはしたものの、昨夜湊の中を改めてみて、目当ての紅毛船はいないことがわかった。

エゲレス船主が乗組のオランダ人に書かせてよこした手紙は、航海で食糧が乏しくなったので都合願いたい、そうすればもう一人の方もお返ししよう、だがもし今日中に差入れがなければ、明朝にも湊内の船は日本船唐船の別なく、焼き払ってしまうからそのつもりで……という高飛車なものだ。

これまでこらえにこらえた奉行も、ここに至って怒り心頭に発した。

「何たる傲慢、何たる無礼。盗っ人猛々しいとは、このことだ。よし、いますぐ、目にものを見せてくれるわ。」

憤然席を立って表書院にゆき、肥前藩関、筑前藩花房久七の両名を呼び出した。

「エゲレスめ、あろうことか、いいがかりをつけおった。もう許しては置けぬ。これより御番所に出向いて出陣、早々に焼打ちして懲らしめて遣わす。人数は有り合わせで結構。今すぐ差し出すように。」

と触れたが、関は、

「重役に話をしませんければならず、今しばらくのご猶予を。」

の一点張り、花房ともども逃げるようにその場を離れた。

奉行は上条にいいつけ、旗指物、長柄、槍、陣太鼓の出陣道具を玄関に並べさせているところへ、古参の用人高橋忠左衛門が駆けつけ、

「もしものことがあってござりませ、江戸のお留守宅、ご母堂様のお嘆きはいかばかりか……」と、涙を浮べて取りすがる。

肥前と筑前の両藩屋敷に、たびたび督促の使者を送るがなしのつぶてだ。

部下が敵の手中にあるドウフとしては、万一奉行が手勢をもって攻撃をしかけでもしたらと、気が気でない。大広間に参集した諸役に向い、

「差入れは、すでに、コンパニヤ同士で契約したことなれば、いかなることがあろうと、違背はできましぇん。品々は、ぜひとも渡してくださりませ。」

大きな身振りで、せつせつと訴えた。

コンパニヤが何を意味するかは知らなくても、ことを荒立てたくない点では全く同感の高橋、支

配勘定の中村継次郎らがこれに同調した。

上条は、もうこうなれば仕方がない、シキンムルを取り返すだけでよいのだと腹を括った。至急に品々を集めさせ、菅谷とホウセマン、奉行所手付の花井常蔵に宰領させて、夕方までに送りだした。

深夜になって、シキンムルは一同とともに無事帰った。その話で、エゲレス船は商い船などというものではなく、人数かれこれ三百五十人も乗込んだ立派な軍船（いくさぶね）で、船将というものはまだ紅顔の少年といっていいくらいの若者だといった。

十七日の朝、奉行は面目を失ったといって、表の間にはでてこない。

ずるずると検使の役に就かされた中村は、菅谷を伴ってエゲレス船にゆき出帆をうながした。これには逆に、牛の供給が予想どおりでなかったと文句をつけられた。

お昼になっても船はゆうゆうと構えて動かなかったが、やがて風が起って水面が波立った。それにつれて船はそろそろと向きを変えた。

「それ、動きだしましたぞ。」

という見張り番の声に、奉行と上条は思わず席を立って望楼の階段を上った。

この三日間、長崎中を震撼させたエゲレス船は、帆を三枚、五枚、十枚と増やしつつ船足を早めて遠ざかってゆく。奉行は歯を噛みしめ、目は遺恨の念に溢れていつまでも船影を追った。

大村藩の一番手が着到仕りましたと、この時注進があった。しかし時すでに遅い。船影が見えなくなると、奉行は無言でその場を離れた。上条はあとを追って居間に入った。

「焼打ちにも致すべきところを、むざむざと出帆させてしまい、胸中のご無念いかばかりかとお察し申し上げます。」

と同情し、

「ですが、これも一言でいえば、両家の軍勢が足りなかったということです。ほかは、カピタンの顔も立てましたし、諸藩への通報、大筒の備え、町方衆の起用とお固めなど、打つべき手は全部打ちました。どうか、あまりご自分をお責めになりませんように。」

と、鬱屈した主人の気持をほぐすことに努めた。

奉行は、

「ありがとう、そなたも、万事ご苦労だった。」

と、初めて安らかな笑顔をみせた。

やっと平穏を取り戻した奉行所では、奉行の心づくしで、夕飯に近臣だけでなく医師や下働きに至るまで酒肴が振舞われた。肩の荷を下してほっとした時だから、一同大喜びで飲み食いした。奉行またすこぶる機嫌よく、お開きになったのは深夜だった。

上条が宿舎に戻ったのは三日ぶりだ。連日の疲れがどっとでて、日記をつけるひまもなく眠りに落ちた。

夢うつつの中で、突然、

「と、殿様、ご生害!」

という悲鳴を聞いた。

はっと起き上がり、坂を転げるようにして役宅に駆けつけた。おいおいと声をあげて泣く人々の間を割って入り、開かれた雨戸から庭に飛び降りると、奉行は毛氈を敷いた上でうつぶせになっている。

抱き起こしてみれば、つばもとまで貫いた脇差で喉は血がべっとり、息はとっくに絶えている。白装束を押し広げたところ、腹には薄く引いた横一文字の傷、まぎれもなく覚悟の切腹であることは明らかだ。

かたわらに、長崎代官高木作左衛門あての遺書があった。

一つ、旗合せにおいて紅毛人を奪われ、おめおめ引き下がった部下の柔弱ぶりも、ひっきょう主人である自分の責任にほかならず、申しわけなし。

二つ、当夜は陸の備えにばかり気をとられ、湊内の番所を固めないで不覚にも艀の侵入を許したのは油断の至り。

三つ、今年はもう渡来はあるまいと、当番の肥前藩が勝手に引き揚げたのを糺しもせず、そのままにして置いたのはこちらも手落ちだった。

四つ、エゲレス人の法外な要求に焼打ちをもって報いようにも手兵がなく、カピタンの願うがままに品物を与えたなど、相手に屈したと受け取られても仕方がない結果になったのは、不調法で申し開きできない。

五つ、大村藩は精一杯駆けつけてくれたものの間には合わず、みすみす相手を取り逃がしたことは残念至極である。この上は今後長崎奉行は、大身の中からお選びになるように致したい。

以上五ケ条にわたって反省し、不手際を謝している。

松平康英、時に年四十一。

その家系は福釜松平と呼ばれるもので、始祖親盛は東照神君の大叔父に当る。

徳川氏の政権掌握以来、松平姓の同族は万石大名や高禄取りと栄達をきわめたのに、なぜか福釜は本家ですらただの八百石という貧乏くじに甘んじた。分家筋になる康英の家系に至っては、わずか三百俵の蔵米取りに過ぎない。それが康英になって、二十九の若さで西丸目付、五年目に本丸目付、そして昨年はついに長崎奉行の重職を拝命したのだから、一門は鼻高々だった。この役職は、旗本の最高の地位である町奉行、御勘定奉行につながるからだ。本人も無論それは十分に意識して、心に期するものがあったに違いない。無残にも、突如闖入したエゲレス船のお陰で、福釜一門の希望は潰えた。

その死は十八日に病死として公表されたが、実は切腹だった噂は瞬く間に市中に広がり、だれ知らぬものはない。奉行は生前くそ真面目過ぎると、評判のいい方ではなかったが、最後を潔くしたことによって人気が一変した。大音寺に葬送された日には、おいたわしいと長崎中がでてその死を悼んだ。

幕閣もこれを汲んで奉行の失敗は咎めず、精勤の褒美という名目で遺族に七十人扶持を送った。小藩ながら機敏に動いた大村藩は、藩主上総介が老中褒詞を受けた。

旗合せ検使の任務中、紅毛人を二人ながら奪われた菅谷と上川は、お役御免の上押込めに処せられた。

奉行松平の株が上がったのと反対に、年番の人数をはやばやと引き揚げ、エゲレス船に勝手気ままを許すもとを作った肥前藩の評判はさんざんだ。

藩主松平肥前守斉直は、老中牧野備前守邸においてその不束不調法をなじられ、逼塞を言い渡された。藩内においても取調べが行われ、千葉と蒲原の両番頭は切腹させられた。某家老もただではすまなかったと、もっぱらの噂だった。

「なるほど、そういうことでしたか。図書さん、さぞかしご無念だったでしょう。無念といえば、前年エトロフでは、御普請役の戸田が死んでおりますね。」

「死人は、そんなものじゃききませんよ。エトロフなんか、表にでない死者がどれだけあったか。そんなことも、日本人はもうけろりと、忘れてしまっている。」

と鷹見はいった。

「そうすると……」

と弥吉は、

「旗合せとは、入津してくる船の旗を、こちらが承知しているものと照合し、合っていれば通すが、さもないと通さないということですな。」

「あちらの国々では、そうなっています。無理に押し通れば、そこで戦です。わが国では、そんな習慣はない。長崎の旗合せなるものも、そもそもはオランダからの又聞きですよ。」

鷹見は立っていって、一巻の巻物を持ち出した。

広げるにつれ、目もあやな色彩でびっしり描かれた四角な模様の図が、次々に現れる。

「これはね、万国の旗印を集めたものです。若い頃せっせと、蘭書から写し取りましてね。二百四十種類ばかりにも、なりますか。」

といいつつ、これはオランダ、これはエゲレス、これがオロシャと教えてくれた。

ずうっと目を通していったが、見当らない。

「どうも、朱のお丸の印というのは、ありませんね。」

「ははあ、そこまでは……まだちょっと、無理というもんでしょう。」

と、鷹見は微笑した。

話は共通の関心事である海防のことになり、

「昨今また、蝦夷地や常陸沖で、異国船騒ぎがあります。何しろかれらときたら、船の造りから鉄砲、玉薬に至るまで、わが方とは比べものにならない。このままだと、いつかかれらのために、いいようにされかねないのではと心配です。」

鷹見は深く頷いて、

「そうです。だからわれわれの方も、できるだけ、相手について知識を蓄える要がありますな。それで申し上げるんですが、実はわたし、画学の方で、かねてから田安ご家中の谷文五郎、号を文晁(ぶんちょう)という先生に、ついておりましてね。この先生の高弟に、このほど三河田原藩の家老になった渡辺登、画号を崋山というのがいるんです。これがなかなか西洋に興味をもち、勉強もしています。一度、会ってみませんか。」

「ぜひ、そう願いましょう。」

弥吉は欣然と答えた。

松前藩からはこの頃になって、国元の風聞を取調べた報告があった。高田屋についていろいろな伝聞はあっても、調べてゆくと根拠が乏しいものばかりで、お知らせできるようなものはないというのである。

「実にもって、通りいっぺんの言い草だ。栄徳丸を訴えてでたときは、曰くがありそうだとしきりに匂わせたくせに……」

と金三郎は口を尖らした。だがその声もあまり元気はない。

十一月に入った。

箱館、兵庫、大坂の店それぞれについて行わせた各種の調べ上げが次々にもたらされた。分量が多いので、中野と久須美にも手伝ってもらい、弥吉も汐留行きを一時中止した。大坂からの到着分を仕分けていた時だ。金三郎が、

「こういうものが、ありますよ。」

と、一通の書付を示してよこした。欄外にこのもの町役人預けと朱書きがあって、

徳兵衛　生国備前　辰五十八

という名前がある。

何げなく目を走らせた弥吉の顔が、みるみる紅潮した。

「これだ、これだ！　どうして、今まで気がつかなかったろう。」

といって、中野に見せた。

「すぐ大坂へ申し入れて、このものを引き取りましょう。いや、これで、どうやら見通しがつきました。」

徳兵衛

大坂の町奉行所は、なぜ高田屋の店から徳兵衛なるものを選りだして町役人預けにしたかといえば、それはこの老人にいささか不審なかどがあったためだ。

奉公人を調べた町方の一人が、ここ二年ばかり前から店の寮に住み着いて、仕事もせずにぶらぶらと優雅な日を送っているものがあるのを聞きつけた。雇われものの分際にしては、どうも恵まれすぎる。

いぶかしんだ町方は、ひとまず徳兵衛を番所にしょっぴいた。神妙についてくる老人の片足はびっこで、ひきずりがちだ。身分はと聞くと、大坂の店の使用人ではなく、籍は箱館の本店にあるものだとわかった。年を取ったので、生まれ故郷の備前へ帰りたいと旦那に願いでたら、仕事しなくていいから、大坂にいって遊んでいろといわれたという。

このせちがらい御時世に、結構な話じゃないか、どうしたわけだと問い詰められた徳兵衛は、

「今でこそ、こんな老いぼれですが、血気な頃は、北前船の水主をやったもんでして……」

ぽつりぽつり喋りだした。

瀬戸内で船乗りをしていて先代に出会い、その勇壮な話に魅せられて北前船にくら替えした。先代が船でどこかにゆく時には、たいてい一緒にお供をした。一度先代が非常な苦難に陥った時にも、側を離れず辛酸を共にした間柄だ。そんなことがあったので、今だに店の方で大事にしてくれるの

だろうと思う。

「先代の苦難とは、何だね？」

「はい、海の上でオロシャに摑まり、無理やりカムサスカへ連れてゆかれたことなんで……」

その時、自分は進んでお供をした。

「……もっとも、その時分は、金蔵という名前でした。徳兵衛というのは、こちらへきてからつけた隠居名です。」

「さようか。」

といって町方は、徳兵衛を一旦帰したが、心にひっかかるものがあり、高田屋の船籍のある兵庫の代官所に照会した。

返事がきたのを見ると、たしかに当時の記録はあった。証拠として、文化十一年二月十日付けで老中牧野備前守から松前奉行に宛てた達し書の写しが添えられてある。

エトロフ請負人
高田屋嘉兵衛
右魯西亜船へ捕われ候処、帰り候につき、構いなき旨申渡し、只今までの通り御用向の儀相勤めさせ申すべく候
嘉兵衛に付添いまかり越し候
水主　金蔵

右嘉兵衛手元に差置き候儀は構いこれなく候。生国へ帰国等相願い候わば、先格の如く領内の外みだりに他出仕らざるよう申渡すべく候

同　平蔵

これは、カムサスカから嘉兵衛が無事に帰還したことで、不在中取り上げてあった公儀常雇船頭の地位を返してやるようにという老中の命令書だが、同時に嘉兵衛の従者だった金蔵と平蔵の身柄についても指図を加えている。すなわちこの二人は、嘉兵衛が自分の手元に置く分には差支えないが、もし生国に帰りたいなどという申し出があれば、先例に従い出身地の領内以外は出歩かないように申し付けよというのである。

一度海の外へでた人間は、林蔵や嘉兵衛のように公けの使命を果したものはともかく、だれでも一生こうした束縛がついて回ることになっている。大坂の町方は、これが頭にあったので念のために兵庫へ問い合わせたのだ。果せるかな右の指図がある以上、金蔵こと徳兵衛が、郷里でもない大坂に居住するのは明らかに違反である。そこで改めて呼び出し、江戸の指示を仰ぐまで町役人に預からせることにした。

「ご老中お達しの違背ともなると、ことは重大だぞ。」

とどやされた徳兵衛は、

「そういえば、帰国した翌年だか、お奉行所でそんなことをいわれたような気がします。が、ついうっかりしてしまいました。」

いまさらながら悔やんだというのだ。

この金蔵という名前は、弥吉にとって初めて聞くものではない。林蔵の懐旧談に出てきたし、最近目を通したばかりの嘉兵衛の始末書の中でも、若い平蔵より武芸の腕が立ったことのほかに、次のような挿話がある。

帰国のめどがついて、ほっと一息ついた時のことだ、嘉兵衛は平蔵の不在を見計らって金蔵を呼んだ。

「どうだ、しばらくの間、乱心者を装ってみるか。」

「それはまた……一体、どういうわけです。」

「実はなー」

クナジリに着いたとしても、オロシャはわれわれ三人を同時に上陸させはすまい。わしとしては、何とかお前たち二人を先に上げてしまいたいのだ。もしお前が気違いになれば、オロシャは足手まといとばかり、平蔵と一緒に送り出すに違いない。こういう役は、馬鹿正直な平蔵には不向きで、お前さんでないとできないからと、そういって金蔵を説き伏せた。

敵を欺くにはまず味方からと、平蔵にはむろん内緒だ。翌日から金蔵は、一人ぶらりと表へでてはなかなか帰ってこなくなった。

心配した平蔵が探しにゆくと、金蔵は通行人に話しかけては、げらげら笑ったり怒ったりしている。あわてて連れ戻した時は元通りになるが、翌る日にはまたふいといなくなってしまう。

「金蔵めは、気が狂いました。」

平蔵はおろおろ声で、嘉兵衛に訴える。驚いたふりをして、戻ったやつを、

「どうしたんだ、しっかりしろ。」

とばかり背中をどやす。金蔵はにやにやするばかり。

これにはさすがのイリコルツまでが、ひっかかった。

「かのもの、近頃乱心と見え、われらのことを、悪しざまにいい触らし歩くそうな。狂人の方が、人間は本心をいうと申す。無理もない。あんた方から見れば、われわれは憎まれて当然なのだから。」

といった。

沖の氷が割れて、船出の時期が迫った頃、

「ここいらで、ひとつ、派手にやってみるか。」

と嘉兵衛がけしかけた。

「その鍋やこの手箱は、もう要らないものだから、ぶっ壊せ。摺鉢は勿体ないが、この際だ、割ってもよい。何なら、釜のほかはみんな壊してしまえ。平蔵を殴るんだ。かまわないから、このわしも殴れ。それくらいやれば、いよいよ本物に見られるだろうよ。」

と策を授けると、金蔵は苦笑してうなずいた。ところが翌日にはぐずぐずして、昼を過ぎても取りかかる様子がない。蔭へ呼んで、

「どうした。」

と詰った。金蔵は、真顔になり、

「一度は、お請けしてみたものの、よくよく考えてみますとね、どうも気が進まない。大将、あんただって、かねがね他国では未練がましい振舞だけはするな、でないと日本人はみんなそうだと思われるからと、われわれを戒めたじゃありませんか。おれがこのまま芝居を続けりゃ、あいつは故郷恋しさのあまりだと、笑いものになるだけですぜ。

いっそ、死ねといってもらった方が、どれだけ楽だかしれませんや。これ以上は、ひとつ勘弁して下さい。」

といったので、これにはさすがの嘉兵衛も二の句がつげなかったということだ。

こういうところを見ると、金蔵こと徳兵衛は唯々として人に使われるだけの人間でなく、多少骨っぽさもありそうだ。弥吉はそんな徳兵衛に、是非聞いてみたいことがあった。

天保三年は閏年で、十一月が二度あった。秋が不作で米価は日増しに上り、そこへからっ風が吹いて人々は寒さが身にしみた。大坂の同心と町役人に付添われて徳兵衛が江戸に下ってきたのは、閏十一月も半ばだった。

弥吉は金三郎、銕四郎、書役の長次郎を従えて、下吟味に臨んだ。

白洲に引かれてでた徳兵衛は、不自由な方の足をかばって横座りした。付添いの同心はその訳を、

「以前、ネモロで鷲の羽狩りの最中、足を滑らし、岩盤で膝をしたたかに打ったのがもとで、びっこになったよしでござります。」

といった。

弥吉は自ら人定尋問に当った。徳兵衛は、自分がかつての金蔵に相違ないといい、カムサスカ行きで一緒だった平蔵のことを聞かれると、

「あれは、とっくに、死によりました。」

たんたんと答えた。

「その方、なぜこの場にでる羽目になったか、わけを存じているか。」

「はい、お役人様から聞かされまして、えらい間違いをしでかしたことに、気がつきました。本来

なら、先代嘉兵衛がみまかりました時、申し出て、手前身柄のことにつき伺いを立てるべきでございました。それを、跡継ぎの金兵衛のもとにいれば大丈夫と、ついつい思いこんでしまいましたこと、まことに申しわけございませぬ。

このような片輪になったのも、その報いかも知れますまい。」

とわが身を嘲り、

「……なにとぞお慈悲をもちまして、お許しを願いとう存じます。」

ふかぶかと頭を下げる。

「うん、殊勝である。しからば、これからその方に、ひとつ尋ねることがあるが、有り体に答えるように。もし隠し立てや嘘偽りを申すにおいては、二重の罪になるぞ。よいな。」

と弥吉がいうと、徳兵衛はきょとんとした。ほかにこの場で調べを受けることがあろうとは、まるきり予期しなかったようだ。

弥吉の合図で、金三郎は山高印の小幟を掲げてぱっと広げた。

「これを見よ。その方なら、よく知っていよう。」

まじまじと見上げた徳兵衛の目に、さっと翳が走った。

「存じておりまする。」

という声が、震えを帯びる。

「さて、この旗、その方がカムサスカへ嘉兵衛の供をした時も、携えはしなかったか?」

と弥吉が聞く。

「さあ、どうでしたか、よく覚えておりませぬが……」

と伏し目になる。

弥吉は、傍らに置いた始末書の綴りを取上げ、

「これは、嘉兵衛が、松前の奉行所で、申し立てた事柄だ。中の一部を、これから話して聞かせる。よく承れ。」

といって、あの晩目を光らせたその個所をめくった。

「その方ら三人が帰国することになり、乗った軍船が、クナジリ沖にさしかかった時のことだ。船内が、急に騒然とした。何ごとかと、その方ら三人も、櫓の上に上った。彼方を、帆に朱の丸を染めだしたお国の船がゆく。これを見た水夫らが、持場について砲筒に玉を込めようとする。嘉兵衛はそれを尻目に、腰を下ろして煙管をすぱすぱやったら、そこへ船将が通りかかった。何を思ったか、足を停めて嘉兵衛に向い、足下はカムサスカ出航以来、絶えずこの船の造りに注目する様子だ、察するところ、帰国の上はこのような軍船を建造し、われらと一戦を構える所存と見える、どうだ、わたしの目に狂いはあるまいといったそうだ。

嘉兵衛は、いかにもよくお見通しだと答えた。

ただしわれは、この船には気にいらぬ個所がある、この先両国の間が険悪になった暁には、われはわがお大名方に、もっと出来のいい船をお勧めして、建造していただく。その軍船をもって、オロシャの奴ばらを残らず討取ってみせるつもりだ。その節は、われも一艘の将を勤めるから、もし山高印のついた旗の船を見つけたら、いっさんに馳せ参じられよ。互いの無事を祝し合い、左右に引分れて、一戦に勝敗を決しようではないか。前回は貴公にしてやられたが、今度は決して負けないといって呵々大笑した。船将も、さてさて面白いことをいわれる御仁かなと、手を打って笑った、

と。」

ここまで読むと、弥吉は、

「どうだ、こんな光景、思いだせただろうか？」

といって、徳兵衛を見た。

「手前、主人のようには言葉が通じませんが、たしかそんな場面があったように思います。」

と固い表情で答える。

「よし、それでこそ話はわかる。

そこで、嘉兵衛が、山高印といった時、その場にはきっとこの旗があったはず……なぜそこにあったか、その方に聞きたい。」

「それは……櫓に上りしなに、もしやお味方の船なら、これを振るようなこともあろうかと、急いで主人が懐中致しましたもので……」

「なるほど、なるほど、旗はやはり確かにそこにあったのだな。」

と大きくうなずき、

「ところで、旗はそれから、どこへいってしまったんだろう。後で帰国した時の持ち帰り荷物の目録には、見えないのだがな。」

半分は独り言だ。

うつむいて聞いていた徳兵衛は、この時、脂汗が滲んで息使いが荒くなり、脇にいた同心に胸苦しさを訴えた。

「心に葛藤があると見える。旅の疲れも、まだとれないかも知れない。今日のところは、これまで。

薬を与えて、休ませるように。」

といって、弥吉は吟味を打ち切った。

二日間寝かせたら、徳兵衛の方から、進んでお調べを受けたいといいだした。白洲にでると、自分の方からまず、申し上げたいことがありますと口を開いた。

「この一年以来、主家が御公儀より厳しいお咎めを被っておりますこと、手前もそれとなく聞かされては参りましたが、それも今の今まで、自分には関わりがないものとばかり思っておりました。ところが、前回のお吟味で、お上におかれてはずいとお見通しの感じを受け、手前の一言次第で主家に迷惑がかかるのではないかと空恐ろしく、あれこれ思い患い、大変苦しみました。

しかしよくよく考えれば、それはそれで致し方のないこと、手前が正直に申し上げる分には、それがどんな罪に問われようと、悔いるものではありませぬが、ただ主家に非常な迷惑になるのではないかということだけが、心苦しくてなりませぬ。なにとぞ、ご賢察願います。」

一礼して弥吉を見上げ、

「実は、あの小旗は、ヘートロイワノイチの手に渡りましてござります。」

といった。ヘートロイワノイチとは、船将イリコルツのことだ。

一息入れた徳兵衛は、ぽつりぽつりその時の模様を物語った。

海上の決戦話で双方が笑い興じるかたわら、船将は部下に発砲を禁じ、日本の官船は遠ざかった。

船内が静けさを取り戻したその機をとらえて、今度は嘉兵衛がイリコルツに食い下った。

「大将の口ぶりでは、こんなことをいったと思います。あんたがいたから、この船は打たなかった。しかし、もしほかの人間だったら、どうなったか？　それを思うと、われわれ、御用でこの辺をしょっちゅう行き来するものにとっては、安閑としていられない。一体、今後どうしてくれる積りなんだ、と。」

熱心に聞いたイリコルツは、つかつか歩み寄ると、嘉兵衛の手にあった旗を取上げ、

「この旗印の船には、手を下さない。」

と誓うような仕草をした。そして大事に折り畳んで上着の内懐に蔵いこんだ。

それから、傍らの卓にかけてあった上掛けの赤い布を手に取り、二度三度振って見せた。

「いっていることは、よくわかりませんでしたが、われわれの方の印はこれだというふうに見受けました。」

「その布は、それからどうなった?」

と弥吉が尋ねた。

「ヘートロイワノイチは、渡そうかという素振りをしましたが、主人は断りました。異国人からは、何につけ物は貰うなと、日頃からわれわれも厳しく戒められておりましたくらいで……」

「それから、どうした?」

「主人は、なお不満顔で、ひとしきりやりあいました。あの気性ですから、山高印だけでない、ほかの船にも手はだすなといったんだと思います。相手はにこにこするだけで、話には乗ってきませんでした。」

「ほかに、この旗のことで、何か?」

「ほかは、何もござりませぬ。」

「金兵衛は、さだめしこのこと、知っているだろうな。」

「それにつきましては、手前、旦那と話したことがありませぬので、わかりかねます。」

「帰国後も、嘉兵衛が再三密航したとの風評があるが、これについてはいかん。」

「そのようなことは、かりそめにもございませぬ。」

「これにて相分った。」

と、弥吉は一段声を高くした。

「徳兵衛、その方、よくぞ正直に答えた。感服した。始めにお慈悲を願うということだったが、不肖からも、その旨はお上に申し上げると、ここでいって置く。では、下りませい。」

といって、廷吏には牢屋でなしに宿預けにするよう命じた。

「いや、驚きましたなあ。」

一同が座を立った時、金三郎は感に耐えたといわんばかりの声を出した。

「あれは一体、どういうことなんです？」

「あれはだね、旗合せというやつなんだ。嘉兵衛とイリコルツの間で、そいつを約定したんだよ。」

「しかし、あの始末書は私も読んだ方ですが、そこまではとても見破れませんでした。こちらが山高印の旗を立てれば、向うは赤い布を見せる約定をしたなどと、どこから見当をつけたんです？」

「見当なんか、つくもんか。ただね、山高印がでたのは、両国海上決戦の場面なんだ。それでもしひょっとしてと思ったもんだから、西洋のことに詳しい鷹見老にご意見を打診したというわけさ。」

と、鷹見に教わった話をした。

「それにしても、いざ分ってみれば、あっけないくらいのもんでしたね。われわれ何のために、私交易などといって騒いだのだろう。」

と、銕四郎の口調には苦いものが混じる。

「それというのも、この日本では、そうした旗の使い方がないから、われわれ、思い至らないんだね。」

役部屋に引き揚げると、

「でかしたな、弥吉。」

久須美が、中野が、満面の笑みで出迎えた。

「こう謎が解ければ、もういうことはないさ。ほっとしたよ。いやもう、松前藩から順通丸と徳力丸のことで知らせが入り、みんなお通夜のようにしゅんとしたのが、まるで嘘のようだ。」

その順通丸だが、十月二十四日箱館に帰帆したのを捕まえて取調べ、十一月二十五日に発した藩状が、徳兵衛の調べと前後して北町奉行所に届いた。口書の中で船頭吉兵衛は、一番船で帰ったあと嘉市のもとに押しかけ、異国船との出会いのてんまつを打明けたことを自供している。

今後の一座の進め方について話し合った役人同士の寄合で、

「若いくせに、嘉市は太いやつだ。栄徳丸一件のそもそもの発端が無届けだったことを十分弁えながら、順通丸でも知らぬふりで押し通そうなどとは、もってのほかである。このさい、併合罪でとっちめるべし。」

という強硬論がでた。弥吉は、

「先般の評議で、順通丸徳力丸は、この一件と切離すことにきまっている。ただ、嘉市については、あるいはそういうことになるかも知れない。」

というにとどめた。

町方の出役連中は、弥吉が徳兵衛の口からジアナ号上の約定の事実を吐かせた手際に、

「やはり、とてもじゃないが、目のつけどころが違う。」

といって兜をぬいた。

絶対の切り札をえた寄合は、三奉行に願い出、総立合の場を設けてもらうことになり、中野から奉行首座の脇坂に申し出て許しをえた。

師走に入って間もなく、総立合の日はどんよりと曇り、評定所の庭にも時折白いものが舞う厳しい寒さになった。

白洲には、腰縄を打たれた金兵衛、嘉市、重蔵、寿蔵の四人がまず入った。そのあと、市中預けから連れだされた栄徳丸の水主十人が入って、四人の後ろに並ぶ。

一座が始まって、高田屋父子と栄徳丸の船方が同じ白洲で顔を合わせたのは、これが最初だ。一体なぜだろうという気掛かりと、しんしんと骨身にこたえる寒さに、若い水主どもはことに落ち着かずに身を震わせた。腰縄を打たれた四人は、牢暮しでやつれて髪はぼうぼう、難行の行者さながらだが、さすが金兵衛だけはきりりとした姿勢を崩さない。

聴訟席は、端から次第に役人が詰めかけ、弥吉ら吟味方に続いて三奉行と大沢目付が出座した。しんと静まり返った中で、

「その方ども」

という脇坂の重々しい声が響く。眼はひたと金兵衛一人の上に据えられる。

「ご詮議の命が下ってもはや一年になるというのに、いまだに言を左右にして問いにお答えしないのは、お上をないがしろにするも甚だしい。このままその方どもが口を開かねば、罪は重くなる一

方と憂慮していたところ、思いがけず、シャマニ沖の謎を説き明かしてくれたものがでたぞ。徳兵衛という名前を聞けば、その方どもの中に、きっと思い当る節のあるものがいよう、どうじゃ。」

頭を垂れた金兵衛の肩は、この時おこりのようにぶるぶる震えた。

「いかに、金兵衛、これでもなお知らぬ存ぜぬと言い張るか!」

という叱咤の声に、一礼して居住まいを正し、

「恐れ入りました。これまでお上にお手数をおかけしましたこと、まことに相済みませぬ。」

といって両手をついた。

白洲にいるものは、これを聞いて耳を疑い呆然とした。唯一のよりどころだった大黒柱が、目の前でいきなりどうと倒れたのである。おろおろ顔の嘉市を含めて、よくわけがわからないながら、いっせいにばたばた手をつき、

「恐れ入りました。」

と平伏した。

金兵衛一人さえ落せば、あとは数珠つなぎだろう。その見込みで一座が仕組んだ総立合という手が、図に当った。

後刻口書きを取った金三郎と銕四郎に、

「徳兵衛からお聞きになったんでは、もはや致し方ありませぬ。」

と金兵衛はぼやいた。

自供によると、カムサスカ抑留のあと一年ぶりで家に帰った嘉兵衛は、一夜弟たちを集めて、こんなことをいったという。

「今度のことで、店の連中がエトロフ、クナジリ行きを怖がるようだと、とても御用を勤めるどころではなくなる。わしはそれが気掛かりだから、オロシャに談じ込んで話をつけた。よいか、今後場所行きの航海で、異国船に出くわしても案じることはない。山高印の旗を立てるんだ。そうして相手が赤い布を見せりゃあ、それはわかったという印だから、もう安心だよ。」

それから、声を落とし、

「ただし、この話、おおっぴらにしちゃあいけないぜ。わしからは船頭どもにだけ、じかにいいふくめることにするから、その積りで。」

どうしてなのかよくわからないままに、弟たちは合点した。

以後エトロフ、ネモロへ通う船には、自家船・用船の別なく、嘉兵衛が手ずから船頭に山高印の旗を授けた。金兵衛に店を譲ったあとも、それだけは自分の仕事にした。栄徳丸の船頭久八が現れて、用船の契約をしてもらったのがその頃だ。

嘉兵衛が淡路に隠棲してからは、金兵衛が引継いだが、当時は異国船の出没がほとんどなく、いつとはなしに取りやめたという。

「嘉兵衛は、なぜ旗のことについて、多言を憚ったのだろう。」

「それについては、先程も申しました通り、われわれ兄弟にもわけは話しませんでした。手前が思いますには、兄は旗の約定のことをついついお奉行所で申しそびれ、それが心の底にひっかかっていたと見えます。手前にしましても、約定した時のしかとしたいきさつは、在世中の本人から聞いたことがありませぬ。ただジアナ号上のことだったようだとは、うすうす感じておりました。兄がいなくなった今となっては、その場に居合わせた徳兵衛が、一番よく知っておりましょうから……」

「そういう話、なぜ最初から申し立てなかったのだ。もしそうすれば、これほどまでにあらぬ嫌疑をかけられ、厳しく追及されることもなかったろうに。」

と銕四郎が口を挟んだ。

「おっしゃる通り、今となってみれば、手前の浅はかな迷い心のせいだったかも知れませぬ。がしかし……」

と、金兵衛はここで万感の思いを籠めたように、

「異国人との約定は、きついご法度と承知しております。かりにも生前偉いやつと人に讃えられた兄の名前を、かような不名誉で傷つけるに忍びませんでした。嘉市にも、それだけはよく心せよと、厳しくしつけました。」

と心中を吐露した。そして、

「それにしても、徳兵衛には、どうしてお目をつけられましたか。出来事が、もうはるか昔のことですし、本人もすっかり老いぼれの身で、もはやだれ知るまいとばかり思っておりましたのに……」

と合点しかねる様子。

「お上を甘く見るでない。調べが入ったのは、本人の落度がきっかけだ。ひいては、雇い主であるその方の落度でもある。そちらの方のお調べは、このあとだ。」

といわれてがっくりした。

嘉市は、金兵衛が恐れ入ったので気が楽になり、山高印の旗を配ったのは昔のこと、自分が養子に入ってからは全然見聞きしたこともない、今度のことでお父っさんから始めて聞かされ、いいつけに従って心苦しくも嘘をつき通しましたと白状し、世間知らずの青二才じゃあるまいしといって

叱られた。順通丸の吉兵衛の密談を、仕方がないといったまま届けでなかったことでもあり、余計にみっちり油を搾られた。

栄徳丸の十二人は、雇い主金兵衛の無言の圧力の重しが取り外されて、やれやれという空気が広がった。そんな中でしかめっ面なのが、重蔵と寿蔵の二人である。押えが利かなくなって、若いものが勝手に口をききだしたのだ。

シャマニ沖で重蔵が病気で引っ込んでいたというのは、真っ赤な嘘であった。清右衛門ら若いもんが、胴の間で休んでいたのなども嘘っぱちだ。真実は、全員櫓の上にいて、オロシャ船が追いかけてきて離れてゆくまでを、つぶさに見届けたのだった。

さかしらな重蔵は、ネモロの船番所でうたぐられたのを切り抜けようと、寿蔵と共謀したのがつまずきのもと、次々に嘘を積み重ねる結果になった。高田屋の機嫌を損ねまいとする余り、久八の本当の話を作り話に言い換える羽目にさえ陥ったのは皮肉である。

年も押し詰り、例年ならば牛込御門から神楽坂にかけてずらり市が立ち、近所で餅つきの音が絶えない頃だ。だが今年は諸国の不作で米の値段が上り、市の賑やかさが今一つぱっとしない。水戸領でも、秋口の大風水害で田畑がこっぴどくやられ、お正月の祝いは藩をあげて自粛せよとのお達しですと、桧山勘衛門がやってきて浮かぬ顔をした。

みぞれの降る寒い一日、ひょっこりと一年ぶりで間宮林蔵が船河原橋を訪れた。雨合羽の下は、古ぼけた袷(あわせ)の行商人の風体である。西国筋の隠密御用を承った旅の帰り、中山道を通っての寄り道だという。

高田屋一件のこれまでの話をすると、林蔵は目を丸くした。

「ふうん、金蔵めが、生きておりましたか。それはそれは……」

と感慨深げにした。

「だが、よくあの男が、見つけだせたもんですね。」

「そこです。大坂の町方が、別のことで疑念を挟みましてね。それがなかったら、果してどうなったか。しかし、かねがね先生から拝聴してきたことどもを、覚えていたのが役に立ったといえましょうね。」

「それはまた、どうも。」

林蔵はまんざらでない顔をしたが、

「しかし、知らないと偽ってお上に手数をかけた金兵衛はともかく、約定の事実を奉行所で申し出なかった嘉兵衛のことは、どう考えたらいいんでしょうなあ。わたしなども、ダッタン渡航で国禁を犯したんですが、届け出た上だったから文句もいわれなかった。嘉兵衛だって、一言申し出ておけば、もともと一己の利益のためにやったことじゃなし、きっと不問に付されたに違いない。公儀の御用を勤めるからには、そんなこと百も承知のはずの嘉兵衛が、どうして後に禍根を残すようなことをしたんですかねえ。」

と、首をひねり続けた。

落着

天保四年が明けた。正月元日は、晴れであった。

登城して年賀の式に列した弥吉は、帰宅すると家族や家来とともに、屠蘇を汲んで新玉の年を祝った。

わが年も齢（よわい）を重ね、新年をもって三十三を迎えたことになる。改まった気持で居間に入り、随想を認めておく私記帖の新たな一枚を広げると、勢いよく筆を振るい、巻頭に次の三十三文字を書きつけた。

　宥過無大刑故無小罪疑惟
　軽功疑惟重与其殺不辜寧
　失不経好生之徳洽于民心

真夏の暑い一日、友野先生が汗だくになって、

「よいか、ここは、過チヲユルスニ大トスルナク、ユエアルヲツミスルニ小トスルナシ。罪ハ疑ワシクバコレヲ軽クシ、功ハ疑ワシクバコレヲ重クス。ソレ不辜（ふこ）ヲ殺サンヨリハ、ムシロ不経（ふけい）ニ失セントス。生ヲ好ムノ徳ハ民心ニアマネク……と読むぞ。不辜とは重罪でないもの、不経とは定法に

反することをいう。」

と塾生に訓読を授けてくれたのが、昨日のことのように懐かしまれる。

書経の大禹謨篇の一節、中国古代の帝王舜が禹に位を譲る場面で、禹は徳ではとても及ばないからと皐陶を推し、自分は辞退する。その皐陶もわが業績には触れず、世の中がよく治まったのは、

「過ちならたとえ大きくても許し、故意のしわざはたとえ小さいことでもお見逃しにはならない。罪の疑わしいものは罰を軽くし、功績はたとい疑わしくても賞は重くしておやりになる。重罪でないものを殺すくらいなら、むしろ定法に反してでも死一等を減じなさる。このゆえに民草は、生きる喜びを謳歌いたしました……」

と、あくまでも帝舜の徳のせいにしたという逸話である。

朱子学では、こうした人心の機微に触れる考え方を重視する。官にあって法治のことに携わるものは、常にこうした心掛けを忘れてはならない。自戒をこめて弥吉はこの一節を引き、新春の巻頭を飾らせてみた。

もう一つ、役人の心構えとして、つねづね思い起されるのは、恩人石川左近将監の日頃の訓話である。

「官吏として政治に預かるものはだね、徳において天地と肩を並べるくらいの心意気でなくちゃだめだ。禍いや天災があれば、それを引き直してみせるというくらいの気迫が大事だよ。世間と狎れ合うなどということは、絶対にやっちゃいけない。」

ずいぶんむずかしい注文だが、石川の心にある天を鑑とするというすがすがしい理想に、自分も及ばずながら近づいてみたいものだとは思う。それだから、年の始めに当ってこれも採録しておく

ことにした。

評定所の御用始めの日に、弥吉は榊原から、

「そなたが、暮のうちに決着をつけてくれたお陰で、正月はのうのうとできたよ。いや、どうもご苦労だった。」

と如才ない挨拶を受けた。

しかし、みんなが榊原と同じというわけのものでもない。金三郎は、こんなことをいった。

「町方に知合いのある親類のものが、正月に遊びにきていうんです。折角一座がお取り立てになったのに、当初の密輸という見込みが外れてしまってつまらない。旗合せのほかにも、ほじくればまた何か余罪がでてくるんじゃないかと、酔って管を巻いたそうですよ。」

これにはその場でこそ、

「手柄顔をするために、ことをおおげさにしたい気持は、わからないでもないがね。」

さらりと身を躱した積りだが、内心さて困ったなという感じは拭えない。

実は、調べが進むにつれ、箱館における金兵衛のお大尽ぶりがわかってきた。シリサハエの東向き平地にある豪勢な別宅には、夜具だけで五百人分の蓄えがあるという。これは松前の家数より多いそうな。

町人で豪奢な生活を送るものがいるのは、今に始まったことではないが、とりわけ商人はずる賢くて、物不足になればなるほど売り惜しみをし、物価の高騰を引き起こす元凶だと世間は信じこんでいる。だから何かと理屈をつけて、悪徳商人と銘を打ち懲らしめさえすれば、大方の喝采を博することは間違いない。

金兵衛の場合、身分の超過がもし正式に取上げられでもすると、旗合せの一件とあいまって、死罪とまではゆかなくても遠島ぐらいにはなってしまうだろう。しかしそんなことまでして、罪人を作りだす必要があるのだろうか。

中旬に、北町奉行所で掛り役人だけの寄合いがあった。奉行衆は顔をださないが、ここでの話合いが一座としての罪案をきめるもとになる。すこぶる大事な集まりだ。

町方から弥吉に、

「金兵衛の罪状について、お考えは?」

と聞いてでた。

「まず、嘉兵衛が行った旗合せの約定を、包み隠そうとしたこと。次に、嘉兵衛退隠ののち、徳兵衛の身柄について伺いを立てなかったこと。さらには今回のお尋ねにおいて、知らぬ存ぜぬを押通そうとしたこと。以上の三ケ条でしょう。」

「すると罪案としては?」

「追放刑に、相当するのではないか。」

「一口に追放刑といっても、重いのから軽いのまでありますが……?」

「重いか軽いかは、お奉行衆がお決めになること。われわれがとやかくいうことではない。」

べつの町方が、

「金兵衛は、町人の身分にあるまじき、ぜいたくものと聞き及んでおりますが、そこを糾明されなくてよろしいか。」

いよいよでた。

「身分の超過は、今回のお尋ねの筋に含まれてはおらぬ。」

とつっぱねた。

「旗合せを隠蔽したこともさることながら、異国と約定を交した、そのこと自体は、どうなりますので?」

との問いがでた。嘉兵衛その人は、罪に当らないかというのである。

正直にいって、これこそ一番きわどい、意地悪な質問だ。死人だからお構いなしといえるのは、罪が軽い時のことで、重い罪ともなればそうはいかない。

つい五年前のこと、高名な陽明学者で大坂東町奉行所与力の大塩平八郎が裁いた、切支丹バテレンの妖術使い豊田貢一件がいい例だ。一味の首魁水野軍記なる浪人ものは、すでに六年も前に死亡済みにも拘らず、大塩はその罪を鳴らして墳墓破壊の厳刑に付したということがある。

亡き嘉兵衛に疵のつくのを恐れた高田屋父子が、徹頭徹尾しらばくれ通そうと決意した下心もまたそこにあるのだ。

弥吉は、質問した町方の方へ、ゆっくり向き直った。

「なるほど、いわれる通り、異国と私に約定を交すことは、堅いご法度である。また、嘉兵衛がオロシャと旗合せの約を交したことは、事実間違いない。

しかし、だからといって、われわれは果して嘉兵衛が責められようか。

思っても見給え、クナジリ沖で観世丸が、オロシャ船に襲われた時のことを。嘉兵衛は、目の前で、逃げ惑う乗船者が、ばたばた海に飛び込んで溺れるのを見た。オロシャと掛け合う気になったのも、畢竟、そうした悲惨を二度と繰り返したくない一念からじゃないだろうか。

旗合せは、これに応じて先方が持ちだしたもので、いわば咄嗟の出来事、嘉兵衛があらかじめ企んだわけでも何でもない。山高印の旗がそこにあったのも、日本のお船が近づいた時の目印に携えただけのこと、約定する魂胆など、いざその場にでくわすまではさらさらなかった。

もっとも、旗合せという日本になじみのないやり方は、嘉兵衛もいいわけに苦しみ、帰国後のお調べでも、ついついいいそびれたものと、わたしは解するのだがね。

どうだ、これでもなお、貴公は嘉兵衛を追及してみたいか。」

弥吉の心の中には、ソレ不幸ヲ殺サンヨリハ、ムシロ不経ニ失セントスの一句が、どっしり根を生やしている。相手は沈黙した。

「私交易のことですが、霊岸島、品川では、洗ってみても、疑わしい証拠はでませんでした。でも、ほかはどうだったのでしょう。」

と聞く声がある。これには金三郎が、

「諸国の船番所に命じて、よく調べさせたがね。米穀の荷動きを含めて、怪しいと思われることには、一切出くわさなかったと、これは誓っていえる。」

と断言した。

掛り役人同士の下話はこれで打切られ、三奉行への答申となった。それより老中への言上があった。

こうして二月二十二日、周防守から脇坂に高田屋一件の下知が下った。これを受けて評定所一座は二十三日に白洲を開き、金兵衛と嘉市、徳兵衛、栄徳丸の重蔵ら十二人、彦右衛門こと船主伊丹屋平兵衛の全員を出廷せしめた。

聴訟席の顔触れは、一座の初白洲の時と同じだが、板縁の上には見慣れない顔がある。阿波松平（蜂須賀）家の広岡五左衛門、備前松平（池田）家の山内権左衛門、松前家の遠藤の各留守居役三人である。

塀の外の世間は春色たけなわだが、白洲はその名の通り、白砂利にむしろござが敷かれただけの簡素なもので、あでやかさめいたものは微塵もない。

徳兵衛と彦右衛門は、最後に入廷し、ほかとは離れて座らされた。金兵衛は始めにちらと視線を送ったきり、あとはじっと前を向いたままだ。嘉市は時たま落ち着きなく左右を見やる。

三奉行と大沢目付が出廷し、静けさが漲ったところで、

「これより裁許を申し渡す。」

脇坂のりんとした声が響き、

「松前志摩守領分、箱館大町家持金兵衛……」

と読み上げが始まる。

「その方儀、養父嘉兵衛存生中より引続き、蝦夷地の内請負まかりあり……先年蝦夷地沖合において、嘉兵衛ならびに水主金蔵こと徳兵衛、追って送り返され候みぎり、嘉兵衛儀蝦夷地のうち請負まかりあり持船たびたび相回し候間、沖合にて出合い候とも、乱妨致さざるよう船長へトロイワノイチへ申し談じ、向後山高印の小幟相立て候をオロシャ船にて見受け候わば、彼の船にては赤き布相立て候筈申し合わせ置き候おもむき嘉兵衛より承り及び候につき、その方代に相成り候ても右小幟引続き船々に渡し置き候ところ、右次第蝦夷地御用地中はもちろん、当領主に相成り候ても申し立てず、その上右徳兵衛は嘉兵衛手元に置き候うちは構いなく、帰郷等相願い候わば、領主領内の

嘉兵衛へ淡州都志本村ものに候上は、申渡しこれある所にて先年箱館役外みだりに他出相成らざる旨、候い使召方その、ろこときべけ受図指て立し申へ筋の其い方計取分身衛兵徳、りぎみ候り戻立衛兵所場負請般今にとこ、しわ遣差へ等店持表坂大、得心相と儀の様同も候き置し差に元手衛兵嘉ばわ

外みだりに他出相成らざる旨、先年箱館役所にて申渡しこれあるものに候上は、淡州都志本村へ嘉兵衛立戻り候みぎり、徳兵衛身分取計い方その筋へ申し立て指図受けべきところ、その方召使い候わば嘉兵衛手元に差し置き候も同様の儀と相心得、大坂表持店等へ差遣わし、ことに今般請負場所ホロイツミ外一か所へ差送るべき米塩等、大坂安堂寺町五丁目平兵衛沖船頭重蔵その外のものども相雇い積入れ、出帆致させ候後、沖合にてオロシャ船に出逢い、右幟を立て無難に乗抜け候よし相聞け、領主役場より呼出しこれあり、嘉市を代りに差出し候節、右幟相渡し候や否や尋ねこれあり候ても、嘉兵衛かの国のものどもと幟合せ約定致し候次第、ならびに船々へ幟渡し置き候儀、有体申し立て候ては不審受けべく候間、右様の儀は申し立てまじき旨嘉市へ申し含め、あまつさえ奉行所吟味に相成り候ても同様押隠しまかりあり候始末、交易等致し候儀はこれなく候へども、右始末不届きにつき、所持の船その外小幟とも取上げ、摂州兵庫西出町ならびに大坂助右衛門橋東詰西笹町をも構い、江戸十里四方追放申し付け、生国淡州都志本村領主松平阿波守領分の外みだりに他出致すまじき旨申し渡し、右家来へ引き渡すものなり。」

といい渡した。

一口に追放刑と呼ばれるものは、重、中、軽の三種類がある。重追放は家屋敷、田畑、家財ことごとく没収され、着の身着のままで追いだされるという厳しいものだ。エトロフの露寇で逃げ帰った関谷茂八郎は、この罰を蒙った。中追放は家屋敷と田畑の没収、軽追放は田畑だけの没収だ。高田屋はこの一番軽いので済んだとはいえ、土地の耕作はせず、田畑に匹敵するものといえば持船である。それが没収されれば、もはや回船稼業はやってゆけない。事業家としての高田屋は、これで生命を断たれた。

嘉市に対しては、金兵衛の代理として代官所に出頭した時、嘉兵衛が帰国の船中でオロシャ人と旗合せを約定したことも、それ以後配下の船に旗を渡し続けたことも、喋ってはならないという金兵衛の申しつけに従い、違ったことばかり申し立てたのを罪にあげた。

さらに、

「自家船順通丸乗組のものども、沖合にて異国船に出逢い、米酒等差遣し候よしのところ、右の趣届け出で吟味に相成り候わば、一通りにては相済みまじき旨、右船頭吉兵衛申し聞け候になずみ、訴えも致さず、そのままに打過ぎ候始末……」

不届きにつき、これによって船稼業差留め、所払いを申しつける、兵庫と大坂の店へも立入ってはならないと申し渡した。

脇坂の声が、

「徳兵衛、その方儀……」

と次に移ると、それまで無表情だった金兵衛の顔に、ほっと安堵の色が浮ぶのを、弥吉は見遁さなかった。ひょっとして嘉兵衛が罪に問われはしないかと、やっぱりそれがよほど気がかりだったのである。

徳兵衛の申し渡しでは、嘉兵衛に水主として召抱えられ、観世丸に乗組み、オロシャ船に捕われ、追って送り帰された時、

「幟合せ等の儀、オロシャ人どもと嘉兵衛約定致し候次第、先年蝦夷地の内にて御吟味の節、同人申し立てずまかりあり候を、いかがの儀とも心づかずそのままに打過ぎ……」

その上嘉兵衛の手元にある間は構いなしとのお達しだったからには、嘉兵衛の郷里隠退の節その

筋へ申し出て沙汰を仰ぐべきところ、金兵衛の手元でも同じことと勘違いし、

「大坂表金兵衛持店等へ参り居り候始末、不埒につき急度も仰せつけらるべきところ、速かに有体申し立て、一件御吟味も相分り候間、お咎めの儀に及ばず……」

無罪とされた。

身柄は、出身地の領主松平（池田）伊予守に引き渡される。老中達しが効力を失っていないため、無罪ではあっても、領国備前以外はみだりに出歩いてはならないと注意を受けた。

さて次が、船頭重蔵ほか十一人の栄徳丸乗組の番である。

申し渡しでは、一同、

「金兵衛用船に乗組み、蝦夷地の内ホロイツミとネモロへ向け出帆致し、シャマニ沖合においてオロシャ船二艘に出逢い候みぎり、重蔵儀右金兵衛養父嘉兵衛より元船頭久八受取り、金兵衛代に相成り候ても引続き船中櫃の中に入置き候山高印の小幟取出し、相立て候ところ、右オロシャ船にても赤き布を帆桁と覚しき所へ相立て、両艘ともに乗開き、無難に着船いたした……」

のを全員がその場に居合わせて目撃したことが、確認された。

ところが重蔵は、もし届ければ吟味になって手間取るからと、ネモロの船番所では知らぬふりで通した。藩吏に怪しまれてからは、寿蔵と相談の上で自身は病気、清右衛門ほか五人は胴の間で寝転び、オロシャ船を見て旗を立てたのは寿蔵ほか四人ということに話をでっちあげた。みんなはこのことをいかがなものかと思いつつも、口裏を合せることに同意した。

重蔵は松前の調べにおいても、金兵衛の代理の嘉市が旗を渡したことがないと述べたと聞くと、申し口に食違いがあってはまずいと考え、旗は久八が自分勝手に拵えたもののようないい方をして

話をややこしくした。さらには、

「奉行吟味に相成り候ても同様に申し、紛らわしくまかりあり候始末、重蔵は別しての儀、そのほかめいめい不埒につき……」

とのことで、重蔵は百日、寿蔵以下は三十日の手鎖が課された。

最後に、栄徳丸の船主平兵衛こと彦右衛門については、旗合せ等に関与せず、不埒の筋もないのでお構いなしとなった。


評定所を退出してから、弥吉は大手門前にさしかかったところで足を止め、民蔵と三吉を待たせておいて中に入った。

升形のすぐ脇にある下御勘定所の普請役だまりを覗いてみたがいない。当番に聞くと、きっと裏の馬場ですよと答えた。

いってみると、植込みの小菊が可憐に咲きそう馬場でたった一人、もろ肌脱ぎの林蔵が、小石まじりの地面の上を、四股でも踏むようにしてはだしで歩いている。

「先生、何をなさっておられる?」

「足の裏をね、こうやって鍛えるんです。」

といって見せてくれた足の裏は、分厚くて、なめし革のようにつるつるだ。

「ふだん、これさえやっておけば、冬、足袋を履かなくっても平気です。」

そういって汗を拭き、肌を入れた。

弥吉が今日の一座の申し渡しのことを告げるのを、林蔵は黙って聞いた。

「嘉兵衛翁が生きていたら、何といったでしょうかな。」

弥吉が半分自問の体でいうと、林蔵は少し気色ばみ、

「いや、あの男だったら、そもそもお役人に、いらざる手数などかけるもんですか。生前に調べを受けていれば、即座に一切を話してしまっていますよ。」

「こうなると、あの当時、松前の役所で、ちゃんと喋っておいて貰えなかったことが、つくづく悔まれますね。」

「いや、全く。あれほどものごとのよくわかった男が、どうしてそれには一言も触れようとしなかったのか。手前にも、それはわかりませんなあ。」

と、唇を嚙む。

「しかし、先生。わたしもこの一件は、うっとうしい思いをしましたが、終ってみて、嘉兵衛翁に対する敬慕の念が、いささかも揺らいでいないのに、実はほっとしています。」

「それは、よござんした。」

林蔵の顔はやっとほころんだが、すぐに、

「でも、箱館はこれで、火が消えたようになるでしょうな。」

ぽつりといった。

「それを思うと、わたしも暗い気持です。」

「一体全体、蝦夷地は、松前家の力だけでは、もう無理ですよ。公儀が、あそこから手を引いたのは、大変な失敗でした。」

と、林蔵は持論を繰り返した。

高田屋の運命を制した山高印の小幟だが、栄徳丸にはあって順通丸と徳力丸にはなかった。それではほかの船々についてはどうだったか。

昨年来箱館に繋留された高田屋の自家船は、順通丸のほかに、浮悦丸、大福丸、太神丸、順栄丸、蛭子丸、広運丸、重孝丸、広吉丸、大黒丸、大栄丸の十艘がある。旗の所持の有無についての聴取を、藩が届けてでたのが、やっと六月も十四日になっていた。

それによると、旗をはっきり嘉兵衛から受け取ったことがあるのは、浮悦丸、順栄丸、蛭子丸、大黒丸の四艘で、大福丸はどこから貰ったかは不明だが見たことはあるといい、太神丸は順通丸同様、まだ日が浅いこともあって旗のことは知らなかった。

驚いたことに、風浪で波に攫われたり鼠に食われたりで、満足に現存するものは一つもないことが判明した。自家船でこの体たらくだから、栄徳丸のような用船ごときが大切に保存しえたことこそ珍しいというべきで、それだけに高田屋にとってこうした結末は、泣いても泣ききれない不運だったとしかいいようがない。

右の十一艘は、七月までに全部箱館で競売に付された。売上げの合計額は二千六百七十七両一分と銭百八文だった。江戸、大坂、兵庫で差押さえられた分については、この限りではない。

順通丸一件で出頭命令を受けたもののうち、乗組の十三人と庄次郎、松兵衛の計十五人は、四月十六日に着府した。嘉蔵は呼出しが遅れて六月九日、帳役の治助と網船頭の吉五郎ははるばるエトロフからの東上とあって、到着は八月二日になった。

吟味の側からすると、この一件は、事実関係がはっきりしている点で、栄徳丸の時とはまるで違う。まず庄次郎の駆けこみ訴えがあり、嘉市も吉兵衛から内談があったことを認めていて、乗組のものがどうこう言い逃れできる余地は始めからなかった。

調べはばたばた片付き、九月十三日に評定所で脇坂から申し渡しがあった。

吉兵衛は、異国船に物品を供与したのは余儀ないことと認められる一方、番所で何もなかったと偽りの届けをし、裏では嘉市にゆすりまがいの不埒を働いたとして、手鎖を申しつけられ、その他の十二人は急度叱り（きっと）に付された。ハアカ二丁は没収された。

庄次郎、治助、吉五郎の三人は、吉兵衛との申合せに従い、エトロフに着いて偽りを届けでたのは不埒というので、治助と吉五郎は急度叱りに処せられた。だが庄次郎は、その後前非を悔いて自首したのがきっかけで一件が明るみにでたため、構いなしとなった。嘉蔵と松兵衛の二人は、いち早く事情を知りながら、ぐずぐずして吉兵衛のなすがままにしたのは等閑の至りであるとして、過料を三貫文ずつ課せられた。

残るもう一人の科人嘉市については、すでに栄徳丸一件で刑を課されたため、新たな罪に問われることはない。

一年以上に亙った脇坂の評定所一座は、これをもって幕を閉じた。

申し渡しは、高田屋が密輸を働かなかったことを明らかにしたが、世間はなかなかそう思いたがらぬものである。

上方では、高田屋が大量の米をオロシャに抜け売りしたのが発覚したと風聞が立った。暴露したのはオロシャ側で、かねがね日本との交易が念願なのに許して貰えない、なぜ日本からばかりわが方へ交易にくるのかとねじこんできた。そんなはずはないと答えると、ではといって持ち出されたのが山高印の旗だという。おまけにこれには、領主の松前家も一枚嚙んでいるというのだ。オロシャとの間は、ゴロウインの釈放以来接触がないので、そういうやりとりがあろうはずはなく、どうやら長崎のオランダ筋あたりででっちあげたものかと思われる。
もう一つ、世間に流布したものに、高田屋金兵衛闕所物（けっしょもの）と称する書付けがある。

米拾九億八千万石余
　右は去秋より唐船積送
土蔵三百五拾七ケ所
　内
唐物入百弐拾三ケ所
庭蔵四拾三カ所
人参蔵六拾七カ所
竜脳蔵六拾四カ所
大船四百五拾四艘
　但五万石余船頭千人余
漁船三百五拾艘
　有米九億壱万石余
家間口五拾七間奥行弐百拾間
召使い二千人余
有金百弐拾壱万弐千両余

米蔵四拾壱ケ所
右之外宝物諸道具数相知れ申さず候

闕所というのは、全財産の没収を意味し、重追放以上の刑でないと行われない。高田屋は軽追放であって、家屋敷家財は残ったのだからわけが違う。そうした間違いのほかにも、この数字自体、はなはだしく荒唐無稽であるといわざるをえない。しかし世人が半信半疑ながら手写したくらいには、その豪富ぶりは方々で噂されたのである。

およそ百三十年前の宝永二年、淀屋橋の名を今に伝える大坂の商人淀屋辰五郎は、あまりの驕奢が災いして使用人の犯した罪に連座させられ、文字通りの闕所処分を受けた。高田屋ももしその巨万の富を槍玉にあげられたとしたら、淀屋なみの罰をくらっても文句はいえなかったろう。

過チヲユルスニ大トスルナク……高田屋御殿の夜具が五百にのぼるのを知っても、弥吉はあえて訴追にのぼせることをしなかった。

一座が解散して二ケ月半経った十一月二十六日、中野、久須美、弥吉、銕四郎、金三郎の五人は、城中奥右筆部屋の縁側に参上、老中列座の席で、松平周防守から金兵衛一件の吟味ご苦労であったとねぎらいがあり、それぞれに下され物がでた。中野と久須美は巻物二つずつ、弥吉が白銀七枚、銕四郎と金三郎は同五枚ずつだった。同じ時刻に城中焼火の間では、書役の石川長二郎が、若年寄小笠原相模守から白銀三枚を受けた。面目をほどこしたのは評定所組ばかりで、町方への褒美はない。

年が変った天保五年三月、将軍家の寵愛をほしいままに一世を風靡した幕閣の大立物水野出羽守は死去し、いよいよ周防守の時代が到来したかに見えた。しかし、こともあろうにほかならぬ弥吉がそれに待ったをかける巡り合わせになるのだから、世の中というものは皮肉である。

六年四月、江戸市中で発生した一虚無僧の召捕りの権限をめぐって、南町奉行筒井伊賀守と寺社奉行吟味物調役の弥吉が真っ向から対立、それがきっかけで但馬出石藩の家政の乱脈が明るみに出、家老仙石左京というものの所業がたぐられてゆくうちに、松平周防守その人との醜いつながりが浮びでた。黒い影があまりにも巨大なために、調べを入れた当初は加勢してくれるものもなく、弥吉は一人ぼっちとなって追及の糸もあわや切れるかと思われた。ようやく脇坂が弥吉の主張に理解を示すに至り、権限が寺社奉行の一手に移されてから調べはとんとん拍子に進み、ついに左京は獄門、周防守は罷免され、出石藩また五万八千石から三万石に減封となる大事件に発展した。世にいう仙石騒動がこれである。

弥吉の名は一躍天下にとどろき、権勢に挫けない勇気に感動した老中大久保加賀守の手によって、勘定吟味役に抜擢され、布衣の着用を許される。役人になった以上はだれしもが夢みる布衣の地位を、三十五歳の若さで手にしたのだった。

古河藩の家老鷹見に紹介された渡辺崋山を通じて、弥吉は蘭学を研究する尚歯会(しょうしかい)というものと関わりをもつ。日本のためには西洋のことも学ばなくてはならぬという動機からだが、会員の中にはもっぱらオランダ渡りの知識を振りかざし、西洋に心酔するだけの薄っぺらなものもいる。お目付の鳥居耀蔵(ようぞう)というのが大の蘭学嫌いで、そういう仲間にあの成上りものの弥吉がいると聞きこむと、蛮社の獄という事件にひっかけて弥吉の身辺を洗わせるということがあった。ただの西洋かぶれではないので、幸いにして難は避けられたものの、一時はひやりとさせられた出来事だった。

四十一歳で、夢のまた夢だった従五位下諸大夫という官位に進む。官名をつけるについては、かねがねその恬淡とした人柄が慕わしかった遠山金四郎の左衛門尉にあやかって左衛門尉を名乗ることにした。

親分の脇坂はこれより先、大坂城代、京都所司代を飛越す三階級特進で老中の座についた。家系が外様に属したということからいえば、きわめて異例である。

弥吉と親しかった留役の仲間がまた、揃いも揃って諸大夫までいった。幕末にかけて下級臣の登用がふえる時代ではあるが、それにしても珍しい。

久須美は佐渡守に任官して、御勘定奉行に進んだ。中野は石見守となって大坂町奉行、鋏四郎は大膳亮を称え御徒頭、先手弓頭を歴任した。左衛門尉の晩年までつきあったのが、この大膳亮だ。金三郎は駿河守に任官したまではよかったが、後年条約勅許の困難な時期に禁裡付を勤める不運にぶつかり、朝幕の間に板挟みとなって自殺したのは哀れだった。十四年間連れ添ったやすを離縁し、その後も女房運に恵まれなかった弥吉に、大工頭大越孫兵衛の娘さとをみつけてきて媒酌し、生涯の伴侶たらしめたのが、ほかならぬ世話好きのこの金三郎である。

左衛門尉が普請奉行の地位にあった弘化元年二月、林蔵は泉下の人となった。年六十五歳。

「御普請役間宮林蔵病死、そは東北ダッタンにも参り候男なり。」

手記の一節に認めたこの文言には、簡潔な表現の中に哀惜の情が滲む。

嘉永五年九月、五十二歳にしてついに三奉行の一角である御勘定奉行を拝命する。家禄も五百石に加贈された。知行地を願い出、武蔵国秩父郡上吉田村で百五十石、下野国下都賀郡古橋、箱森両村で三百五十石を拝領した。小さいながらも、いっぱしの地頭にはなったのである。

ようやく風雲急を告げる幕末の政局は、立身した感激に浸る暇さえろくろく与えてくれはしない。長崎のオランダ商館からの別段風説書によって、幕府は船将ペルリの乗込んだアメリカの蒸気仕掛けの軍船がホンコンに到着し、日本渡航の準備をしていることを予告される。

それまでにも、強大国の清が阿片戦争で無残な敗退を喫したことを深刻に受け止めた幕府は、水野越前守老中の天保十三年に、二念なき打払い令を薪水令に改め、異国船に対する姿勢を緩和することはしていた。林蔵が瞑目したあたかもその年にはオランダ国王が親書を寄せ、いずれは強国エゲレスあたりが開国開港を要求してでるだろう、時代はもはや今のままでは通らなくなったと忠告してきた。そんなことを皆目知らされぬ世間は、ただただ面白おかしく、その日その日を遊びほうけるのみである。水野に代って老中首座についた阿部伊勢守が、日夜懊悩したがいまさらどうなるものでもない。とうとうその事態が現実のものになった。

嘉永六年（一八五三）六月三日、船将ペルリは四艘の艦隊を組んで浦賀に来航し、砲列の照準を江戸に向けて武威を誇示しつつ通商交渉の開始を迫った。人もなげなその振舞に激昂した江戸城内の評定では、撃攘を叫ぶ強硬論が噴出した。温厚な大学者の安井息軒ですら、過激な封船攘夷策を奉ったくらいだ。

混乱を目の当たりにして、ラックスマン、レザノットの時もこうだったのかな、歴史は繰り返すものだと、左衛門尉は感慨を深くした。

それにしてもこの四、五十年の歳月の間の彼我の武器の差の開きようはどうだろう。エトロフの戦いで、織豊（しょくほう）時代以来変らないわが火器は、オロシャ方の威力に抗すべくもなかったし、カムサスカに渡った嘉兵衛が親しく体験したオロシャの軍船の自在な乗り回しは、とてもわが千石船の真似のできない芸当だった。今回ペルリが乗ってきた蒸気軍艦に至っては、火力走力ともさらに性能が飛躍している。こういう化け物を相手に、ただ追い払おうというのは愚の骨頂だ。

群臣とは一味違う視野をもった左衛門尉を、阿部老中は内々の相談相手として信頼した。ペルリがわが方の回答を待つために一旦引き揚げると、阿部は通商反対派の中心人物水戸斉昭のもとへ、かつての伊賀守改め筒井肥前守と左衛門尉の二人を密かに遣わした。両人はこの際日本が外夷と一戦することの無謀を説き、十年ぐらいかけて交渉しその間にこちらも力を蓄えるという阿部のいわゆる「ぶらかし説」を開陳して協力を懇請した。もともと左衛門尉は、水戸の人脈とは交際が深く、斉昭の信任厚い用人の藤田誠之進かつての虎之助とは、剣術の舎弟分桧山勘衛門を介して、年来の知己の間柄だったから、そちらからも手を回し、さしもに豪気一本槍の斉昭をぐらつかせるのに成功した。阿部がこれでほっと一息ついたのはいうまでもない。

ペルリの来航に遅れること一月半ばかりの七月十八日、長崎の地に、兵船四艘を従えたオロシャの提督プチャーチンがやってきた。のっけから長崎奉行など相手にせず、あくまでも外交交渉の権限をもった全権との会談を要求した。

新顔のアメリカの高圧的態度に辟易したわが方としては、何とかしてオロシャは長崎の地に縛りつけておきたい。相手の気分を和らげるためにも、高官の派遣はやむをえまいと、阿部は考えた。とはいうものの、即決の権限を安心して委ねられる人材はとなると、いるようでいない。悩んだ末に阿部が選んだのは、皮肉にも今や股肱として手離せなくなった筒井と左衛門尉のコンビに外ならなかった。

幕府の大官としての箔をつけるため、留守居の閑職にある筒井を大目付に復帰させ、左衛門尉については四品という恐ろしく高い官位をあてがった。これは高家は別として、老中とか十万石以上の大名でなければ奏請する資格がないとされているものだ。地位の方も公事方から勝手方へといま一歩引き上げた。わが国初の外交全権の肩書として、文句のつけようがない。

長崎でじりじりと待つプチャーチンからは、催促がしきりである。十月三十日に左衛門尉の一行は、旅程を端折るために中仙道を経由することにして江戸を出立した。碓井峠を越えて望月宿を目指す途中、雪がちらつきだして日が暮れかかり、これではいかんと駕籠を降りてみんなと一緒に歩いたが、日頃鍛錬した体はかるがると飛ぶようで、道案内の代官所手代の方が息を切らせてへばってしまったという。

塩尻峠を通行して眼下に諏訪湖を見下せば、折りからの晴天に山野はきらきらと一面の銀世界である。その美しさにしばし見とれるうちにも、課せられた重い使命は頭を去ることがない。それにしても、思えば何という不思議な巡り合せか。

干支（えと）でちょうど一回り前の寛政五年、すなわちこの年と同じ癸丑（きちゅう）年の正月二十二日に、壮年盛りの石川左近将監は松前でラックスマンと会見するために江戸を発っている。季節の上からは、奥州街道もこれと同じように雪が深かったろう。

さらにそれから十二年後の乙丑（いっちゅう）の年、文化二年に、今度は遠山左衛門尉が、いま辿りつつある同じ長崎への道を使いして、レザノットに会いにいっているとは。

自分が傾倒してやまない二人の先輩が、揃いも揃って同じ丑年に、北へ南へ異国の使節の応接に出張しただけでも奇縁なのに、三人とも相手が同じオロシャというのはどこまで因縁めくことやら。いま自分がその立場になって見ると、つくづく二人の苦労のほどが思いやられるというものであった。

十万石の格式の供揃いである上に、天下の御勘定奉行の通行とあって、各地の領主の出迎えと接待は丁重をきわめる。庶民は口々に、今太閤とはやしたてた。左衛門尉も使命を帯びた公儀の人間であるからには、それ相応の体面を繕わねばならず、城下では駕籠に乗ってしずしずと通るが、行き過ぎれば下りて供のものと一緒にてくてく歩いてしまう。育ちが育ちだけに、その方が気楽で性に合っている。備中から備後に入った時などは、一日十二里の道中のうち八里半をそうやって歩いた。筑前では太守松平（黒田）美濃守みずからのもてなしを受け、十二月八日長崎に到着した。

オロシャと会談に入ったわが全権団は、正副使が筒井肥前守と左衛門尉、以下お目付荒尾土佐守、儒者古賀謹一郎の顔触れである。

正使肥前守はまず、交渉を急ぐオロシャのせっかちな態度について、こんな問いかけをした。

「貴国のゴロウインがきてからでもすでに五十年、貴国のものがわがエトロフ島でシャナの会所に乱暴してからも五十年になります。かように五十年間、音沙汰なしにしておられたものが、この度にわかに渡来して交渉をせっつかれるというのは、ちょっと合点が参りませんがな。」

使節プチャーチンは、獅子舞の獅子面を思わせる容貌魁偉、はるばる万里の波濤を乗り越えてやってきた偉丈夫だ。

「ほかでもござらぬ。そのわけは蒸気船の発明でござるよ。これができて海上が今までの三分の一で済むようになり、世界は一変しました。」

それだけではまだこちらが腑に落ちないのを見てとると、

「二百年来、外国との交わりを断ち、独り立ちされてきたお国ですからな。無理もござらん。異国のことをご存じないから、お見受けしたところ武備の方も緩んでいるご様子。

その間に外国の方はおいおい開け、武事を鍛練して、軍陣戦闘の機械はことごとく精密の度を加え、航海の術はもちろん、船の製作も巧妙をきわめるに至りました。

一例を申し上げると、貴国の船が何十艘あろうと、異国の軍艦一艘には太刀打ちできませんな。それに沿岸警備の砲台や陣固めなど、長崎をもって最重要な拠点と承るが、何のことはない今回つくづく拝見すれば、フレガット艦一艘をもって押し破るのにわけはありませんよ。」

とうそぶいた。ペルリが脅威をまざまざと現実の力で見せつけたのとは違い、言葉の上だけのこととはいえ、恫喝を孕む点においては何ら異なるところはない。

しかも、世界を一変させた蒸気船の出現は、これまで思いもかけなかった事態をもたらした。

「風の向きに拘わらず、行きも帰りも同じ日数で航海できる結果、国々の距離はぐんと短縮され異国船同士の往来は足繁くなり、薪水食料を求めるために、ぜひ御国地に立ち入らねばならず、かつ石炭は蒸気船に不可欠の品ゆえ、これまたぜひ御国地において求めざるをえません。」

一見国同士の分け隔てない付き合いのように見えながら、開港や役務の提供を求められるのは一方的にこちらであって、見返りに自分たちのどこそこを開放するという申し出はまるでない。しかも、そうした片務性を、

「遠路も近く世界も狭まったわけでして、日本沿海を異国船が往来するようになるのは火を見るように明らか、もはや事を延期し難い時世に相成った次第です。」

と、有無をいわさぬ口調で押しつけてくるところが、力まるだしの外交たる所以である。

ただし交渉の眼目が開国にあるのは無論として、オロシャの場合はむしろ領土の画定にあるのがアメリカとの大きな違いだ。相手は全権団の中心人物が左衛門尉であることをすぐに見抜いて、的をしぼってきた。たしかに、過去の経緯について、肥前守にうろ覚えの気味のあることは否めない。

プチャーチンはまず千島を取り上げた。

「千島は、南が日本、北はわが国において支配しておるものです。その内エトロフ島は、過去わが国人が住居してきましたところ、その後貴国が手を入れ貴国の人が住居するようになりました。一体いま日本では、エトロフをどちらの所属と考えておいでか。」

と切り出したのは、とてもではないがしらじらしいの一語に尽きる。

左衛門尉は即座にこう応じた。

「蝦夷の千島は残らず我が国の属島です。元来島名も蝦夷詞でしたが、だんだん貴国に蚕食され、名もつけ替えられるようになった次第。その後貴国のゴロウインと申すものが蝦夷地に渡来したさい、規定を立て、いちいち国境を定め、ウルップを以て中間の島とすることに決めました。それ以来エトロフ島へは外国人を置かず、領主より番所を取り建てておるもので、もとよりわが所領であること、疑う余地はありませんよ。」

プチャーチンは、

「ウルップ島は百年前オロシャ領土だったのに、近年はアメリカ人がきて（ラッコ）猟をする始末です。エトロフ島は五十年前まではオロシャ人ばかり居住し、貴国の人が入りこむことはなかったので、その辺のところをはっきりさせるように致したい。」

とくる。五十年前といえば、御用地首脳だった羽太がみずから高田屋の広栄丸に乗船しクナジリ島の夷人を慰問して回った頃のことである。この時広栄丸はさらに羽太の部下をウルップ島に運び、見つけたオロシャ人十七人に退去を促したが、エトロフ島内において異国人を見かけたという報告はいっさいない。

川路は語気を強めた。

「エトロフがわが国の所領であることは、断然疑いないどころか、古くはカムサスカまでわが国のもので、蝦夷人だけが住居していたのを、その後貴国の人が占拠するようになったんですよ。それだけじゃない、カラフトの南岸だってわが国のもので、番所を建てて置いてあるんです。一体、今回使節が持参された国書には、個々の領土のことは何も触れられていない。使節が書面にないことにまで及ばれるとなると、わが方も人心が穏やかではなくなりますよ。」

プチャーチンは話頭を変え、

「ゴロウインは元来、政府の使節ではありませんのでなあ。彼が何をどういったにせよ、あくまで一己の料簡でやったことでして、今回の談判の手掛かりにはなりません。」

と予防線を張る。その上で、カラフトに矛先を転じ、

「サガレンにはもともとわが国人が居住していませんでした。先年わが国のものがアムール地方に赴いた時、土地の住民がわが支配下に入りたいと望んだがために、軍卒を派遣しました。境界さえ定めればいいことで、本来日本所属の土地にまで手をだす積りはありません。」

といった。

しかし国書では、新たな土地を得る考えはないと断っている。それなのにカラフトに軍卒を送りこむのはいかがなものかと左衛門尉はやり返した。

「いや、それはですな。本国を出発した時には、たしかに国書の文言通りだったのですよ。ところがくる途中で連絡が入り、外国のものがサガレンを狙う形勢につき、やむをえず守兵を入れたと知らせがあったもので……」

急遽談判に含めることにしたのだと、プチャーチンは弁解した。前言とは、微妙な食い違いがある。

オロシャ側は、双方の立ち会いの下で、カラフトの北と中央部はオロシャ、南は日本というふうに、このさい境界を線引きすることを迫った。左衛門尉は、

「貴国のような郡県之治（中央集権）の国家ならば、ことは簡単でしょう。わが方は封建之治（地

方分権）の国でしてな。土地土地には大名というものがあり、いかに政府といえども、そこを通さずに勝手な真似をするわけには参りません。まずいいつけてから取り調べがつくまでには、三年から五年かかりましょう。」

「とてもそんなには待てませんよ！」

とプチャーチンは大袈裟な身振りをした。

「だんだんに人が住めば、永住の気持にもなり、なついてくるものが増えれば、勢力範囲も拡大するわけですから、そんな時になって立ち退けといったって、だれが聞くものですか。」

と西洋人特有の身勝手な論理で切り込む。

一日おいて両全権が再び会談した時、オロシャ側はせめてあらましの画定だけでもして帰りたいと主張、全く準備の整っていないわが方を悩ませた。プチャーチンはまたもやエトロフを取り上げた。

「エトロフは元来オロシャ人だけだったんですが、その後日本人が入ってきて居住し、この節は半々というところです。どうでしょう、サガレンなみに、ここも分割しましょうか。」

左衛門尉の頬は紅潮した。

「それは、心得違いというものでしょう。一体、蝦夷・千島というのは、わが国の古記録にあるばかりでなく、エトロフは現に断固としてわが国の所領ですから、そのような筋の立たないことを申出られては、とても話し合いどころではなく、これ以上談判しても無駄ではありますまいか。」

ときっぱり斥けた。

しかし正直なところ、不安がまるきりないといえば嘘になる。カラフトにせよエトロフにせよ、オロシャ人は長崎にくる前、現地を実見してこの目で確かめている。その自信が言外に溢れるのである。一体全体、領主の松前家は何をやっているのか。遠隔地ゆえに見回りきれず、オロシャ人の徘徊をみすみす許しているのではないのか。

ああ、こんな時、林蔵さえ生きていてくれたらなあと、いまさらながら、ため息がでる思いである。

プチャーチンはなおもしつこく、

「現在エトロフにはアイノばかりいて、日本人は居住してないようですな。」

と食い下がる。

そんな筈はない。左衛門尉自身が取り扱った栄徳丸一件を振り返っただけでも、松前藩は高田屋に代えて、エトロフ場所を林七郎兵衛と浜田屋兵四郎両名に請負わせたではないか。その後の変転はわからないが、会所や番屋に日本人が詰めないなど、考えられないことだ。それにしてもばかばかしいことだが、

「アイノは蝦夷人のことで、蝦夷は日本所属の人民であるから、アイノの居住するところは、すなわち日本の所領です。」

と、当り前のことを噛んで含めるようにいわなければならないとは情けない。すると、

「そのアイノですが、エトロフ各地に住居するものの中には、オロシャに属するもの、日本に属するものがあり、同島北の方のアイノは、オロシャの支配下にあって、日本には所属しませんよ。」

プチャーチンは、こちらが啞然とすることをいってのけた。どうやらエトロフには、特別オロシャに帰属するアイノというものが存在しだしたと見える。

昔、ラックスマンが渡来した時をさかのぼる八年前、田沼老中時代末期の天明五年（一七八五）に、北方開拓の意を体して千島を巡った御普請役山口鉄五郎らは、その手記において、

総じてかの国の教え、諸国諸島に行きてその地理を知り、守護なき所を徇ゆればただちにその地の守護職にも任ぜらる……

という一節を書き残した。平たくいえば、オロシャ人は役人不在の土地を見つけて入りこみ、住民を手なずけて征服すると、褒美に国王がその土地の役人に封じてくれるというのである。征服には手荒な仕方よりも、おおむねかれらの信仰への改宗という手段を用いる。シャナやクシュンコタンの襲撃で、人畜無害なわが神仏の祠を目の仇にして破壊したのは、その裏返しの行動だったのである。かれらにとって、宗教と領土拡張とは楯の両面にすぎない。このことは皮肉にもあのゴロウイン自身、かつて日本にやってきたキリシタンバテレンが追放されたのは、布教を隠れ蓑にした領土征服の野心があったためだと率直に認めているところだ。エトロフは今や、その手口にかかってしまったのか。

御用地時代に公儀の出先が血を流してまで守ったものが、いつの間にやらなしくずしに奪われつつあるということだ。松前藩では蝦夷は治まらないと喝破した林蔵の言が、いまこそひしひしと胸を打つ。だがここで屈服してはならない。左衛門尉の脳裏には、昔林蔵から教わった北の島々の地理が蘇った。

「それは、もしやウルップ島の間違いではないですか。エトロフというなら、とてもお話になりま

せん。この島がわが国の所領であることは、断然疑いを入れませんな。」

とつっぱねた。

反撃に転じた左衛門尉は、ゴロウインについて、プチャーチンがかれは公けの人ではなかったと詭弁を弄したことを持ちだし、

「ゴロウインの一件は、全く個人のことのように話されるが、しかし現にわが国の高田屋嘉兵衛と申すものを捕え、カムサスカへ連れ去ったのはどういうわけです？　他国の人間を勝手に拘引することなど、果して私人の分際でできるわざですか。」

と浴びせた。

受け太刀になったプチャーチンは、

「ゴロウインは、そのう、境界を定めにきた使いではなく、測量のため、政府が遣わしたものでしてね。」

と的外れの弁解をした。

左衛門尉はさらに追い打ちをかけ、

「エトロフ境界の儀については、文化年間に、交換の文書も準備できたんですが……」

イリコルツとゴロウインの要請を受入れた幕府が、若年寄植村駿河守の名前で発した、わが国はエトロフ、オロシャはシモシリを限りとした国境確定書を、高橋三平と林蔵が携えてエトロフに渡った事実を披露した。

「ところが、書面を受取りにくると予告したそちらの方が、姿を見せないのでそれきりになったのです。今になって再び申し入れられるのはよいが、現況の不備につけこんで支配範囲を広げようと

いうのは、どんなものでしょうか。」

と駄目を押した。カラフトについても、オロシャ人が移住してきたのを口実に両国の間で境界を設けようとする主張を、左衛門尉はあくまで踏みとどまって退けた。

一年後の安政元年（一八五四）十二月二十一日、伊豆下田において筒井・川路の両全権はプチャーチンとの間に日露和親条約を締結調印した。その第二条、

今より後、日本国と魯西亜国の境、エトロフ島と、ウルップ島との間にあるべし。エトロフ全島は日本に属し、ウルップ全島、それより北の方クリル諸島は、魯西亜に属す。カラフト島に至りては、日本国と魯西亜国の間において、界を分たず、これまで仕来りの通りたるべし。


は簡潔かつ明白にエトロフ以南が日本領土であることを規定している。ホウシトフの強襲にあって無念の死を遂げ、ルベツの山中に一人淋しく眠る戸田又太夫の霊もこれでようやくほっとしたろう。

ところでこの下田の会談が行われた間に、いつも落着き払った左衛門尉が珍しくも虚をつかれて狼狽した一幕があった。

外交交渉では筋を通してはばからない左衛門尉だが、元来が座談の名手で、席上見せる機知と諧謔は異国人をも魅了した。プチャーチン以下すっかり感心してしまい、皇帝にお目にかけたいのでぜひ写真を一枚とらせてほしいとせがんだ。ところが何事も頼まれればいやといわないくせに、ことこれに関しては言を左右にして渋りがちなのだ。日本人はこの頃、写真といえば魂を吸いとられるものだとして忌み嫌ったけれど、写真は薬の調合でするものと理屈のわかっている左衛門尉が、

そんな迷信に惑わされるはずはない。

二の足を踏んだのは、実は少年の頃病んだ疱瘡のせいである。激しい高熱に冒され、くる日もくる日も夢うつつの間を彷徨した。周囲の必死の看病でようやく命拾いしたものの、この病気の特徴であるかさぶたのおかげで美少年の顔は台なしになってしまった。大人になっても、その痕はあばたとなって残っている。

反面、生死の境をさまよったこの大病によって、少年の弥吉にあったそれまでのひ弱さが消えうせ、性格は一変した。半分人気商売のような剣客志願をさっぱり思い切り、石川についてお役人になる決意を固めたのがこの頃だ。そう見てくると、苦しかった疱瘡の体験も却って天の配剤といえるのかもしれない。左衛門尉が写真をとられるのを躊躇したのは、あばたがそっくり写されて異国に流布され、日本人の面貌はかようなものと誤解されてはという気配りからだ。度重なる口説きに断りきれず、ついに要望に応じてやってからは、むしろ子孫に伝えるものができたことを喜んでいる。

総領事として着任したハリスが日米条約の締結をせき立て、幕末の政局は一挙に激動へ突入した。国論は分裂し、阿部老中は病いに倒れる。あとを継いだ堀田備中守は補佐役のいない心細さから、辞意を表明した左衛門尉を引留めて離さない。世上騒然とした空気の中で、左衛門尉は条約の調印には京都の勅許を得るしかないと堀田老中に進言する。天下の全権は関東に御委任頂いたとする、従来の幕臣の頭からは出ない柔軟な発想である。口やかましいハリスを相手に回す外国奉行には、井上信濃守清直と岩瀬肥後守忠震（ただなり）の二人が任命された。信濃守とはだれあろう、若かりし日の松吉こと井上新右衛門の後の姿にほかならない。兄のあとを慕って評定所入りした井上は、留役、寺社奉行吟味物調役、勘定吟味役とそっくり同じ道を歩いて、下田奉行の時に諸大夫を拝命した。よりによってこの難局の時期に、内藤の二兄弟が異国に対する責任ある立場につくというのも、これまた因縁というべきだろう。

勅許奏請を決意した堀田は、左衛門尉を従えて自ら京に上る。弁舌の立つ左衛門尉をもってじゅんじゅんと説かせれば、主上もきっと御許容遊ばすだろうという読みである。

しかし激情だけで動く攘夷派浪人輩の執拗な突き上げに、堂上公卿はつぎつぎと腰が砕けた。そこへもってきて朝幕の制度の食い違いが、思いがけない痛手となった。幕府の制は令外(りょうげ)の官といって、官位の任免を朝廷とは別建てに行ってきたため、位だけなら江戸の将軍よりも偉いという公卿が、京都にはごろごろいる。昇殿参内できるのは三位以上という慣習があるのを厳格に適用され、堀田は老中だからやむをえないとしても、左衛門尉の昇殿はまかりならぬというのである。

これで左衛門尉がじかに孝明帝の問いにお答えする道は閉ざされ、実直で口の重い堀田の汗びっしょりの奮闘も空しく、朝議は条約拒否ときまった。

無惨な失敗に直接の責任はないにしても、補佐役としての左衛門尉にとってこれが大きな挫折であったことは否めない。禁裡付として京都に在任した盟友の都筑駿河守が、朝廷と幕府の間のとりなしができないのを苦にして命を断ったのはこの時だ。

堀田老中に代って幕政の主役に躍り出たのが井伊大老である。左衛門尉は一挙に遠ざけられた。井伊にしてみれば、幕府が天下の大権を掌握する以上、他国との条約を京都に許可してもらうまでの要はごうもない、堀田・川路の徒らが低姿勢でお願いにゆくのは何たることかと苦々しかった。

それだけでない。左衛門尉が憎まれたもっと大きな原因に、この国家多難の時に当って次期将軍に水戸家の慶喜（よしのぶ）と紀伊家の慶福（よしとみ）を推す両派の暗闘がある。血脈でこそ劣っても英明をもって謳われる慶喜擁立の側に、左衛門尉は徳川家の行末を案じる人々と共に関与したが、これが凡非凡を問わず、血統のみを重視して慶福に加担する守旧派の大立物の井伊にはひどく忌み嫌われた。あっという間に御勘定奉行の職を免ぜられ、西丸留守居の地位に下げられてしまう。

そんなこわもての井伊でも、武力を仄めかしつつ条約の締結を迫るハリスに対しては逃げる口実を失い、いやおうなしに調印に追い込まれてしまう。神奈川沖のポーハタン号上で、全権として日米修好条約に調印したのが、井上と岩瀬の両外国奉行だった。歴史上初めて米露と条約を結んだそのいずれにも、内藤兄弟が日本の全権として連なったというのも、これまた歴史の奇縁としかいいようがない。

これより一月ばかり前、神田お玉ケ池松枝町誓願寺前にお玉ケ池種痘所なるものが設立されて開業した。十年ほど前から輸入された牛の種痘が、天然痘の大流行した蝦夷地で強制接種されて効果のほどがはっきりしたのをきっかけに、伊東玄朴、林洞海、箕作阮甫（みつくりげんぽ）らが、漢方医学の元締めである医学館の反対にもめげずに運動し、ついに官許をえて開設に漕ぎつけたのだ。これがその後西洋医学所、医学所と名を変えて、今日の東京大学医学部に発展する。この創設に当り、玄朴らは金集めにも苦心したが、土地をぽんと提供してくれた篤志家がいなかったらどうなったかわからない。それこそが左衛門尉で、相談を受けるとお玉ケ池にもつ高価な私有地を黙って差し出した。当時天然痘または疱瘡を患った人は結構多いが、その撲滅のために地面まで差し出す奇特者は、金持でもそうざらにはあるまい。

井伊の独断による条約締結の強行に対して、違勅の罪をなじる声が、いわゆる草莽の志士の間からだけでなく親藩の御三家からすら沸き起った。それを井伊は弾圧によって封じた。安政の大獄と呼ばれるものがそれである。

そもそもの発端は、日下部伊三次信政という薩摩の藩士が、水戸藩の京都留守居鵜飼吉左衛門と諮って運動し、朝廷から水戸に攘夷の密勅を下してもらったのがきっかけだ。これを井伊の側が探知したことによって、一網打尽どころか、直接には関わりのない長州の松陰吉田虎次郎までも引っ捕らえて処刑するという恥知らずな非道ぶりをさらした。

首魁とされる日下部・鵜飼はもっとも厳しく追及され、獄中で死んでしまったが、この日下部という男は調べてみると、つい五、六年前まで宮崎復太郎と名乗り、川路の家来だったことがわかった。もともと日下部は数奇な運命の申し子で、父は薩摩藩士の海江田訥斎といい、脱藩して常陸多賀郡に住んだ時に生まれたから、本来は水戸の領民である。学もあり士性骨もあるという男で、人づてに頼った左衛門尉に召抱えられて可愛がられ、長崎への日露交渉出張にもお供をさせられた。左衛門尉が気を利かせ、一旦は水戸家に就職を推薦して話がきまりかけたが、本人が親のいた薩藩を望んだので、またまた口を利いてやって世話したといういきさつがある。

事件の張本人とのこうした関わりが余計井伊の疳に触れたせいか、安政六年八月二十七日に左衛門尉はとうとう、思し召しこれありお役御免の上隠居蟄居という処罰を受ける。五十九歳である。

井伊の仮借なさは天下の副将軍水戸斉昭にも及んで、左衛門尉と同じ日に永蟄居という厳罰を課したから、血の気の多い水戸の人士が指をくわえて黙るわけがない。ただちに薩摩と連絡をとって決起し、翌る年の万延元年三月三日、登城中の彦根藩の行列に桜田門外で突っ込み、井伊を駕籠からひきずりだし、首を切ってしまった。

政局はこれより公武合体の動きへと転進する。そもそも左衛門尉が条約勅許の奏請を考えたのも、国論の分裂を防ぐには朝廷と幕府が一体となるしかないとの見地からで、その意味では遅まきながらやっとみんな気がついたというわけである。

左衛門尉六十二歳の文久二年の暮れ、井上信濃守は三奉行の一つである江戸町奉行に昇進した。二人までも三奉行職につくものをだした内藤の家にとっては、何とも栄誉きわまることであった。左衛門尉自身も、六十三歳の年には再び引っ張りだされて外国奉行に補せられるが、時局の展開が目まぐるしすぎるのをさとると、半年もしないうちに辞表を出して引っ込んでしまう。

公武の合体は、攘夷を叫ぶ長州藩には気に入られなくても、雄藩である薩摩が後押しをしてくれるのが、幕府にとって心強い味方だった。ところがその薩摩が、突如豹変して幕府の明白な敵となった長州藩と連合したのだから堪らない。政局は一挙に内戦さながらの危機に突入した。

麹町三番町の居宅で、衰えゆく公儀の権威をはらはら見守る左衛門尉にとって、薩摩の寝返りは骨身に応えた。もともと左衛門尉は薩摩とは、先君斉彬(なりあきら)の知遇を受け、宮崎復太郎の帰参の面倒をみてやるなどの親しい間柄にあったからである。

悲憤慷慨の日々を送るうちにも、勉強と身体作りだけは怠らなかった。この頃の日課を見ると、槍のすごき七千回、大棒七百五十回、大刀の素振り四百五十回、居合百本、大刀の片手使い等四百回とある。時には重い甲冑をつけて、屋敷内をぐるぐると一万八千歩歩いて回った。いつでも御用召しがありさえすれば、老骨に鞭打って駆けつける覚悟である。相手が長州であろうが薩摩であろうが、選ぶところではない。

遺書というものを左衛門尉は、すでに御勘定奉行を免職になった年の秋から書きだしていた。遺言でなく遺書であることは、本人が、

「われに元来遺言なし、遺言と申せば忠の一字なり」

といっていることからも知れる。自分が歩んできた人生の中で培った思いのたけを、子孫にずしりと伝えたいのが遺書である。真っ先に書きつけたのが、

御旗本というものは、御馬廻りの役にて、まさかの時第一に働き候ことゆえ、手短かにいう時は人殺し奉公、死役をよく君の御為にするというがもとなり

という凄まじい文句だ。微賤の身から輝かしい旗本の身分に取り立ててもらった御恩のためには、いつでも命をなげうつ用意の左衛門尉にとって、井伊に左遷させられたことをかれこれ恨む心の忍びいる余地などまるでなかった。それよりもまさかの時に備えて、せっせと体を鍛えることだ。君の御為というその君はだれかといえば、それは神君家康を先祖に戴く徳川の将軍家にきまっている。幕臣である左衛門尉が忠を尽す相手といえば、徳川家をおいてほかにはない。

薩長が幅をきかせる京都では、わらべが無邪気に尊皇攘夷、開国佐幕と歌う。攘夷攘夷とがなりたてさえすれば朝廷方で、夷狄に国を開くものは幕府方だというのだ。しかし日本朱子学で育ったものなら、京の天子を大切に思うことは幕臣といえどもいささかも変りない。左衛門尉自身、奈良奉行時代には神武帝の御陵の位置について考証を加え、本居宣長の誤りを正したことがある。皇室に対する崇敬の念は、他人にひけをとるものではなかった。

身体の鍛練ばかりではなく、勉強においても論語、伝習録、通鑑、孫子以外に、広く英国史に目を通すといった日課を自らに課した。そうした充実の日々を送っていた六十六歳の慶応二年早春のある朝、槍のすこぎを二百回やったところで、突然中風の発作に襲われて倒れ、半身不随になる。左衛門尉は長男の鍬五郎を二十過ぎで失い、その子の太郎に跡式を継がせて当主としていたところ、この年歩兵頭並の地位から幕府派遣の英国留学生に選ばれた。祖父の身体を案じて躊躇する太郎を、左衛門尉は君命だからと励まして送り出す。

政治情勢は急変した。薩長勢力は土佐と組み、隠然と幕府を圧するようになる。兵庫開港の勅許奏請が却下されたのをきっかけに情勢は緊迫、慶喜将軍が自ら放った大政奉還の一手は、まさに起死回生の妙手かと思われた。しかし岩倉・大久保を密謀の中心とする京都方は、王政復古の大号令を着々準備し、慶応三年十二月九日の小御所会議において幕府に好意的な諸藩の最後の抵抗を振り切る。徳川家は征夷大将軍の職を解かれ、諸大名と同列の地位に転落してしまう。

十八日に江戸でこのことが公けになると、幕臣はあまりのことに呆然自失してしまい、左衛門尉方へも子や孫が集まってきて暗涙にむせんだ。そこへ追い打ちをかけるように、市中では薩摩の風体のものによる夜分の押し入り、強盗、殺人が日常茶飯事化し、人心は不安におののき、町奉行所は昼夜を問わず取締りにかかりきりとなる。打ち続く劇務に町奉行井上信濃守は風邪をこじらせ、年末に世を去った。頼みの弟に先立たれた左衛門尉の嘆きは筆舌に尽くしがたい。

年が明けて慶応四年となったが、往来はろくに人影もなく、三河万才の声や太鼓の音も聞こえない淋しい正月だ。

五日に、身体の自由のきかぬ左衛門尉を、怒り悲しませた出来事があった。太郎の下に、戸田家へ養子にいった謹吾久徳という弟があり、幕府の海軍に入って大いに粋がっていたが、この日手紙で生徒全員おゆるしがでてもとどりを切ったといってよこしたものだ。髪を短くするのは、風俗を変じるもので人倫に悖る、勘当ものだといって左衛門尉は嘆き悲しんだ。

その謹吾だが、祖父が怖いものだから祖母のさとまでご機嫌伺いにだした十日着の手紙の中に、一枚の新聞紙なるものが同封してあった。

大津宿の飛脚屋泉屋甚兵衛が四日付けで発行したもので、

（三日午刻より京都大混雑……大阪表より御公儀様御上洛遊ばされ、お先手会津様、松山様、姫路様、その勢およそ三万余、それより京都お固めの勢、長州様、土州様、雲州様、肥後様、伏見へご出馬なり……正八時より大戦になり、右につき当宿へ京都のお固め、大村・備前・阿州・薩州・彦根様おいで遊ばされ、大混雑に相成る。それゆえ、船留め、人馬継立相成らず、淀・枚方・鳥羽辺焼払いに相成り申し候……）

とある。いわゆる鳥羽伏見の戦いの勃発だが、これだけではどちらがどうなのか、さっぱりわからない。

翌日登城した人の話では、公儀勢は勝ち戦とのことで上下一同大喜びだったという。合戦では内藤の縁戚にあたる窪田備前守が討死を遂げたということだが、これを聞いた左衛門尉は、武士たるものが忠義で死んだのだから目出度いといった。

十三日になると、上様がお帰りになったという噂が飛ぶ。そんな馬鹿なことがあろうはずはないと、左衛門尉は頑として斥けた。しかしやがて将軍家は、蒸気船でお浜屋敷の船着き場に上陸、お城に入られたのは間違いないとわかって愕然とする。

二百六十六年に亙って、日本を世界中で唯一戦乱のない国たらしめた徳川幕府は、だれも信じられない早さで瓦解の坂を転げ落ちる。

二月一日、左衛門尉は、これまで敬斎と称してきた号を頑民斎と改めた。どうしてそんな突飛な名前にしたのか、わけが知りたいものには、

天津神に背くもよかり蕨(わらび)つみ
　飢えにし人の昔思えば

と自分が詠んだ歌をみてくれという。古代中国の殷(いん)の諸侯の公子伯夷(はくい)と叔斉(しゅくせい)の兄弟は、周の武王が殷の紂(ちゅう)王を討とうとするのを道徳に反すると諫めたが聞き入れられず、殷が滅亡して周の天下になると禄を受けるのを恥じて首陽山に隠れ、わらびしか食わずに餓死した。節を曲げないことの典型として、古今に有名である。左衛門尉の覚悟は、すでにこの時固まった。倒れた時から廃した酒を、毎日一合ずつ飲みだした。病に酒は宜しくないといわれると、養生などするべき時節でもあるまいといって笑った。

半身は不随でも、右手は以前とあまり変りない程度に文字が書けた。左衛門尉は老いの力をふりしぼり、日々の見聞を日記に認めた。すこしづつ取りまとめては、英国にいる太郎に送ってやるためのものである。

それにしても太郎が見たら驚くようなことばかりだ。京都は慶喜将軍に討手を差し向けた。将軍は寛永寺に閉じこもり、謹慎してひたすら万人に累の及ばないことを乞うている。もはや公儀の威

信の象徴でなくなった千代田城には出仕する人もまれで、老中は稲葉美濃守が二月二十五日に免職になって以来だれもいなくなった。

太郎の嫁花の実家浅野家の知行所は、播磨国加東郡の内で三千五百石だが、ばったりと音信が途絶えてしまった。生活の道を断ち切られた旗本の中には、風呂屋や豆腐屋を営むものがでた。本職よりも値下げしてのことだ。大名家でさえ、長屋を貸しにだすところがあるという。川路家では大切な品や道具を知行所の秩父上吉田村へ移すことにしたが、物騒なので人足二十人は脇差、二人は鉄砲を携行してきた。宰領の村役人二人については、侍ということにして大小と槍を持たせた。

不審火が方々で起る。兵士の脱走があちこちである。そうかと思えば市ケ谷八幡では、相撲の興行があって大太鼓の音がしきりである。神田猿楽町などは人出で賑やかだそうだ。薩州は、先鋒がすでに大勢忍び込んでいるとのことである。

太郎あての日記を、あるいは平静にあるいは悲憤に涙しながら認めてきた左衛門尉の筆は、三月七日に至ってついにこらえにこらえたものが爆発した。

徳川家神祖の法、徳民にあること深し……瑕疵《かし》は多く候えども、実にかくのごとき国を滅ぼし給うほどの御失徳なし……薩は詐をもって京都をかりて天下を乱すものなり

と書きしるした。徳川家は代々、徳治をもって旨としてきた。欠陥もないではなかったが、それにしても征討を受けるほどの失政は行っていない。それなのに薩摩は術策を用いて朝廷をたばかり、天下をかき乱すことをしたという。やるせない、心からの憤懣である。一貫して幕府に楯突いた長

州に対する非難はない。薩摩は公武合体運動までは調子を合わせながら、突如として裏切ったその腹黒さが、卑劣で許せないのである。
左衛門尉の指摘は続く。

……西洋の人、国を撃つはじめ、名とすることをよく講究する、尤もなることとなり……

西洋人はうまい、相手をやっつける前に、まず口実を設けることをやる。いわゆる大義名分というやつだ。プチャーチンやハリスに悪戦苦闘させられた応接の経緯を知る左衛門尉の、これは苦い述懐である。

……二千年の末、御幼主にて在らせられながら、この威力をお持ち遊ばされ候とは、五世界・二十二史中、絶えてなきことなり。日本の有難き御国なることを知るべし……

左衛門尉の怒りは薩摩には向けられても、京都の御所には向けられなかった。むしろ、謀臣どもに支えられたとはいえ、木の葉を蹴散らす大きな風にも似た征討軍の勢いの背後にある十六歳の若き帝の威光というものに、空前絶後だと驚嘆の声さえ上げている。
この日の記述を最後に、左衛門尉は太郎あての日記の筆を断つ。
幕府倒壊の土壇場で、同じ小普請支配の石川の組だった勝小吉の伜の海舟安房守が、屋台骨を背負い秘術を尽していることを、屋敷に閉じこもりきりの左衛門尉は知るよしもなかった。

十一日の日付の遺文において、

……老拙、精心は替らず、されども腰いよいよ立たず、一寸も動かれず、よりて何の御用もできず……

と嘆き、

生き替り死にかわりてぞ幾度も
　身を致さなむ君の御為に
二荒山神もあわれとみそなわせ
　露のこの身のつくす真ごころ

と詠んだ。二荒山の神とは、むろんかれが終生敬仰してやまなかった東照神君徳川家康のことだ。十四日は、若年寄格勝安房守と官軍の参謀西郷吉之助の間で、江戸の無血開城が決まった日だ。どうしたわけかこのことが、お城もついに今日、官軍に引き渡されたという早とちりとなって方々に伝わり、これを聞いた左衛門尉は涙さんぜんたるものがあったという。まさかの時第一に働けなかった己れの不甲斐なさに、身も世もない思いだったろう。

実際に官軍の先鋒が入城したのは三月十五日だが、それとは知らずこの日の朝、左衛門尉はさとを用事にかこつけて己れの前から去らせたあと、しばらくして居室の方角から銃声が起った。はっとしたさとが転び入ると、左衛門尉は拳銃で喉を打ち抜き、すでにこときれていた。遺体を改めると、腹は短刀をもって、あらかじめ浅く横一文字に引かれてあった。古式に則った切腹の作法に間違いない。不自由な体でよくぞやり了せたものである。享年六十八。

十七日の夜、川路家の菩提寺、上野池之端七軒町の大正寺に葬った。官軍の市中進出の噂にみんなまんじりともしない時であったから、家族以外に集うものは数人という淋しさだった。

最後に高田屋金兵衛父子のその後だが、淡路に帰った金兵衛は領主が目をかけてくれるままに安らかな余生を送ったといわれ、嘉市は箱館に残った財産を元手に商売を心がけたが、恵まれぬままに終ってしまったようである。

年　表

明和六年	一七六九	高田屋嘉兵衛、六人兄弟の長男として淡路島で誕生
安永四年	一七七五	三番目の弟金兵衛誕生
〃九年	一七八〇	間宮林蔵、常陸国で誕生
天明五年	一七八五	田沼老中、御普請役山口鉄五郎らを派遣して蝦夷地を探検させる
〃七年	一七八七	徳川家斉十一代将軍に就任
寛政四年	一七九二	ロシア使節ラックスマン、根室に渡来して交易を求める
〃五年	一七九三	石川将監と村上大学、幕府の宣諭使として松前に下向しラックスマンと会見
〃八年	一七九六	嘉兵衛、船持船頭となり箱館に交易、高田屋の屋号を名乗る。イギリス船、蝦夷地アブタに来航
〃一〇年	一七九八	幕府、お目付渡辺久蔵・使番大河内善兵衛に蝦夷地を巡視させる
〃一一年	一七九九	幕府、書院番頭松平忠明を頭取とし、石川、お目付の羽太庄左衛門らを蝦夷地御用掛に任命。松前藩から東蝦夷地を御用地として差し出させる。 林蔵、村上島之允に伴われて蝦夷地に渡る
〃一二年	一八〇〇	林蔵、普請役雇となり、箱館において伊能忠敬と師弟の約を結ぶ

享和元年	一八〇一	川路聖謨、内藤吉兵衛の子として豊後国で誕生。通称弥吉 嘉兵衛、大坂で官船五艘を建造し箱館に回航。蝦夷地常雇船頭に任命されて名字帯刀を許される
〃二年	一八〇二	奉行所が箱館に設置。初代奉行は羽太安芸守と戸川筑前守
〃三年	一八〇三	嘉兵衛、エトロフ場所の請負いを命じられる
文化元年	一八〇四	弥吉、母に連れられて江戸にでる。父はこれより先に出府 ロシア使節レザノフ長崎にきて交易を求める
〃二年	一八〇五	レザノフ、幕府派遣のお目付遠山金四郎と会見するが交渉ならず長崎を去る
〃三年	一八〇六	林蔵エトロフに配属される 弥吉の父吉兵衛、幕府の西丸お徒士に採用される レザノフにそそのかされたフボストフ一味、カラフトの松前藩番屋を襲撃
〃四年	一八〇七	幕府、松前藩に西蝦夷地も差し出させ、全蝦夷地を御用地とする。 フボストフ一味、エトロフを急襲。林蔵の早とちりのせいもあり、守備勢はろくな防戦もせずに撤退。敗戦の知らせに流言が加わって江戸は騒然。 仙台・会津藩、出兵を命じられる
〃五年	一八〇八	松田伝十郎と林蔵、カラフト詰めとなり、地形検分の密命を帯びて奥地を探検、伝十郎はカラフトが島であることを確認する。面子がたたない林蔵は再検分を願いでてカラフトに引き返し、雪に阻まれて越年

		長崎では偽装したイギリス船が侵入して暴れ、奉行が引責切腹。
〃六年	一八〇九	カラフト奥地に至った林蔵は、酋長に同行してダッタンに潜入、満州の官吏と会見し遂げて帰国 弥吉、この頃から父に四書の手ほどきを受ける
〃八年	一八一一	クナジリにロシア船現れ、船将ゴロウニンら捕縛される
〃九年	一八一二	ゴロウニンの奪還にやってきた船将リコルド、成功しないので通りがかりの日本船観世丸を捕獲、乗っていた嘉兵衛を人質として連れ去る。カムチャッカに着いた嘉兵衛、片言のロシア語でリコルドに談判 弥吉、小普請組の旗本川路三左衛門の養子になる
〃一〇年	一八一三	嘉兵衛の説得に応じたリコルド、日本側の提案に従って高官の釈明書取り付けに奔走、松前奉行がこれを了承する形で事件は解決、ゴロウニンらは無事釈放 養父が隠居し、弥吉は十三歳で川路の家督を継ぐ。柳生新陰流の剣術を始め、のち免許皆伝となる
〃一四年	一八一七	弥吉、御勘定所の筆算吟味に合格する
文政元年	一八一八	嘉兵衛、淡路に隠棲、金兵衛を養子にする 弥吉、支配勘定出役に採用される
〃四年	一八二一	幕府、全蝦夷地を松前藩に返還。嘉兵衛、常雇船頭を免ぜられる。 弥吉、支配勘定に昇格

文政五年	一八二二	松前奉行所が廃止され、林蔵は御普請役に任じられて江戸に戻る
〃　六年	一八二三	弥吉、評定所留役に昇進
〃　七年	一八二四	イギリスの捕鯨船員、常陸大津浜に上陸、抑留騒ぎとなり、林蔵、古山代官に随行して現地に赴く。薩摩宝島では、同じく捕鯨船員が上陸し家畜の牛を屠殺
〃　八年	一八二五	幕府、無二無念の異国船打払令を発布
〃　九年	一八二六	弥吉、直神影流に転じ、酒井良祐の門人になる
〃　一〇年	一八二七	嘉兵衛、淡路に逝く 弥吉、寺社奉行吟味物調役に昇進
〃　一一年	一八二八	金兵衛、兄嘉蔵の子嘉市を養子にとる
天保二年	一八三一	高田屋用船栄徳丸、シャマニ沖においてロシア船と不審な遭遇をし、松前藩に咎められる。 弥吉、勘定組頭格に昇格
〃　三年	一八三二	栄徳丸一件、幕府評定所一座掛となる
〃　四年	一八三三	老中下知により一件落着、高田屋は軽追放に付され、回船事業不能に
〃　八年	一八三七	家斉将軍職を辞し、家慶十二代将軍となる
弘化元年	一八四四	林蔵、江戸本所の自宅において永眠
嘉永六年	一八五三	勝手方御勘定奉行の任についた弥吉こと左衛門尉、全権として長崎に赴きプチャーチンと会談

安政元年	一八五四	左衛門尉、下田でプチャーチンとの間に日露和親条約を締結
慶応四年	一八六八	官軍の江戸入城の日、左衛門尉、麹町の自邸において切腹、瓦解した幕府に殉じる

天明７年（1787）～天保８年（1837）
徳川11代家斉将軍在職中の異国船出没状況

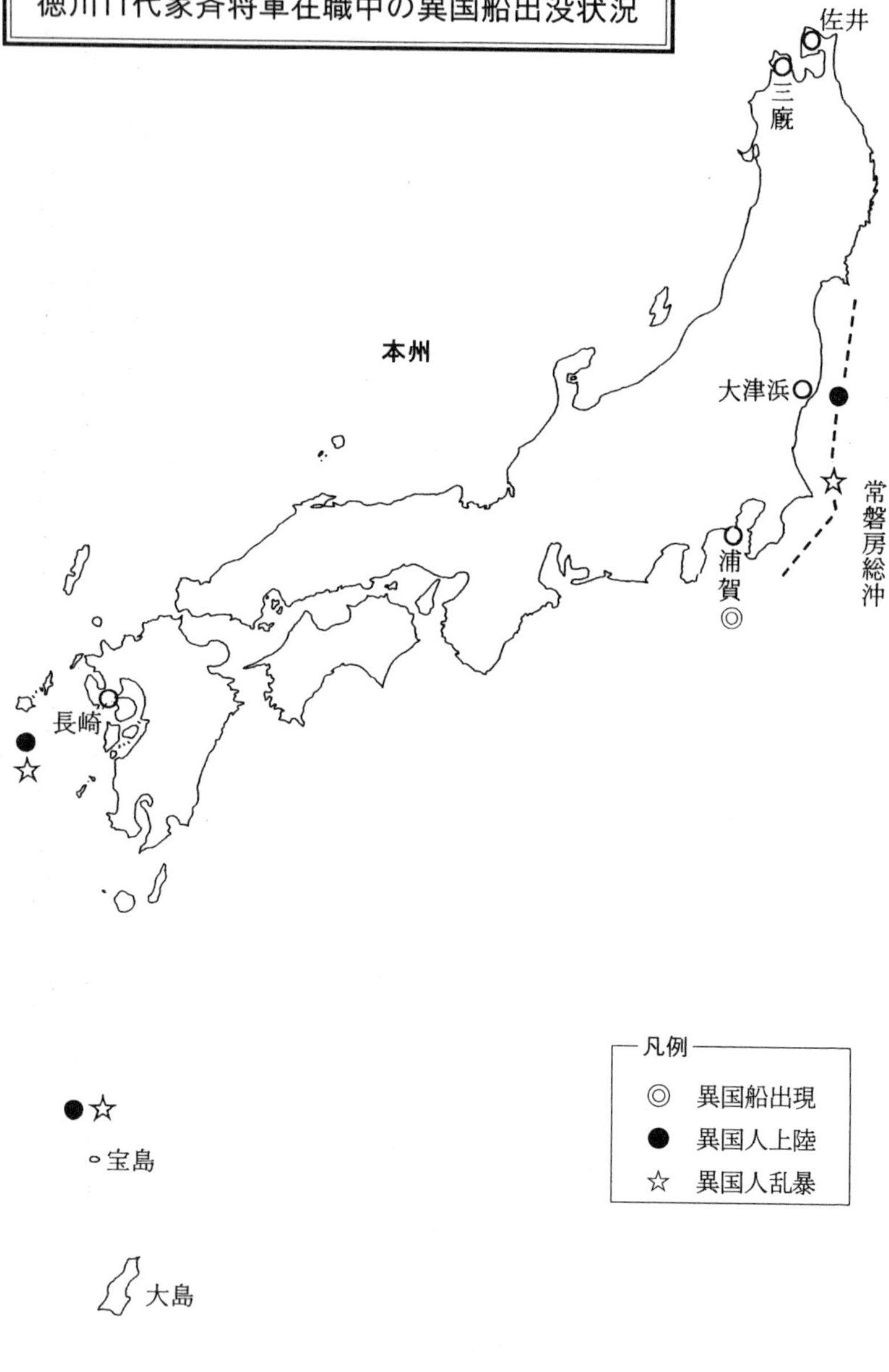

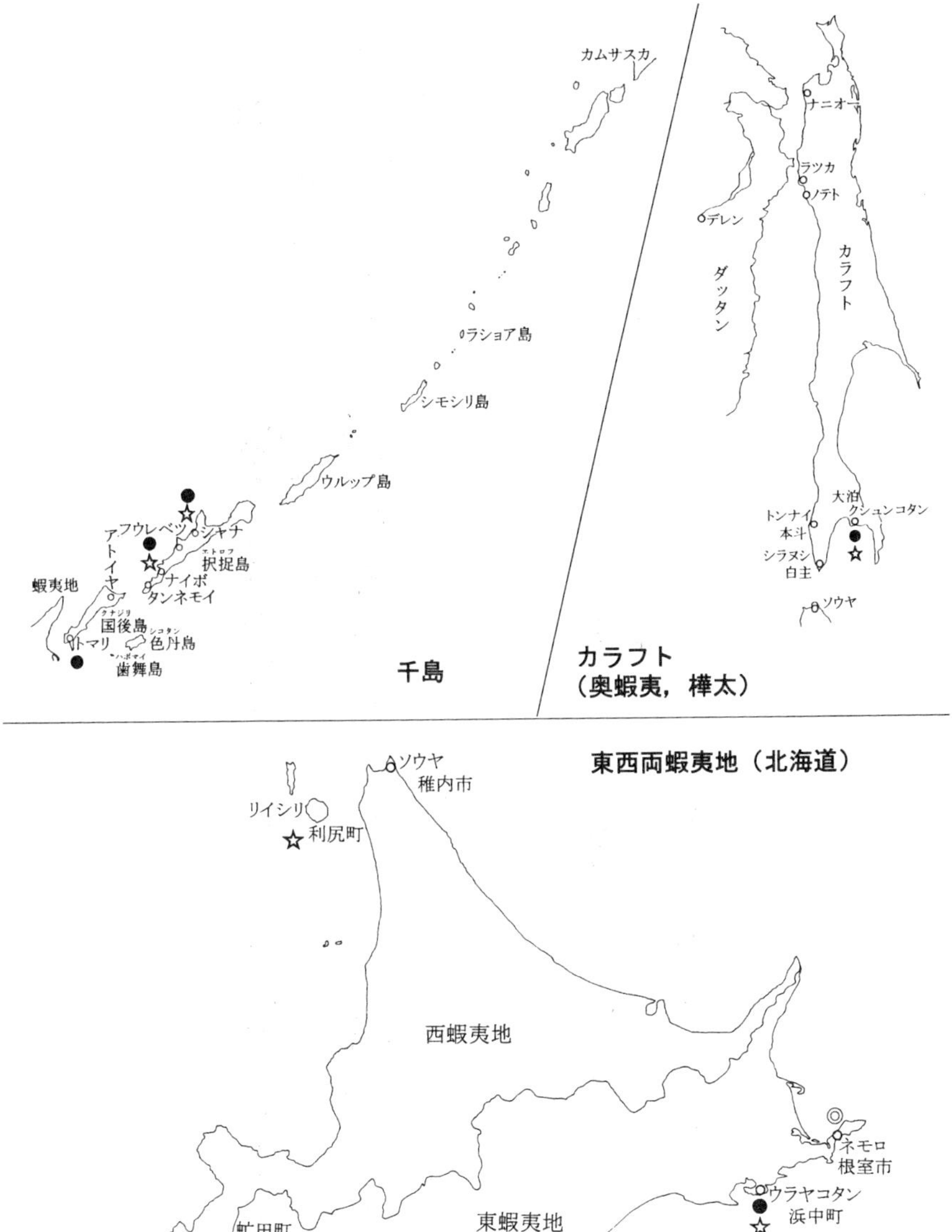
カムサスカ
ラショア島
シモシリ島
ウルップ島
アフウレベツ
アトイヤ
シャナ
エトロフ
択捉島
ナイボ
タンネモイ
蝦夷地
クナジリ
国後島
シコタン
色丹島
トマリ
ハボマイ
歯舞島
千島
ナニオー
ラツカ
ノテト
デレン
ダッタン
カラフト
大泊
クシュンコタン
トンナイ
本斗
シラヌシ
白主
ソウヤ
カラフト
（奥蝦夷，樺太）
東西両蝦夷地（北海道）
ソウヤ
稚内市
リイシリ
利尻町
西蝦夷地
ネモロ
根室市
ウラヤコタン
浜中町
東蝦夷地
虻田町
アブタ
オヒルネップ
帯広市
エトモ
室蘭市
様似町
シャマニ
ホロイツミ
えりも町
函館
トトホッケ
椴法華村
松前

秋の末つかたに

鴬のやどりし柳秋ふけて
ゆふくれさわぐむら鴉（からす）哉（かな）

聖謨

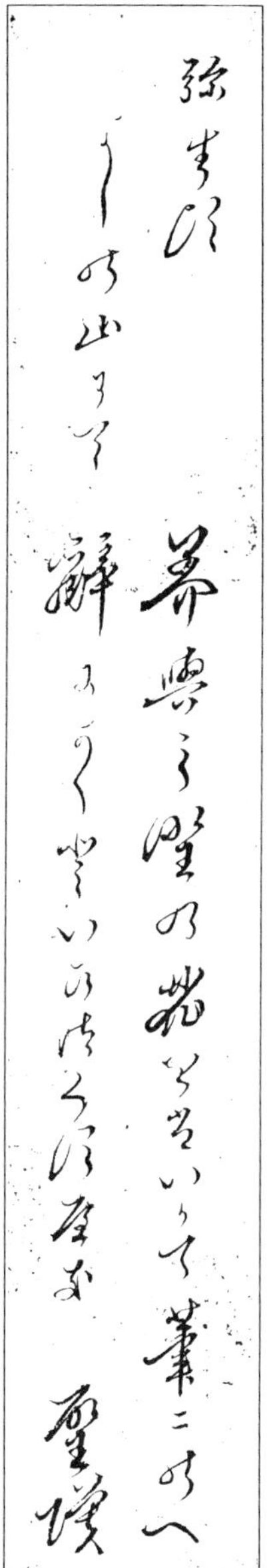

弥生頃
よしの山にて
美與之野（みよしの）の花をばいかで筆にのべ
辭（ことば）にかくといひつくす無き　聖謨

（題詞）
来襄（らいじょう）といふ博士が　皇國（すめらみくに）のいにしへの事（を）記したる文（ふみ）よみて、あらず事なく、文字すくなに、よくも物々あるよと、いといと感じおもひぬ。されど、かかる文のつぎつぎに知（り）来（れ）ば、いにしへのふみ（文）みる人は　いよいよ緑（の）山に残るしら（白）雪のごと成（り）て、ふるきこと（言）の葉のつたへは、はるかすみ（春霞）かすみて、わかぬことなりや、行（く）らむ、など患ひおもひて

（題詞）

ことさやく　からくれなゐ（い）に　日のもとの
あかきこころの　ふみ　やけたれむ

提供　曽孫　門間晶子
翻刻　有賀要延

参考文献

「遊芸園随筆」 川路聖謨 『日本随筆大成』第一期二十三巻 吉川弘文館
『川路聖謨文書』 第一～第八巻 川路聖謨 日本史籍協会叢書65 東京大学出版会
「敬斎叢書」 川路聖謨 国会図書館蔵
「川路聖謨之生涯」 川路寛堂
『川路聖謨』 田村栄太郎 日本電報通信社 昭和17年
『未刊行随筆百種』 三田村鳶魚 中央公論社
『通航一覧』 第六～第八巻 林韑等編 国書刊行会 大正2年
『通航一覧続輯』 第三～第五巻 宮崎成身等編 国書刊行会
『徳川実紀』 吉川弘文館
『寛政重修諸家譜』 続群書類従完成会
『大日本近世資料』 柳営補任 東京大学出版会
『古事類苑』 吉川弘文館
『近世日本国民史』 徳富蘇峰 民友社 昭和3年
「開国起源」『勝海舟全集』 講談社
『旧事諮問録』 旧東京帝国大学史談会編 青蛙房 昭和57年

『蝦夷日誌』 松浦武四郎 時事通信社 昭和59年
『慊堂日歴』 松崎慊堂 平凡社 東洋文庫
『三川雑記』 山田三川 吉川弘文館
『甲子夜話』 平凡社 東洋文庫
『森銑三著作集』 中央公論社
「休明光記」 羽太正養 『北方未公開古文書集成』 第四巻
『北門叢書』 大友喜作解題 国書刊行会 昭和47年
『東韃地方紀行』 間宮林蔵述 村上貞助編 平凡社 東洋文庫
「未曾有記」 遠山景晋 国会図書館蔵
「北征秘談」 木元謙助 尊経閣文庫蔵
「北地日記」 久保田見達 国立公文書館蔵
「羅父風説」 大田南畝 『大田南畝全集』 18巻 岩波書店 昭和63年
「遭厄日本紀事」 馬場・杉田・青地訳 国会図書館蔵
「攘夷志料異舶紀事」 間宮林蔵記 都立中央図書館蔵
「モウル陳情表」 村上貞助訳 国会図書館蔵
「高田屋嘉兵衛文化十年松前奉行に上申の始末書」 国会図書館蔵
「暗夷問答」 会沢常蔵 無窮会神習文庫蔵
「楓軒年録」 小宮山昌秀 国会図書館蔵
「天保就藩記」 小宮山昌秀 国会図書館蔵

「見聞偶筆」　藤田東湖　『日本の名著29　藤田東湖』　中央公論社　昭和49年
『鷹見家歴史資料目録』　古河市歴史博物館発行
『丕揚録・公徳弁・藩秘録』　北島正元　近藤出版社　昭和46年
『長崎オランダ商館日記』　日蘭学会　雄松堂
『江戸幕府勘定所史料―会計便覧―』　村上直・馬場憲一編　吉川弘文館　昭和61年
「椎の実筆」　蜂谷椎園　『随筆百花苑』第11巻　中央公論社　昭和58年
「よしの冊子」　水野為永　『随筆百花苑』第8―9巻　中央公論社　昭和55―56年
「宝暦現来集」　山田佳翁　『続日本随筆大成　別巻　近世風俗見聞集6』　吉川弘文館　昭和57年
「巷街贅説」　塵哉翁　『続日本随筆大成　別巻　近世風俗見聞集9』　吉川弘文館　昭和58年
「異聞雑稿」　滝沢馬琴
「日露交渉北海道史稿」　岡本柳之助　国会図書館蔵
「文化魯寇事件と落首」　深瀬春一　市立函館図書館蔵
『日露交渉史話』　平岡雅英　原書房　昭和57年
北海道志　開拓使編
函館市史
根室市史
様似町史
豊橋市史
佐賀県史

水戸市史
古河市史
龍野市史
『東京都中央区年表　江戸時代編』　京橋図書館　昭和60年
『大日本地名辞書』　吉田東伍　富山房
『角川日本地名大辞典』　角川書店
『江戸幕府大名旗本役職武鑑』　柏書房
『文化文政武鑑』　柏書房
『大武鑑』　名著刊行会　昭和40年
『明治維新人名辞典』　吉川弘文館　昭和56年
『日本人名大事典』　平凡社
『新潮日本人名辞典』　新潮社　平成3年
『北海道史人名字彙』　河野常吉編　北海道出版企画センター　昭和54年
『北海道蝦夷語地名解』　永田方正　国書刊行会　昭和47年
『北海道歴史事典』　渡辺茂　北海道出版企画センター　昭和57年
『洋学史事典』　日蘭学会　雄松堂出版　昭和59年
『郷土史事典　北海道』　高倉新一郎監修　昌平社　昭和55年
『北海道の歴史』　榎本守恵　北海道新聞社　昭和56年
『函館の歴史』　須藤隆仙　東洋書院　昭和55年

『高田屋嘉兵衛』 須藤隆仙 国書刊行会 平成元年
『松前絵師蠣崎波響伝』 永田富智 北海道新聞社 昭和63年
『日本思想大系 水戸学』 岩波書店
『日本暦西暦月日対照表』 野島壽三郎 日外アソシエーツ 昭和62年
『国史大図鑑』 吉川弘文館 昭和8年
竜安寺資料 京都竜安寺
『間宮林蔵』 赤羽栄一 清水書院 昭和49年
『間宮林蔵』 洞富雄 吉川弘文館 昭和35年
『高田屋嘉兵衛と北方領土』 原喜覚 ぎょうせい 昭和52年
『北海の王者高田屋嘉兵衛』 柴村羊五 亜紀書房 昭和53年
「徳川時代裁判事例 刑事の部」 国会図書館蔵
『江戸の刑法』 大久保治男 高分堂新書 昭和53年
『江戸時代御目付の生活』 寺島荘二 雄山閣 昭和40年
『千島探検実記』 多羅尾忠郎 国書刊行会 昭和49年
『帰れ北方領土』 高木重吉 有信堂 昭和45年
『日本剣道史』 山田次朗吉 再建社 昭和35年
『日本史総覧 兵法諸流派の系譜』 新人物往来社
『江戸の貨幣物語』 三上隆三 東洋経済新報社 平成8年
『洋夷茗話・箱館紀行』 平尾魯僊 八坂書房 昭和49年

『夢酔独言　勝小吉自伝』　勝部真長訳編　角川文庫　昭和49年
『幕吏松田伝十郎のカラフト探検』　中島欣也　新潮社　平成３年
『近藤重蔵とその息子』　久保田暁一　ＰＨＰ文庫　平成３年
『私残記』　森荘已池　中公文庫　昭和52年
『日本浮虜実記』　ゴロウニン　徳力真太郎訳　講談社学術文庫　昭和59年
『ロシア士官の見た徳川日本』　ゴロウニン　徳力真太郎訳　講談社学術文庫　昭和60年
『日本渡航記』　ゴンチャロフ　高野明・島田陽訳　雄松堂書店　昭和48年
『黒船異変』　加藤祐三　岩波新書　昭和63年
『北方四島・千島・樺太』　籠瀬良明　古今書院
「栄徳新造一件　松前藩御用状」　函館図書館蔵
その他

あとがき

この本は「若き日の川路聖謨」と題した方がよかったかと思う。たまたま時期がロシアの南下と異国船の出没という状況下で、川路が目に見えない運命の糸に導かれつつ人となったことを取り扱った関係上、本書のように名付けた次第だ。

江戸時代も寛攻の頃までは辛うじて残っていた武士らしい気風が、文化文政期ともなると町人文化の台頭に押されて惰弱に陥り、奢侈悦楽が通り相場となった。そんな時代に少年期を送った川路が、微賤な生まれという心の屈折をむしろバネに、はやらない文武の道にあえて自分を突入させていったのだから、周囲からは一風変わったやつぐらいに見られたろう。しかしそんな克己心に天性の才能が開花させられ、トントン拍子で出世の階段を登る姿は、それだけで一種爽快な見ものではある。

川路に初めて親しんだのは、東洋文庫本の『長崎・下田日記』だった。天下の御勘定奉行としてプチャーチンと会見をしに長崎に下る途中、行列が城下町を離れるたびに駕籠から下りて家来と一緒にてくてく歩いたという記述を読んで、気さくな役人がいたもんだなあと珍しく感じた。もう三十年近くも前のことである。

川路と付き合ってから、いろんなことがわかりだした。早い話が、幕府の看板の役職だった三奉行の一つ、寺社奉行のことである。落語にでてくる寺社奉行は、富籤の免許元ぐらいのしがない役目で、咄家からさえ呼び捨てにされるほど影がうすい。事実は他の二奉行と桁が違い、老中心得ともいうべき高い格式だったのだが、攻治制度が欧風化した今日では想像することさえ困難になってしまった。

異国船と一口にいうが、大津浜の例で明らかなように、大部分は日本の東海上に蝟集した捕鯨船であった。面白いことにかれらと接触した地元の漁師は、なぜ多数の鯨が捕獲されるのかよく呑みこめなかった。つまりこの当時の日本人は、商売としての捕鯨を知らなかったのである。今日国際的に問題になる商業捕鯨は、ほかならぬ西洋人がそもそもの火付け役だったわけで、今頃になって何食わぬ顔で日本を非難するその偽善ぶりはどうかと思われる。

川路の見識が非凡だったことは、カラフトの境界画定を急ぐプチャーチンに反論するのに、地方分権と中央集権という彼我の攻治体制の相違を持ち出した一事によく現れている。日本では諸侯は、所領の主権と自治に関する限り、簡単に中央の容喙に曝されることはない。皇帝に絶対的権力が集中するロシアとは、そこのところが根本的に違う。川路は、徳川家康が封建を選択したのを味のあることだと評価する。個人や特定集団が暴政を振るいうる郡県制というものにうさん臭さを感じるのである。

目露交渉で、エトロフやカラフト確保のために川路が注いだ心血はなみなみならぬものがあった。その脳裡には、かつての露寇で日本が払わされた犠牲がしきりに去来したはずである。平成になってからある新聞は、日露の交渉の歴史を辿るに当たって、いきなり川路・プチャーチン会談から説き起こし、シャナの交戦にはおくびにも触れなかった。もし国民にあまねくその史実が知らされていれば、エトロフ・クナジリ抜きの二島返還論というような奇怪なものがでてくる余地はありえなかったろう。

とにかく戦後のこの時代の研究には首をひねらされるものがあり、間宮の場合にしても、カラフト探検の任務が接壌検分ではなくて、もっぱら地図をつくるためだったなどと悠長なことを説く向きがある。当時の緊迫した北辺の情勢がいささかでもおわかりなら、出てくるはずのない発想である。

川路が幕末の政局に登場する後半生については、諸家がさまざまに書き記されるのに任せておいて、ここでは一つのことだけを是非いって置きたい。

根津に近い川路の菩提寺大正寺の墓は、戦後建て替えられて今もあり、筆者はこの二十年来、春秋のお彼岸の頃には訪れて香華を手向けることにしているが、不思議なことに晴天の日はほとんどなく、そぼ降る雨か曇天といった空模様ばかりなのだ。

川路の切腹は一義的には徳川への殉死だが、手記からも察せられるように、謀略をもって攻権を剝奪したものたちへの死をもってする抗議でもあった。外国に威嚇されつつも、何とかして対等の交際を結ぶのに腐心した幕府を、朝敵呼ばわりして征討を命じるとは、公明正大の見地からいって名分の立つはずのない暴挙だ。そこを強引に頰かむりし、錦旗を押し立てることで眼前を取り繕った薩長の維新史観が、敗戦という歴史的な試煉を経てもなおしぶとく生き残っているのが現状であるからには、地下の川路の無念がいまだに晴れやらなくて当然だろう。

奇しくも川路の生誕二百年という意義深い年に、この本が世にまみえることができたのも、ひとえに炯眼な編集者小林里美女史という人があったればこそである。特筆して厚く礼を申し上げる。

装幀は旧制中学の同窓で、真樹会主宰の画家田畑弘をわずらわせた。

最後に、先立って逝いた三人の友、吉崎洋一、中因威夫、田畑清、ならびに旧年中、この出版を待ちわびつつ宿痾に屈した弟英夫の霊に、おくればせながら本の成ったことを報告したい。

平成十三年四月

澁谿いそみ

謝辞

川路の子孫は長男の家系が長続きせず、将来にかけてその血脈を明らかに伝えるのは、東京美術学校（現在の芸大）第二回の卒業生で、北海道の稚内に定住された三男新吉郎の家系のみといって過言ではない。今回この稚内川路家より、同家に伝わる聖謨自筆の未公開の詠草を本書のためにご提供頂いたことは、筆者にとって望外の喜びであった。謹んでここに記し、深く感謝申し上げる。

【著者略歴】

澁谿（しぶたに） いそみ
本名　荒宗一。

昭和４年、かつて越中守大伴家持が在任した国衙の地、現在の富山県高岡市伏木で生れる。

ペンネームは、家持が着任早々に詠んだ「馬並めていざうち行かな澁谿の清き磯廻（いそみ）に寄する波見」からとったもの。


川路聖謨と異国船時代（かわじとしあきら いこくせんじだい）　ISBN4-336-04321-3

2001年４月15日　印刷
2001年４月22日　発行

著　者　澁谿いそみ
発行者　佐藤今朝夫

〒174-0056 東京都板橋区志村１-13-15
発行所　株式会社　国書刊行会
TEL.03(5970)7421(代表)　FAX.03(5970)7427
http://www.kokusho.co.jp

印刷・明和印刷㈱　製本・大口製本印刷㈱